Y MOCH
A STRAEON ERAILL

Y MOCH
a straeon eraill

Dyfed Edwards

Ⓗ Dyfed Edwards

Argraffiad cyntaf: Hydref 2007

Cedwir pob hawl.
Ni chaniateir atgynhyrchu unrhyw ran o'r cyhoeddiad hwn,
na'i gadw mewn cyfundrefn adferadwy, na'i drosglwyddo
mewn unrhyw ddull na thrwy unrhyw gyfrwng, electronig, electrostatig, tâp
magnetig, mecanyddol, ffotogopïo, recordio, nac fel arall, heb ganiatâd ymlaen
llaw gan y cyhoeddwyr, Gwasg Carreg Gwalch, 12 Iard yr Orsaf,
Llanrwst, Dyffryn Conwy, Cymru LL26 OEH.

Rhif Llyfr Safonol Rhyngwladol: 1-84527-134-3
978-1-84527-134-3

Mae'r cyhoeddwyr yn cydnabod cefnogaeth ariannol
Cyngor Llyfrau Cymru

Cynllun y clawr: Tanwen Haf

Argraffwyd a chyhoeddwyd gan Wasg Carreg Gwalch,
12 Iard yr Orsaf, Llanrwst, Dyffryn Conwy, LL26 OEH.
☎ 01492 642031
📠 01492 641502
✉ llyfrau@carreg-gwalch.co.uk

Cynnwys

1. Y moch	7
2. Hon	37
3. Dyma'r cedyrn gynt	44
4. Yr hogyn oedd eisiau pob dim	79
5. Ym myd y bwystfil	91
6. Mr a Mrs Jones	107
7. Croen newydd	115
8. Islaw	151
9. Y llwch	159
10. Llywodraethwch ar bopeth byw sy'n ymlusgo ar y ddaear	196
11. Dydd yr Holl Saint	206
12. Manion	215

Y MOCH

Canai gwichian y moch yng nghlustiau Megan Evans wrth iddi gamu o'r Mitsubishi Shogun i fŵd iard y ffarm.

Roedd Gwenllys yn bla o blismyn a dynion ambiwlans, a goleuadau glas eu cerbydau a gwich yr anifeiliaid yn atgoffa Megan o ffair.

'O!' ebychodd Roger Emery, a siom yn ei lygaid wrth weld Megan yn agosáu.

'Ia, Mr Emery, mae gyn i ofn mai'r "hen hogan wirion 'na" sy'n gweini heddiw,' meddai wrth weld y sarhad yn wyneb y ffarmwr.

'Lle mae Mr Bradley?' holodd perchennog Gwenllys.

'Yn gneud mochyn ohono'i hun yn Nhwrci.'

Ni werthfawrogodd Emery'r jôc a phenderfynodd Megan newid trywydd y drafodaeth.

'Dach chi am i mi gael golwg ar y moch?' gofynnodd i'r pensil o blisman a safai wrth wal y cwt.

'Braidd yn anodd, mae gyn i ofn, Miss Evans,' meddai'r Uwch-arolygydd Selwyn Huws gan droi i wynebu Megan. Roedd ei lifrai glas glân yn gwrthgyferbynnu â'i welingtons gwyrdd mwdlyd, ac wrth syllu arno bu bron i Megan ddechrau chwerthin wrth feddwl am FOCH!

'Cheith neb fynd i'r cwt,' meddai Emery, ei lais yn

sych fel dail crin.

'Fedran ni ddim mynd i mewn i nôl y corff,' meddai Huws, yn crafu ei farf drwchus.

Gwelodd Megan dri dyn ambiwlans yn pwyso ar wal y cwt moch, a'r triawd yn sgwrsio ymysg ei gilydd.

'Be dach chi'n feddwl?' holodd y milfeddyg.

'Be mae'r dyn yn 'i feddwl ydi na fedran nhw'm mynd i mewn i nôl y corff!' meddai Emery'n atseinio geiriau'r copar, cyn troi ei gefn a cherdded i ffwrdd.

'Dwi'n synhwyro rhyw ddrwgdeimlad,' meddai Huws wrth wylio'r ffarmwr blin yn brasgamu tua'r siediau uchel yng nghefn yr iard.

'Dydi o'm yn trystio 'ngallu i fel ffariar,' meddai Megan.

'Am ych bod chi wedi ... gneud rhywbeth o'i le?'

'Am 'y mod i wedi 'ngeni'n ferch.'

Camodd Megan heibio i'r plisman a phwyso ar wal y cwt moch. Edrychodd i gyfeiriad y paramedics yn eu lifrai gwyrdd. Gwenodd un ohonyn nhw arni. O ran cwrteisi dychwelodd y wên, ond doedd 'na fawr o deimlad y tu cefn i'r ystum.

Gwywodd y wên ffals wrth iddi syllu ar y moch, ac aeth cryndod drwyddi pan gydiodd llygaid yr anifeiliaid ynddi a'i dal fel mewn feis.

Roedd 'na – rhifodd yr anifeiliaid – ddwsin o'r creaduriaid yn y cwt agored, eu cnawd pinc yn fatiog gan fŵd a gwaed. Ar lawr mwdlyd y cwt gwelodd hylif coch wedi ceulo – a'r darnau o ddefnydd a chnawd oedd yn weddill o'r gwas ffarm.

Roedd drewdod a sŵn moch yn rhan o fywyd Megan fel milfeddyg. Ond roedd y rhain yn foch go wahanol i'r rhai cyffredin. Tynhaodd ei stumog wrth iddi wrando ar y gwichian, fel chwerthin bron, yn sbeitio a herio'r aelodau o'r ddynol ryw oedd yn eu hamgylchynu. Ac yn gymysg â'r arogl trwm o fŵd a chachu roedd arogl arall yn sleifio i ffroenau'r milfeddyg: arogl cnawd yn pydru.

Unwaith, mi fuo'n rhaid i Megan wylio datgladdu corff. Roedd criw o fechgyn wedi claddu ci'n fyw. Wythnos wedi'r weithred roeddan nhw wedi cyfadde. Am y tro cynta yn ei gyrfa bu Megan o fewn dim i chwydu wrth i arogl y carcas ddianc o'r carchar pridd. Dyna'r oglau a gyffyrddai ei synhwyrau'r eiliad hon.

'Mr Emery,' galwodd Megan. Roedd y ffarmwr yn sgwrsio (amdani hi, fwy na thebyg) efo dau ddyn mewn siwtiau. CID, meddyliodd y ffariar, wrth wylio perchennog crwn Gwenllys yn ymlwybro i'w chyfeiriad.

'Sut mae'r baedd?' gofynnodd hithau wrth iddo agosáu.

'Fedra i'm deud. Dwi'm 'di gweld y blydi anifail ers wythnosau. Rois i o i mewn efo nhw ddechrau'r mis a rŵan fedra i'm denu'r cythral i'r awyr agored. Mae o'n cuddiad dan do.'

Syllodd Megan i'r agoriad tywyll ym mhen draw'r cwt moch. Roedd dwy hwch binc yn eistedd y naill ochor i'r agoriad fel gwylwyr. Syllent yn ôl, eu llygaid yn filain a chreulon. Trodd Megan i ffwrdd.

'Mae'r moch i'w *gweld* yn iawn. Fasa'n well gyn i taswn i'n medru cael golwg agosach, ond – '

'Wel, ewch chi, 'mechan i,' meddai'r ffarmwr, ei lygaid yn gul ac yn flin.

'Faswn i'm yn awgrymu hynny,' meddai Selwyn Huws.

'Does 'na'm modd y medrwn ni dynnu sylw'r moch?

Rhoid cyfle i chi … nôl y corff?' holodd Megan.

'Wedi trio hynny,' meddai Emery'n finiog.

Cau dy geg y globan wirion a dos yn ôl at dy weu oedd o'n bwriadu 'i ddeud, meddyliodd Megan.

'Rois i sgraps yn y cafnau hanner awr yn ôl. Aeth hynny'n ffliwt,' meddai'r ffarmwr gan daro pibell ar wal y cwt.

'Ddaru nhw'm symud. Sefyll yn stond. Fel maen nhw rŵan,' meddai'r plisman, gan ystumio tua'r anifeiliaid.

'Fedrwn ni'm eu hel nhw?' awgrymodd Megan.

'Be am i chi drio, Miss Evans,' meddai Emery'n ddirmygus gan stwffio baco i'r bibell.

'Mae un o'r paramedics wedi gorfod mynd i'r hospital yn barod,' meddai Huws. 'Gafodd o'i frathu'r munud y mentrodd o drwy'r giât.'

'Blydi hel,' meddai Megan yn dawel.

Tagodd y plisman ac edrych yn gas i'w chyfeiriad.

'Ddrwg gyn i,' ymddiheurodd y milfeddyg gan wrido o gofio bod Selwyn Huws yn dipyn o biwritan. Edrychodd ar ei watsh. 'A deud y gwir, fedra i weld fawr o'i le ar y moch. Ych tiriogaeth chi 'di hwn, *Chief Inspector.*'

'Ia, fasa well i chi fynd,' cynigiodd Emery.

'Os ydach chi'n cael unrhyw drafferth efo nhw …'

'Trafferth!' rhuodd y ffarmwr. 'Trafferth! Maen nhw 'di lladd 'y ngwas ffarm i, ddynas!'

'Reit … wel … does 'na fawr fedra i 'i neud.'

Cerddodd Selwyn Huws efo hi tua'r Shogun.

'Diolch am ddŵad draw, Megan. Ddrwg gyn i am Emery.'

'Dwi 'di hen arfar. Ffarmwrs reit hen ffasiwn.'

'Biti na fasa fynta'n arfar efo chithau.'

Ffarweliodd â'r plisman a gyrru'r Shogun o'r iard. Llithrai'r cerbyd yn ddidrafferth dros lôn dyllog Gwenllys a dihangodd rhywfaint o'r tensiwn o gorff y milfeddyg wrth iddi gyrraedd y brif ffordd.

Roedd yr hyn a welsai yn y cwt moch wedi ei hysgwyd braidd, ac ymfalchïodd iddi fedru troi cefn ar y sefyllfa cyn i weddillion corff y gwas ddod i'r fei.

Rhuthrodd gwraig ar draws llwybr y Shogun.

Gwasgodd Megan frêcs y cerbyd i'r llawr a sgidiodd y Shogun wrth i'r gyrrwr drio osgoi'r ddynas.

Roedd dychryn yn wyneb gwelw'r wraig, a'i gwallt du'n sgleinio'n chwyslyd. Roedd hi'n baglu ei ffordd i gyfeiriad Gwenllys. Neidiodd Megan o'r cerbyd a gweiddi ar ei hôl.

'Be ti'n feddwl 'ti'n neud, y globan wirion?'

Trodd y wraig. Roedd ei llygaid yn fawr ac yn wyllt.

'Meddiant! Meddiant!' chwythodd yn rheibus. 'Maen nhw wedi eu meddiannu gan gythreuliaid!'

Ar hynny, parhaodd ar ei chrwsâd a syllodd Megan arni'n diflannu dros grib y lôn a gwyro tua'r olygfa waedlyd yn iard y ffarm.

Roedd y bàth poeth wedi glanhau atgofion y diwrnod ac eisteddai Megan ar y soffa mewn crys-T Gap, ei gwallt hir melyn yn damp dros ei sgwyddau. Cymerodd lymaid o'r whisgi ac ystwytho wrth i lais Steve Eaves sïo o'r peiriant CD.

Edrychai ymlaen at gymryd cyfrifoldeb o'r practis tra oedd Mel Bradley ar ei wyliau. Dyma'r tro cynta iddi fod â'i dwylo ar y llyw ers iddi lanio yn y pentre fis ynghynt.

Addawodd Mel gysidro'i gwneud yn bartner llawn o fewn y flwyddyn. Roedd y syniad o gael ei henw ar y plac llechi islaw (neu uwchben?) un Bradley'n ei chyffroi:

MILFEDDYGON
M J Bradley
M E Evans

Megan Elisabeth Evans: Partner

Roedd y geiriau'n fêl ar ei gwefusau, eu sŵn yn gysur iddi, a throchai yn y môr o fiwsig a geiriau.

Sgrechiodd cloch y drws ffrynt.

Neidiodd Megan gan dollti peth o'r whisgi dros frest ei chrys-T. Rhegodd wrth rwbio'r gwlybni a llamu am y drws. Wrth gyrraedd am yr handlen sylweddolodd beth oedd hi'n 'i wisgo. Cymerodd gôt law werdd oddi ar y bachyn ar y wal a'i lapio'i hun yn y dilledyn.

Gwichiodd y gloch drachefn.

'Iawn!'

Agorodd y drws. Roedd y wraig yn anadlu'n drwm, ei gwallt du'n flerach na'r bore 'ma. Edrychai'n ofnus.

'Y moch,' ochneidiodd.

'Be dach chi isio?' gofynnodd Megan yn nerfus.

'Y moch,' meddai hi eilwaith.

'Be amdanyn nhw?'

'Maen nhw'n ddiawledig.'

'Tydi moch ddim mor ddrwg â hynny ...'

'Na. Yn ddiawledig. Wedi eu diawlio. Wedi eu meddiannu gan ddiawl.'

Syllodd Megan ar y ddynes a chysidro'r cam nesa. Gwraig fechan oedd hi, fawr hŷn na Megan. Roedd ei blows wen yn flêr ac yn wlyb a'i sgert hir flodeuog wedi ei charpedu mewn baw. Sylwodd Megan nad oedd ganddi esgidiau am ei thraed.

'Pwy ydach chi a be ydach chi isio? Mae hi'n hwyr,' meddai Megan.

Disgynnodd gên y wraig i'w brest a daeth golwg o anobaith i'w llygaid, gan ennyn cydymdeimlad yng nghalon y milfeddyg. Does na'm golwg fygythiol arni, meddyliodd. Mae hi'n ddigon diniwed, bownd o fod.

'Dowch i mewn.'

Siglai'r wraig 'nôl a blaen ar y gadair gyffyrddus, gan anwesu'r mỳg coffi yn ei dwylo fel tasa fo'n drysor drudfawr.

'Wyt ti'n well?' gofynnodd Megan, yn eistedd ar y soffa a'i choesau wedi eu croesi oddi tani fel Bwda.

'Diolch,' meddai'r wraig.

'Wyt ti isio rwbath i'w fwyta?'

'Dwi'n iawn, diolch.'

'Chdi redodd o 'mlaen i'r bore 'ma, yntê.'

'Ges i'n hel o 'na.'

'O Wenllys? Be oeddach chdi'n gyboli yno yn y lle cynta?'

'Rhybuddio'r polîs.'

'Eu rhybuddio nhw?'

'Am y moch,' meddai'r wraig, gan gymryd llymaid o'r coffi. 'Am Roger Emery.'

Pwysodd Megan yn ei hôl ac ymestyn ei choesau hir o dan y bwrdd coffi. Roedd hi wedi blino, a'i chydymdeimlad tuag at y wraig – Jane oedd ei henw – yn edwino. Ond roedd ei chwilfrydedd yn pwnio'r blinder o'r neilltu ac yn ennill y frwydr. Arhosodd i Jane ailddechrau.

'Mae tir Gwenllys yn bridd sanctaidd,' meddai Jane. Roedd hi'n dal i wasgu'r gwpan yn ei dwylo er ei bod wedi hen ddarfod y ddiod.

'Be wyt ti'n feddwl: sanctaidd?' gofynnodd Megan â'i llais yn llawn amheuaeth. Na, doedd ganddi'r un mymryn o ddiddordeb yn yr hyn oedd ar feddwl Jane wedi'r cwbwl. Byddai'n dweud wrthi am fynd mewn munud.

Dechreuodd Jane, 'Yng nghyfnod y Celtiaid ...'

'O shit!' ebychodd Megan gan ollwng ei hwyneb i grud ei dwylo. Ond anwybyddwyd yr ystum gan yr ymwelydd ac aeth honno yn ei blaen.

'... roedd 'na addolfan ar dir y ffarm.'

'Does gan y ffaith fod moch Roger Emery wedi ymosod ar y gwas ffarm 'run *dim* i neud ag ofergoeliaeth, Jane. Mi brofa i hynny, dim ond imi fedru inspectio'r anifeiliaid.'

'Faint sydd ers i Emery ddechrau cadw moch?'

Ochneidiodd Megan, ond roedd Jane yn benderfynol a gofynnodd eilwaith:

'Faint, Miss Evans?'

'Ychydig fisoedd, dwi'n credu. Gwartheg oedd ei bethau fo cyn i BSE neud twll yn ei gyfri banc o, medda un o'r ffarmwrs eraill wrtha fi. Pam?'

'Roedd moch, y baedd yn enwedig, yn anifail cwlt ymysg y Celtiaid,' meddai Jane, ei llygaid yn loyw yng ngoleuni gwan y stafell fyw.

Caeodd Megan ei llygaid a gwasgu ei dwylo dros ei chlustiau.

'Ydach chi'n gyfarwydd â chwedlau Arthur? Y Mabinogion?'

'Nac dw, mae gyn i ofn,' atebodd Megan gan edrych eto ar y dieithryn.

'Y Twrch Trwyth? Un o dasgau Culhwch oedd cael y crib a'r llafn oedd rhwng clustiau'r Twrch Trwyth. Rhyw fath o dduw oedd y creadur hwnnw, yn cyfateb i'r Torc Triath, brenin y baeddod yn chwedlau'r Gwyddelod.'

'Nid 'mod i'n anghwrtais, ond dwi 'di ymlâdd, a fedra i neud heb ddarlith ar draddodiadau'r Celtiaid,' meddai Megan, yn pryderu nad oedd yr ymwelydd mor ddiniwed ag y credai ar y cychwyn.

'Henwen,' meddai Jane. 'Yn ôl traddodiad Cymreig, mi fydda epil y mochyn hwnnw'n creu trafferth i Ynysoedd Prydain.'

'Rho'r gorau iddi,' mynnodd Megan yn dawel, heb fwriadu gwylltio'r wraig, a oedd erbyn hyn yn crynu fel coeden mewn storm.

'Ysgithyrwen ...'

'JANE!'

Neidiodd yr ymwelydd.

'Jane,' meddai Megan yn dawelach. 'Mae hi'n hwyr, a dwi 'di ymlâdd. Y peth dwytha dwi angen ydi rhyw hen lol! wirion am foch gwallgo. Dwi am ofyn i chdi fynd, plîs.'

Safodd Megan a chymryd y mỳg coffi o ddwylo Jane. Cerddodd i'r gegin gan obeithio y byddai'r gwestai wedi mynd erbyn iddi ddychwelyd.

'Ti'n dal yma,' meddai Megan yn siomedig wrth ddychwelyd i'r stafell fyw. Eisteddai Jane yno â'i breichiau wedi eu plethu a phendantrwydd yn ei llygaid.

'Mae'r moch wedi eu meddiannu, Miss Evans. Mae 'na gythral hynafol ynddyn nhw, a'r baedd ...'

'Y baedd?'

'Mae'r baedd yn dduw arnyn nhw.'

'Yn dduw?' Aeth Megan at y peiriant CD a rhoi'r ddisgen yn ôl yn y clawr.

'Mae o'n dylanwadu ar bob dim sydd o'i gwmpas,' meddai Jane.

'Pob dim? Be wyt ti'n feddwl – "pob dim"?' gofynnodd Megan gan droi i wynebu'r llall.

'Pob dim,' meddai Jane eto.

'Roger Emery?'

Nodiodd yr ymwelydd.

Ysgydwodd Megan ei phen. 'Pa ran mae o'n chwarae yn y ffantasi chwerthinllyd 'ma?'

'Fo sy'n bwydo'r moch.'

'Dyna 'di job ffarmwr.'

'Fo roddodd y gwas yn y cwt mochyn.'

'Be?'

Roedd yr anghrediniaeth yn llais Megan yn llawn dirmyg a diflastod.

'Dowch, hogia, amser bwydo,' sbeitiodd gan ddynwared ffarmwr yn taflu bwyd i'r moch. 'Dowch rŵan. Gwas ffarm blasus i chi. Bytwch o i gyd.' Gollyngodd Megan ei hun ar y soffa. 'Fel 'na mae o'n gneud, Jane?'

'Na. Dim cweit,' atebodd Jane, ei llais yn sibrwd bron erbyn hyn.

'Na? Sut wyt ti'n gwbod?'

Syllodd ar Megan cyn dweud, 'Welis i o'n gneud.'

Aeth cryndod drwy'r milfeddyg, ond anwybyddodd yr ias.

Sut ar wyneb daear y medrai rhywun gael ei ddallu

gan ofergoeliaeth mewn byd goleuedig? Pam goblyn y byddai Jane a'i math yn dal eu gafael ar gredo hynafol, a'r duwiau cyfoes – yr unig dduwiau: technoleg a gwyddoniaeth – wedi dad-brofi ffolineb crefyddau?

Byddai hyd yn oed Mam yn cytuno. Mam y gapelwraig. Mam y ddwrdwraig. 'Faswn i'n lecio tasat ti'n dŵad i'r capel efo fi o dro i dro, Meg.'

'Peidiwch â siarad yn wirion,' fydda Mam wedi'i ddweud tasa hi wedi gorfod gwrando ar lith Jane.

Da iawn, Mam. Bychanwch a gwawdiwch ofergoeliaeth rhywun arall ond cadwch yn ffyddlon i'ch un chi.

'Does na'm rhaid i ni gredu yn y fath bethau,' meddai Megan wrth Jane, a honno ar fin gadael o'r diwedd. 'Mi ddown ni ar draws esboniad i'r hyn ddigwyddodd yng Ngwenllys. Mi fedra i brofi hynny, dim ond imi weld y moch.'

'Fiw i ni feddwl ein bod ni'n gwbod bob dim, Miss Evans,' meddai Jane wrth sefyll ar y rhiniog. 'Mae 'na bethau yn y byd na ddalltwn ni byth. Hen bethau. Hen lwybrau. Hen raffau sy'n clymu'r ddaear at ei gilydd.'

Deffrodd Megan yn gynnar y bore canlynol gan fwriadu mentro i Wenllys eilwaith. Roedd hi'n benderfynol o gael golwg ar y moch, a gobeithiai y byddai'r anifeiliaid wedi tawelu ar ôl noson o gwsg.

Edrychodd ar y cloc ar ddashfwrdd y Shogun: 7.23. Byddai Emery ar ei draed ac yn gwasanaethu'i braidd, bownd o fod. Neidiodd ei chalon.

Gwasanaethu.

Dyna air rhyfedd i'w ddefnyddio yn sgil yr hyn

ddywedodd Jane.

Roedd pentre Mynydd Mwyn yn dawel fel eglwys, a synnodd Megan wrth weld gwacter y strydoedd. Fel arfer, byddai'r ardal yn byrlymu'r adeg yma o'r bore. Amaethwyr oeddan nhw i'r carn, er mai llond llaw, erbyn hyn, oedd yn elwa o'r tir. Ac roedd halen y ddaear ar eu traed efo'r wawr.

Parciodd Megan y Shogun wrth siop y pentre a neidio o'r cerbyd. Sugnodd awyr iach y diwrnod newydd i'w hysgyfaint. Roedd hi'n braf, a thawelwch Mynydd Mwyn yn nofio drosti fel dŵr y bàth neithiwr.

Tinciodd cloch y drws wrth iddi gamu i'r siop fechan.

'Helo, Mrs Price, sut dach chi?' gofynnodd Megan.

'Go lew, 'mechan i,' atebodd yr hen wreigan y tu ôl i'r cowntar. Doedd Mrs Price byth yn 'dda iawn' nac yn 'symol'; 'go lew' oedd hi'n gyson. Roedd Megan wedi galw i mewn i'r siop bron bob dydd ers iddi lanio ym Mynydd Mwyn ychydig wythnosau'n ôl. Un o Amlwch oedd hi'n wreiddiol, awr a hanner o daith i ffwrdd. Roedd hi wedi penderfynu setlo ym Mynydd Mwyn am y tro, ac wedi rhentu'r fflat. Byddai'n picio adre i weld ei mam bob penwythnos, ond nid y penwythnos yma a hithau'n rhedeg y sioe tra bod Mel ar ei wyliau..

Gosododd Megan botel o Lucozade a bar o Snickers ar y cownter, a rhoi papur pumpunt yn llaw esgyrnog yr hen wraig.

'Pwy sy'n cwyno'r bore 'ma, ffariar?' holodd Mrs Price gan nôl y newid i'w chwsmer.

'Picio draw i Wenllys. Glywsoch chi, bownd o fod?'

'Gwenllys?' Roedd nodyn o bryder yn llais yr hen wraig. 'Ar gyfer yr …'

'Ar gyfer be, Mrs Price?' holodd Megan wrth dderbyn y newid. Cyffyrddodd un o fysedd yr hen wraig â chledr ei llaw, ac aeth rhyw wefr anghynnes drwy stumog y milfeddyg.

Ysgydwodd Mrs Price ei phen a syllu i fyw llygaid ei chwsmer. Oerodd Megan wrth i'r edrychiad dreiddio i'w hymennydd, fel tasa llygaid yr hen wraig yn ceisio darllen ei meddyliau. Ni welsai'r ferch erioed y ffasiwn olwg yn llygaid gwraig y siop. Difaterwch, fel arfer, oedd yn mapio wyneb Mrs Price.

'Well imi fynd,' meddai Megan yn frysiog, heb awydd i dreiddio ymhellach.

Ar gyfer be? Ar gyfer be?

Trodd Megan a cherdded o'r siop. Medrai deimlo'r hen wraig yn ei gwylio. Ond ni welodd fod Mrs Price wedi codi'r ffôn.

'Blydi hel!' rhegodd Megan wrth gyrraedd y giât oedd yn arwain o'r ffordd fawr i lawr i Wenllys. Trodd oriad y Shogun a thawelu'r injan. Roedd dwsinau o geir wedi eu parcio ar hyd y pafin, a mwy wedi eu gwasgu at ei gilydd, fel tyrfa bêl-droed, ar lôn y ffarm.

Camodd o'r cerbyd yn ofalus, fel tasa hi'n camu ar lo tanboeth. Roedd hi'n crynu o wadnau ei thraed i'w chorun. Be yn y byd sy'n digwydd? meddyliodd.

Ar gyfer be?

Daeth y geiriau yn ôl fel salwch oedd unwaith wedi ei leddfu.

Ar gyfer be?

Ar gyfer be'n union y daethai'r bobloedd i Wenllys? Rhyw gyfaredd afiach yn madru yng nghrombil y ddynoliaeth oedd wedi eu denu yma, debyg iawn. Am weld y moch yr oedd trigolion Mynydd Mwyn a'r cyffiniau.

A'r hyn oedd yn weddill o'r gwas ffarm druan.

Safle'r gwaed.

Berwodd stumog Megan. Roedd hi wedi ei ffieiddio gan y syniad.

Bu o fewn dim i ffonio Selwyn Huws. Byddai hwnnw'n anghymeradwyo'r fath ymddygiad ac yn gwasgaru'r dyrfa aflan. Ac yn ceryddu'r twl-al Emery am ganiatáu'r ffasiwn anlladrwydd.

Ond ddaru hi ddim.

Roedd y gyfaredd afiach honno'n madru yn ei stumog hithau hefyd. Gwelsai'r moch, a man y mwrdwr, unwaith o'r blaen. Ond roedd hi'n ysu'r eiliad honno i fwrw golwg ar y gynulleidfa a oedd wedi heidio i Wenllys a blas gwaed ar eu gwefusau, a dychryn a chyffro yn goctel brawychus yn eu calonnau.

Cerddodd drwy'r giât a dringo'r lôn. Rhyw hanner ffordd i fyny'r llwybr, arhosodd. Clywodd wichian ar y gwynt ysgafn.

Y moch, meddyliodd.

Eto. Un sŵn. Un wich.

Yn arafach, aeth Megan yn ei blaen.

Ac wrth iddi agosáu at grib y lôn roedd y gwichian yn fwy eglur.

Nid mochyn.

Gair.

Na!

'Na!' ebychodd Megan a syrthio ar ei stumog. Llusgodd ei hun weddill y ffordd fel sowldiwr ar dir y gelyn.

Yn ofalus, o mor ofalus, cil-edrychodd dros grib y lôn gan syllu i lawr am iard Gwenllys a oedd ryw ganllath a hanner oddi wrthi. Rhwygodd ias drwy gorff Megan fel tasai'r gwaed yn ei gwythiennau wedi rhewi'n gorn. Ochneidiodd yn dawel. Ac yna teimlodd fetel oer yn pwyso'n erbyn ei gwegil.

Crogai'r corff â'i ben ucha'n isa uwchben y cwt moch. Roedd cwlwm tyn am fferau'r dyn, a'r rhaff yn ymestyn i fwced tractor mawr coch a safai fel delw ddychrynllyd wrth wal y cwt. Byrlymai ei wallt hir du fel rhaeadr wyllt oddi tano wrth iddo sgytio'n ffyrnig i drio'i ryddhau ei hun.

Roedd iard y ffarm yn fôr o bobol, pob un yn symud yn agosach i drio cael gwell golwg ar yr hyn oedd ar fin digwydd – yn ddynion, yn ferched, ac yn blant, a rhai o'r fenga ar ysgwyddau eu tadau, yn gewri bychain uwchlaw'r dorf.

Tawelodd sisial y dyrfa wrth i ŵr ddringo i do'r cwt moch.

Roger Emery.

Lledodd y ffarmwr boliog ei freichiau a chyfarch y dorf fel pregethwr yn cyfarch ei braidd.

Cymeradwyodd y bobol gan guro eu dwylo a gweiddi, ac roedd sgrechian brwdfrydig rhai o'r plant yn torri drwy'r sŵn fel siswrn drwy bapur.

Ond roedd sŵn saith gwaith gwaeth yn dechrau codi i'r awyr … sŵn gwichian gwallgo'r moch. Roedd yr anifeiliaid yn rhedeg yn wyllt wirion ar hyd a lled eu noddfa. Ymdrechai ambell un i neidio a chythru yn y sglyfaeth, ond roedd corff y dyn ifanc o leia ddeg troedfedd uwchlaw.

Rhuodd y dyrfa, a dihangodd ambell air o'r Babel yn yr iard wrth i'r derwydd gwallgo, Roger Emery, baratoi ar gyfer y seremoni.

'... aberth ... gofyn gwaed ... y duw ...'

'I'R PYDEW!' llafarganai'r dorf, gan chwifio'u breichiau yn yr awyr.

Gwichiodd a stranciodd y sglyfaeth, a dechreuodd suddo'n ara deg i fysg y moch wrth i yrrwr y tractor ollwng y fwced fawr. Curodd y gynulleidfa'u dwylo'n ara deg.

Saith troedfedd.

Pum troedfedd.

Tair ...

Neidiodd un o'r moch a chlampio'i enau am gorun y dyn. Herciodd y tractor dan y pwysau ychwanegol. Roedd dannedd yr anifail yn crenshian drwy benglog y sglyfaeth.

Llifai'r gwaed o'r anaf ym mhen y truan a nofio'n stribedi dros drwyn yr hwch. Erbyn hyn roedd un o'r anifeiliaid wedi brathu ysgwydd y dyn, un arall wedi suddo'i ddannedd i'w wddw, a'r lleill yn dringo'n driphlith draphlith ar draws ei gilydd i gael blas ar gnawd.

Llanwyd yr awyr â sŵn sgrechian truenus y sglyfaeth ac aroglau ei fudreddi a'i waed.

'Wedi dal sbei,' meddai'r dyn, gan brodio baril y gwn yn frwnt i gefn Megan.

Trodd y gynulleidfa i wylio'r ddau'n cerdded tuag at iard y ffarm.

Gwaniodd coesau'r milfeddyg wrth weld nifer o wynebau cyfarwydd: y cynghorydd lleol, Hafina Mainwaring, yn ei dillad dydd Sul; y Parch. Alun Stevens; Mrs Price y siop; ac eraill, ac eraill, a dwsinau o rai eraill ...

'*Ar gyfer hyn*, ia, 'nghariad i?' meddai Mrs Price yn wên deg, wedi plethu'i breichiau efo dyn ifanc mewn crys siec. 'Bechod i chi golli'r aberth.'

'*Hyfryd* cael eich cwmni chi,' meddai Roger Emery'n sbeitlyd gan ddringo i lawr o do'r cwt moch.

'Be dach chi'n neud?' gofynnodd Megan yn anghrediniol.

Aeth mellten o boen drwyddi wrth i'r dyn â'r gwn ei phwnio eto. Syrthiodd ar ei gliniau.

'Ar dy draed, y sguthan,' meddai hwnnw.

'Aberth ynteu disgybl, sgwn i,' meddai Emery wrth gerdded drwy'r dyrfa tuag ati.

Cydiodd Megan mewn llond llaw o fŵd. Trodd yn sydyn a'i daflu i lygaid y dyn a'i daliodd. Gollyngodd hwnnw'r gwn a gorchuddio'i lygaid briwedig efo'i ddwylo, ei sgrech o boen yn hwb i Megan wrth iddi neidio ar ei thraed. Cythrodd yn y gwn a'i ddefnyddio fel pastwn ar ochor pen y dyn.

CRAC!

Syrthiodd hwnnw fel cadach.

Trodd Megan a gweld Emery'n rhythu arni. Pwyntiodd y gwn i'w gyfeiriad ac i gyfeiriad ei ddisgyblion.

Roedd y dyrfa wedi rhewi.

Eiliad a gafodd Megan, ac roedd eiliad yn ddigon.

Trodd ar ei sawdl a rhedeg am ei bywyd.

'AR EI HÔL HI!' rhuodd Emery.

Dechreuodd y ddaear grynu wrth i'r dyrfa ei herlid.
Rhedodd Megan fel tasa uffern ar ei sodlau.
Yn gyflymach, Megan, yn gyflymach.
Gan fod uffern yn chwim.

Mygodd y nos ddiwrnod arall ym Mynydd Mwyn.

Llechai Jane y tu ôl i glawdd un o gaeau Gwenllys. Tynnodd y gôt felfaréd yn dynnach amdani wrth i'r oerni a ddaeth yn sgil y tywyllwch drio'i brathu i'w hesgyrn.

Edrychodd ar ei watsh: hanner awr wedi dau'r bore, Gwenllys yn huno. Medrai Jane weld iard y ffarm ryw ganllath o'i blaen, a golau'r lleuad yn tollti pelydrau sinistr dros y lle; fel tasa'r sateleit hwnnw, hefyd, yn talu teyrnged i'r duw tywyll a lechai yn y cytiau. Cyffyrddodd yn y can petrol oedd wrth ei hymyl. Roedd y metel oer yn gysurus. Aeth i'w phoced. Trodd y leitar o gwmpas yn ei llaw.

Amser puro drwy dân, meddyliodd.

Safodd a chydio yn y can petrol. Dechreuodd gerdded i gyfeiriad iard y ffarm. Wrth iddi agosáu daeth arogl i'w ffroenau: y moch a marwolaeth yn cyfuno i greu pydredd.

Teimlai ei choesau fel plu oedd yn cynnal tunnell o frics. Roedd yr ofn yn cnoi yn ei stumog fel llygoden fawr. Hi'n unig a wyddai'r gwir. Roedd hi wedi gobeithio y byddai Megan Evans wedi credu'r stori. Ond gwyddoniaeth oedd crefydd honno. A chredai'r milfeddyg fod y grefydd honno'n cynnig ateb rhesymegol i bob un dim.

Dringodd yn ara deg dros giât y cae. Gwichiodd y colfachau.

Rhewodd Jane a syllu i gyfeiriad y tŷ ffarm.

Tywyllwch. Tawelwch.

Emery'n breuddwydio'n chwyslyd am ei dduwiau.

Medrai glywed soch sochian tawel y creaduriaid yn y cwt erbyn hyn.

Daliodd i ddringo ac aeth dros y giât i'r iard. Dim ond iddi fedru cwblhau ei chrwsâd, byddai trigolion Mynydd Mwyn – hyd yn oed y rhai annifyr fel Emery – yn rhydd eto o afael y moch.

Arhosodd eiliad cyn cymryd y tri cham fyddai'n dod â hi at wal y cwt moch. Anadlodd i'w pharatoi ei hun. Ni wyddai Jane a gâi hi fyw ai peidio. Ond roedd hi'n benderfynol na fyddai'r *moch* yn cael byw.

Yn ei blaen.

Syllodd i gwt y moch. Daeth chwd i'w chorn gwddw, a chrychodd ei thrwyn yn erbyn yr aroglau erchyll.

Teimlodd yr ergyd ar gefn ei phen, ond aeth pethau'n ddu o fewn chwinciad.

Dihunodd y baedd enfawr a chrychu ei drwyn. Dawnsiai aroglau cnawd yn ei ffroenau. Gwthiodd ei drwyn i'r baw drewllyd ar lawr ei guddfan a chrafodd ei ysgithr troellog yn erbyn y concrit islaw. Bachodd ddarn o gig ar flaen un o'r ysgithrau, ei daflu i'r awyr ac agor ei geg anferthol i dderbyn gweddillion y carcas. Wrth gnoi medrai glywed sochian cysglyd yr haid y tu allan: ei fyddin, ei wylwyr. Ac yn y byd mawr y tu hwnt i'r fagddu hon roedd llu o weision dynol yn dod i blygu glin iddo yn ddyddiol erbyn hyn, gan gynnig aberth ar ei allor. Cyn hir byddai ei deyrnas yn lledu'r tu hwnt i ffiniau'r erwau yma, yn lledu ar draws y byd. Fel yn yr hen ddyddiau, cyn i ddyn ei ddymchwel i'r baw. Cyn i ddealltwriaeth eu dallu. Ond byddai ymerodraeth newydd yn blodeuo o'r blaguryn yma o ddynoliaeth o'i gwmpas.

Chwarae teg i'r Uwch-arolygydd Selwyn Huws, fe ymatebodd o efo cydymdeimlad i barablu Megan.

'Digon o waith, Megan,' meddai pan adroddodd ei stori, 'ond mae'n amlwg fod 'na rywbeth wedi'ch ypsetio chi. Mi biciwn ni draw i Wenllys ben bore i drio gneud synnwyr o bethau, ia?'

'Na!' criodd Megan. 'Fedrwn ni ddim. Ddim ar ein penna'n hunain. Dowch â dynion efo chi. A gynnau. Fyddwch chi angen gynnau. Mae 'na gannoedd ohonyn nhw. Maen nhw o'u coeau.'

'Rŵan, rŵan,' meddai'r plisman, 'peidiwch â chynhyrfu.'

Wedi iddi ddengid o grafangau'r dyrfa, rasiodd Megan i orsaf yr heddlu gan fynnu siarad efo Huws. Ond doedd 'na ddim hanes ohono fo. Neb yn gwybod lle'r oedd yr Uwch-arolygydd.

Oedd hi am weld rhywun arall? holodd sarjant y ddesg, ond brysiodd Megan oddi yno a mynd am adra.

Bu'n ffonio'r orsaf bob chwarter awr i drio cael gafael yn Huws. Teimlai na fedrai drystio neb arall, neb ond y plisman cwrtais, hen ffasiwn, canol oed, oedd yn ei hatgoffa cymaint o'i thad. Roedd hi wedi cloi'r drysau gan ddisgwyl drwy'r dydd y byddai haid o bentrefwyr gwallgo'n ymgynnull o gwmpas ei bwthyn efo torchau tân. Ond ddaeth 'na neb.

Roedd yr aros yn ei gwallgofi. Hyd nes y ffoniodd Selwyn Huws am un ar ddeg.

Ddwy awr yn ddiweddarach roedd o yng nghartre Megan yn gwrando ar ei phregeth.

'Triwch gysgu, Megan,' meddai wrth edrych ar ei watsh. Roedd hi wedi dau'r bore, a'r milfeddyg yn siglo 'nôl a blaen ar y soffa, golwg wallgo yn ei llygaid a'i gwallt hir melyn yn gudynnau blêr dros ei hwyneb. 'Mi ddo i draw am wyth bore fory a gawn ni roi diwedd ar hyn. Be ddudwch chi?'

Edrychodd arno, a chafodd gysur yn ei wên. Fydd pob dim yn iawn, meddyliodd. Fydd pob dim yn iawn. Nodiodd Megan a chynnig gwên.

Ond wedi i Huws fynd, ni chysgodd y ferch; dim ond eistedd yn y fan a'r lle'n troelli'r delweddau afreal o gwmpas ei hymennydd.

Llithrodd y nos heibio, ac aeth y tywyllwch yn sglyfaeth i olau gwaedlyd diwrnod newydd. Ni sylwodd Megan ar yr amser a'i ddiflaniad, a chafodd fraw wrth i gnoc ar y drws ffrynt ei llusgo o'i hunllefau.

'Pwy sy 'na?' gofynnodd mewn llais crynedig.

'Wyth o'r gloch, Megan,' meddai llais cysurus Selwyn Huws.

Aeth ton o ryddhad drwyddi ac agorodd y drws i gyfarch y plisman.

Edrychodd Megan ar y cloc yn Range Rover yr heddlu: bron yn hanner awr wedi wyth. Roedd Mynydd Mwyn, fel y bore o'r blaen, yn dawel. Ond heddiw, gwyddai Megan pam. Roeddan nhw yno, yng Ngwenllys, yn talu teyrnged i'w duw newydd. Crynodd yn sedd gyffyrddus y cerbyd wrth i Huws yrru tua'r ffarm.

'Mae gyn i hogia yno'n barod,' sicrhaodd Huws pan

ofynnodd Megan lle'r oedd gweddill y plismyn, 'a mwy ar eu ffordd. Awn ni drwy'r lle efo crib mân, gewch chi weld. Os digwyddodd 'na rywbeth yng Ngwenllys bore ddoe, dwi'n gaddo i chi y byddan ni'n dŵad o hyd i'r dystiolaeth.' Gwelodd Megan fod Huws yn edrych o'i gwmpas. 'Tawel bore 'ma'n tydi,' meddai'r Uwcharolygydd.

Ia, pentre bach tawel. Dyna oedd Mynydd Mwyn. Prin bod tri chant o drigolion o fewn ei ffiniau. Capel, siop, neuadd gymuned. Biti garw i'r ysgol gau bedair blynedd ynghynt. Roedd y plant yn teithio i'r dre am addysg, a'r awdurdod lleol yn trefnu trafnidiaeth iddyn nhw. Byddai wedi bod yn well defnyddio'r arian hwnnw i gynnal yr ysgol, meddyliodd Megan wrth i'r Range Rover yrru heibio i'r adeilad lle cafodd y Mynydd Mwyniaid eu haddysgu am dros ganrif.

Wrth deithio, ni welodd Megan yr un enaid byw ar strydoedd y pentre. Roedd hynny'n ddigon o gadarnhad iddi y byddai pwyllgor croeso yn eu disgwyl ar dir Gwenllys. Wrth agosáu at gyrion y ffarm, gwelodd fod tri char plisman wedi eu parcio ymysg y cerbydau eraill oedd o gwmpas Gwenllys.

Parciodd Selwyn Huws y Range Rover y tu ôl i Ford Fiesta arian newydd sbond oedd wedi ei osod yn flêr ar ochor y ffordd. Chwarddodd Megan yn dawel iddi hi ei hun. Roedd y cerbyd yn cadarnhau'r hyn a welsai ddoe. O'r uchel rai i'r isel rai, roeddan nhw i gyd yn rhan o hyn.

Y Cynghorydd Hafina Mainwaring o bawb. Arweinydd y côr lleol enillodd y brif wobr yn Steddfod Genedlaethol Aberystwyth yn 1992; ymgeisydd (aflwyddiannus) y Torïaid yn Etholiad Cyffredinol 1992.

Syllodd Megan ar y Fiesta a ddisgleiriai'n bur a glân yn yr haul cynnar.

Halen y ddaear.

Ffrwyth uffern.

Neu ba bynnag bydew a boerodd ymaith y ddrychiolaeth oedd wedi meddiannu'r moch a phobol dda Mynydd Mwyn.

Meddiannu? Lol, Megan. Wyt tithau'n credu hynny erbyn hyn?

Mae 'na ateb call i hyn.

Hysteria. Salwch. Dyna fo: y tywydd poeth yn deud ar bawb, ella?

Suddodd ei hwyneb i grud ei dwylo.

'Megan? Dach chi'n iawn?'

'O, yndw, *Chief Inspector*, jyst gofidio.'

Rhoddodd y plisman ei law ar ei hysgwydd a gwenu. 'Peidiwch chi â gneud y ffasiwn beth.'

Edrychodd Megan i gyfeiriad y lôn a arweiniai i Wenllys. Tynhaodd ei chorff. Rhoddodd un llaw ar handlen drws y Range Rover wrth wylio dau blisman yn hebrwng hen wraig tuag at y ffarm.

Pam mae'r plismyn yn ei helpu hi?

Canodd Selwyn Huws gorn y Range Rover, a throdd Mrs Price a'r ddau blisman. Gwenodd hen wraig y siop a chodi ei ffon i gyfarch yr Uwch-arolygydd.

Roedd coesau Megan yn crynu, ei stumog yn glymau, ac roedd ei dwylo wedi eu cloi'n ddyrnau, un ohonyn nhw'n feis am handlen y drws. Hyrddiodd ei hun yn erbyn drws y cerbyd gan wthio'r handlen tuag i lawr.

Roedd o wedi ei gloi.

'Megan, Megan, Megan. Twt lol wirion,' meddai

Huws yn dawel.

'Dwyt ti'm am ddengid tro yma, gobeithio,' meddai Huws wrth wthio Megan tuag at y dyrfa oedd wedi ymgasglu yn iard y ffarm.

'Dyma hi'r gnawas.'

Chwiliodd Megan am y llais.

Ymddangosodd Emery o'r dyrfa a golwg milain arno, golwg fuddugoliaethus. Yn gylch o gwmpas yr iard roedd trigolion Mynydd Mwyn: wynebau a welsai Megan ddoe, wynebau newydd yn eu mysg.

'Neb ar ôl i dy helpu di,' meddai Emery'n sbeitlyd.

'Rŵan, rŵan, Mr Emery. Peidiwch â bod yn sarhaus,' meddai Huws gan wthio Megan eto. Baglodd yn ei blaen.

'Harri,' galwodd Huws.

O'r dyrfa daeth y dyn a ddaliodd Megan y diwrnod cynt, ac ochor ei wyneb yn glais piws mawr ar ôl i Megan ei golbio efo'r gwn. Roedd ei wedd yn llawn dial, ac yn ei law yr oedd pistol.

'Tria beidio gadael iddi gael y gorau arna chdi heddiw, washi,' meddai Huws wrth i Harri sefyll y tu ôl i Megan a phrocio baril y gwn i asgwrn ei chefn.

Symudodd Huws at ymyl Emery.

'Chewch chi'm gneud hyn,' meddai Megan heb fawr o hyder yn ei datganiad.

Llithrodd mân chwerthin drwy'r dyrfa. Gwenodd Emery a Huws ar ei gilydd.

'O, a phwy roith stop arnon ni felly?' gofynnodd Huws yn hwyliog.

'Mae 'na bobol yn gwybod, yn gwybod be dach chi'n neud, yn dallt yr hyn sy'n digwydd,' rhybuddiodd Megan.

Trodd Huws at y dyrfa. 'Lle mae'r disgybl newydd?'

Lledodd y dyrfa fel y Môr Coch, ac o'r tonnau camodd ffigwr.

Plethodd stumog Megan fel bysedd mewn gweddi.

'Mae'n cynnig achubiaeth, Miss Evans,' meddai Jane wrth i Huws roi braich gysurus am ei hysgwydd. 'Dowch efo ni, dowch i wasanaethu.'

'Be amdani, Megan?' gofynnodd Huws.

'Mae gyn ti ddewis,' meddai Emery, gan droi a cherdded am y cwt moch.

Ni fedrai Megan weld na chlywed y moch, ond gwyddai ym mêr ei hesgyrn eu bod nhw yno'n aros pryd.

'O'th wirfodd, neu o'th anfodd,' gwenodd Huws arni.

'Fedrwch chi adael imi fynd,' meddai Megan.

'O na, na, na,' meddai Emery, a oedd erbyn hyn yn sefyll ar wal y cwt. 'Na, na, na. Dyna wyt ti'n gael am drin ceffylau pobol eraill. Neu *foch*, a bod yn fanwl.'

Chwarddodd y dyrfa drachefn, yn uwch y tro hwn. Caeodd Megan ei chlustiau a'i llygaid i'r dirmyg.

'Ond, fel y dywedodd Mr Emery, mae'r dewis yno, Megan,' sicrhaodd Huws. 'Fel aberth neu fel disgybl.'

Nid atebodd Megan.

'Thâl hi ddim bod yn dawel. Wysg dy drwyn yr ei di felly. Fel sawl un o dy flaen di.'

'Crogwch hi gerfydd ei thraed!' rhuodd rhywun o'r dyrfa.

Cododd Huws ei law i dawelu'r blys am waed. Ond roedd yr awydd wedi cydio.

'Aberth!' gwaeddodd un arall.

'Aberth!' Llais arall.

Yn eu tro, ymunodd lleisiau eraill yn y gri nes oedd y

gair yn atseinio o gwmpas iard y ffarm, yn eco ar draws yr aceri.

Teimlodd Megan y gwn yn ei phwnio. Trodd fel mellten a chicio'r dyn yn ei geilliau.

Syrthiodd yntau i'w liniau'n gwingo, a'r gwn yn llithro o'i afael.

'NA!' Llais Emery.

Tawelodd y dyrfa wrth i Megan gydio yn y gwn.

'Rho'r gwn i lawr, y globan wirion,' meddai Huws, yn martshio tuag ati.

Ond doedd gan Megan ddim bwriad o ufuddhau, na chwaith o'i ddefnyddio fel pastwn y tro hwn.

Taniodd.

Rhewodd Huws. Rhoddodd ei law ar ei frest. A chwympo fel twˆr i'r ddaear.

Syllodd y dyrfa mewn syndod ar garcas y copar.

'Rhag ych cwilydd chi!'

Edrychodd Megan i gyfeiriad y llais, gan anelu'r gwn.

'Rhag ych cwilydd chi!' dwrdiodd y llais eto.

Camodd Hafina Mainwaring o'r dyrfa ac ailadrodd y geiriau cyn gofyn, 'Wyddoch chi pwy ydw i?'

Roedd pen Megan yn troi. Doedd ganddi ddim i'w golli bellach.

Taniodd.

Gwichiodd Hafina Mainwaring wrth i'r fwled rwygo drwy bont ei hysgwydd, ei siwt felen yn cochi wrth i'r gwaed ffrydio o'r anaf.

Rowliodd y cynghorydd yn y mŵd, heb neb i'w chysuro. Roedd y dyrfa'n rhy brysur yn gwylio'r saethwraig i bryderu ynglŷn â charcas.

'Mi'ch saetha i chi i gyd!' rhybuddiodd Megan.

Synhwyrodd fod rhyw symud y tu cefn iddi. Trodd. Roedd y dyrfa'n cau'n gylch o'i chwmpas. Trodd i wynebu'r blaen eto.

'Mi'ch saetha i chi i gyd!' gwaeddodd eto. Ond gwyddai, mewn gwirionedd, mai bygythiad bregus oedd hwnnw. Faint ohonyn nhw oedd yma yn addoli? Dau gant? Mwy na hynny? Holl boblogaeth Mynydd Mwyn?

'Wel, wel,' meddai Emery a nodyn o ddychryn yn ei lais.

'Ella na fedra i 'mo'ch lladd chi i gyd, ond mi saetha i hynny fedra i cyn syrthio,' addawodd Megan gan chwifio'r gwn o'i chwmpas. 'A faint ohonach chi sy isio marw?'

Roedd y bygythiad yn effeithiol, ond gwyddai mai dim ond eiliadau oedd ganddi. Byddai'r dyrfa'n bownd o ymosod arni tasa hi'n mentro dianc, a doedd ganddi ddim gobaith o gyrraedd y ffordd fawr cyn iddyn nhw gael gafael ynddi. A beth bynnag, faint o fwledi oedd yn y gwn?

Doedd dim ond un peth amdani.

Roedd Megan wedi derbyn ei ffawd ac roedd ofn wedi ei erlid o'i chalon. Fe'i synnwyd gan ei dewrder dwl. Cerddodd i gyfeiriad y cwt moch a'r dyrfa'n lledu o'i blaen. Ystumiodd efo'r gwn i Emery symud oddi wrth y wal, ac ufuddhaodd hwnnw. Cipedrychodd Megan dros y wal. Roedd y moch yno. Yn aros.

Taniodd i fysg yr anifeiliaid.

Gwichiodd y creaduriaid gan sgrialu drwy'r mŵd i drio osgoi'r ymosodiad. Ffrwydrodd cnawd ambell un fel bod giserau o waed yn ffrydio o'r croen pinc wrth i fwledi rwygo drwyddynt.

Sgrechiodd y dyrfa, 'NAAAA!'

Trodd Megan a gweld Emery'n udo wrth redeg i'w chyfeiriad, gwallgofrwydd yn ei lygaid a'i wyneb yn fflamgoch. Saethodd Megan y ffarmwr. Diflannodd ei gorun mewn cwmwl o goch a gwyn a syrthiodd i'r llawr.

Wedi eiliad a barodd oriau, brasgamodd dau neu dri o'r dyrfa. Neidiodd y milfeddyg dros giât y cwt moch. Roedd yr anifeiliaid mewn gormod o banig i ymosod, yn rhuthro'n driphlith draphlith o gwmpas eu lloches i osgoi'r hyn a laddodd neu a anafodd eu rhywogaeth.

Gwelodd Megan fod drws y cwt ar agor, ond oedodd cyn mentro i'r golau gwan. Roedd 'na rywbeth yno na feiddiai ei ddychmygu. Rhywbeth erchyll. Dychwelodd yr ofn i'w chalon fel perthynas annymunol.

Erbyn hyn roedd rhai o'r dyrfa wedi dringo i ben y wal. Syllent yn rheibus ar lofrudd y moch, llofrudd eu cyd-weision: bachgen ifanc, tua phymtheg oed; gwraig ganol oed mewn jîns budur; plisman gwyn ei wallt; dyn ifanc a phlorod yn gorchuddio'i wyneb.

Anelodd Megan. Taniodd. Cafodd fadael ar acne'r dyn ifanc efo un symudiad o'i bys. Dim wyneb, dim sbotiau, meddyliodd Megan wrth i'r carcas syrthio'n ei ôl.

Rhuthrodd i'r cwt a chau'r drws ar ei hôl. Fe'i lapiwyd hi gan y trymder ac roedd aroglau aflan yn cosi ei ffroenau: aroglau cyntefig, dieflig. Goleuwyd y cwt gan ddegau o ganhwyllau oedd wedi eu gosod ar silff a redai o gwmpas y stafell fyglyd.

Ond roedd un gornel yn dywyll fel y fagddu, yn *dywyllach* na'r fagddu. Ac oddi yno daeth sŵn fel sŵn chwerthin. Chwerthiniad isel, araf, oeraidd.

Rhewodd Megan yn y gwres annifyr.

Symudodd y cysgod.

Taniodd Megan i'r düwch.

PING! PING! PING!

Gwyrodd wrth i'r fwled rocedu oddi ar graig y pared.

Tawelwch.

Oni bai am yr anadlu.

Dwfn, gofalus, rhythmig.

A chalon Megan.

Cyflym, afreolus, fel drwm.

Ac yna, chwyrnu.

Crynai Megan, ac roedd ofn arni na phrofasai erioed o'r blaen yn ei byw.

Ofn na fedrai ei ddychmygu, ofn na fedrai ei fesur.

Ac yna camodd y creadur i'r goleuni gwan.

Syrthiodd Megan ar ei gliniau a llithrodd y gwn o'i llaw. Roedd hi'n anadlu ar ras, fel tasai'r gwynt yn ei sgyfaint yn paratoi i ddengid ohoni, i'w bradychu.

Syllodd i fyw llygaid y baedd anferth. Roedd y creadur bron cymaint â bustach, yn ddu o'i gorun i'w garnau, a'i groen fel lledr. Ymestynnai dau ysgithr islaw ei ffroenau, yn gyrliog ac yn finiog, a phan ystwythodd ei weflau (ai gwenu arni oedd y duw?) gwelodd Megan resi o ddannedd miniog yn y geg ac arnynt ddarnau o gig.

Dechreuodd gynnwys stumog y milfeddyg ruthro i fyny'r lôn goch, a tholltodd y chwd ar lawr drewllyd teml y baedd.

Camodd y bwystfil ysgithrog tuag ati, a'i lygaid cochion yn rhwygo drwyddi. Medrai Megan ogleuo anadl anllad y bwystfil wrth iddo ymlwybro yn ei flaen, ei ben brawychus lai na throedfedd oddi wrth ei hwyneb calchwyn erbyn hyn.

Roedd Megan yn ddelw, yn methu symud yn wyneb y fath ddrychiolaeth, a glynai ei dillad i'w chnawd wrth i'r chwys dollti o bob mandwll.

Lledodd y baedd ei weflau mawr gan lafoerio'n frwdfrydig.

Chwyrnodd.

Prin y cafodd Megan gyfle i sgrechian.

HON

Roedd ei gwallt yn ddu fel neithiwr a'i chroen fel marmor. Bron nad oedd Harris yn teimlo cariad tuag at y ferch oedd wedi ei rhaffu i'r gwely. Ond nid go iawn. Sut medar rhywun garu darn o gig?

Ond roedd 'na rywbeth hudolus yn ei chylch. Rhyw rith oedd yn meddwi a drysu pen yr herwgipiwr. Daethai o hyd i'r gnawas yma, fel y tair o'i blaen, ar gornel stryd. Hwran fach yn gwerthu ei chnawd i'r byd a'r betws.

Unwaith y camai Harris dros riniog cartre moethus James, pylai'r nerfusrwydd a berwai'r cyffro fel llosgfynydd.

'Mae hon yn ddigon o sioe. Go dda rŵan, Harris,' meddai James, yn prowla'r stafell wely fel panther ar drywydd sglyfaeth.

Gwyliodd Harris y dyn busnes hanner-cant-a-saith yn crwydro'i diriogaeth, ei fol swmpus yn hongian fel clai meddal dros felt ei drowsus.

James oedd i gychwyn bob tro. Y fo, wedi'r cwbwl, oedd yn cyfrannu'r safle a'r rhan helaetha o'r arian. Ac roedd o wrthi'n paratoi.

Roedd y ferch yn stryffaglio, yn ymladd nerth ei bywyd yn erbyn y clymau ac yn anadlu'n drwm drwy'r cadach oedd yn belen yn ei cheg.

Syllodd Harris i fyw ei llygaid. Gobeithiai weld dychryn yno, ond ffyrnigrwydd oedd yn llenwi'r pyllau dyfnion. Daeth rhyw wendid anghyfarwydd i'w stumog. Rhwygodd ei lygaid oddi arni a syllu ar Williamson, a eisteddai mewn cadair wrth droed y gwely.

Yn y llygaid hynny y gwelodd Harris yr ofn.

Bu Williamson yn nerfus ers dyddiau.

'Fasa'n well i ni slacio am ryw fymryn, 'dwch?' oedd geiriau'r athro tenau ddwy awr ynghynt.

'Paid â chyboli, ddyn,' dwrdiodd James, a'i hyder yn gorlifo fel rhaeadr.

'Dydan ni'm yn chwarae efo tân, 'dwch?'

Tagodd Harris fflem i gefn ei wddw. Rhuthrodd at Williamson a gwasgu'r pensil o ddyn yn erbyn y pared. Fflemiodd yn felyn i wyneb yr athro.

'Yli, cachgi,' rhuodd Harris, 'os nad wyt ti am dy hwyl heno, gei di 'i heglu hi o'ma. Mi fydd Mr James a finna'n well o beth coblyn hebdda chdi os mai fel hyn mae hi am fod.'

Tawelodd Williamson wedi hynny a rhwbio'r gwlybni seimllyd oddi ar ei wyneb. Ond roedd y pryder yn dal yn ei lygaid. Am eiliad cydymdeimlodd Harris efo'r dyn tenau. Dim ond am eiliad. Roedd cydymdeimlad a chariad yn dod o'r un groth, yn frodyr gwantan, di-asgwrn-cefn. Roeddan nhw'n afiechydon a fyddai'n meddalu meddwl dyn, dim ond iddyn nhw gael hanner cyfle.

'Well i ni fod yn ofalus,' mentrodd Williamson yn sydyn.

Berwodd Harris, a gwasgu ei afael ar y dyn arall. 'Rwyt ti'n magu cweir, washi. Uffar o gweir.'

'Ond tydach chi ddim yn hidio am yr hyn ddigwyddodd i'r dynion 'na?' ymbiliodd Williamson.

'Yli, Williamson,' meddai James gan benlinio ar y gwely a rhedeg ei ddwylo dros gorff y ferch. 'Wnaethon nhw fistêc. Gwrthod talu, bownd o fod. Pimps, debyg, yn eu sortio nhw.'

'Ia, eu sortio nhw go iawn, dduda i. Addurno'r pared efo'u gwaed nhw, efo darnau o'u cyrff nhw!' gwaeddodd Williamson a chryndod yn ei lais.

Clensiodd Harris ei ddyrnau. Digon gwir, roedd pwy bynnag (neu *beth* bynnag) a ddinistriodd y dynion wedi datgymalu rhannau o'u cyrff – a rhannau personol yn eu mysg – a'u hoelio ar bared gwaedlyd y stafell.

Roedd pethau eraill wedi digwydd hefyd: un dyn wedi ei dynnu tu chwith allan; un arall wedi ei blygu fel nad oedd natur yn bwriadu; dau arall â'u tafodau a'u llygaid wedi eu rhwygo o'u pennau. A phob un wan jac wedi ei ddarganfod yn y rhan honno o'r ddinas lle gwerthid rhyw fel ffrwythau ar stondin farchnad.

'Mae 'na *vigilante* ar ein trywydd! Beth petai *hon* yn gyfrifol!' udodd Williamson, wedi ei lwyr feddiannu gan banig erbyn hyn.

Cythrodd Harris yng ngwallt y cwynwr a chyfeirio'i olwg tuag at y ferch. 'Yli arni! YLI! Mymryn o beth ydi'r hwran fach. Fawr lletach na dy glun di. Gyn ti fwy o gig ar dy goc na sgyn y gnawas drwy'i chorff.'

'Ella ... ella fod ganddi ffrindiau'n disgwyl amdanon ni'r tu allan.'

Ffrwydrodd Harris a llusgo'r athro babïaidd o'r stafell gan adael y ferch yng ngofal James.

Hyrddiwyd Williamson o un stafell i'r llall, a

gwthiodd Harris drwyn y cwynwr yn frwnt i bob twll a chornel, rhwbio'i wyneb yn greulon yn erbyn y ffenestri, a dyrnu ei ben i bren y drysau ac i blaster y muriau.

Powliai chwys o groen y tormentiwr, a llifai gwaed o anafiadau'r dioddefwr. Tynnwyd Williamson i fyny'r grisiau gerfydd ei goler, ac ar ben y grisiau ciciodd Harris ddrws y stafell wely ar agor. Taflodd yr athro i'r stafell lle disgwyliai weld James yn cyplu'n frwnt efo'r ferch.

Ond pan gamodd i'r stafell i fwrw golwg ar y rhyw brwnt, bu bron i Harris 'i wlychu ei hun.

Roedd y ferch yn dal yn ei chlymau, ac yn gorwedd wrth ei hymyl yr oedd James. Roedd ei lygaid ar agor led y pen, a'i ben yn ysgwyd o'r naill ochor i'r llall yn gwadu ac yn gwrthwynebu.

Daeth cyfog i gorn gwddw Harris pan sylwodd fod stumog y dyn busnes wedi ei rwygo ar agor fel defnydd brau. Llifai'r gwaed yn afon o'r briw, ond yn waeth na hynny roedd ei berfedd llwydlas yn llithro fel sarff o'r hollt erchyll yn y cnawd.

Chwipiodd llygaid Harris o gwmpas y stafell yn disgwyl gweld yr ymosodwr, yn barod i'w amddiffyn ei hun.

Ond doedd 'na neb ... heblaw am Williamson ar ei liniau'n sgrechian.

Ciciodd Harris yr athro yn ei ên a syrthiodd hwnnw'n anymwybodol.

Syllodd Harris ar y gaethferch. Roedd hi'n llonydd, yn rhythu ar y nenfwd, ei bronnau'n codi ac yn disgyn wrth iddi anadlu'n drwm. Astudiodd ei chorff, ynghlwm wrth y gwely, yn gaeth i'r rhwymau.

Nid hi. O bosib.

Ta waeth.

Dengid o'ma oedd yr unig ateb; dengid er mwyn iddo fo fod yn ddall i'r hyn oedd wedi digwydd. Trodd Harris i gydio yn handlen y drws. Rhwygodd y boen fel mellten trwyddo, ni fedrai ollwng ei afael ar y nobyn crwn. Sgrechiodd pan welodd ei gnawd yn mygu wrth i'r gwres doddi croen ei law.

Syrthiodd yn ei ôl. Magodd ei law a gwingo. Roedd ei chledr yn ddu, yn gignoeth, y cnawd wedi toddi ac arogl cig wedi llosgi yn llenwi ei ffroenau.

Ni sylwodd fod y ferch wedi torri'n rhydd o'r rhaffau ac wedi codi ar ei heistedd. Sgrech Williamson a dynnodd ei sylw ati hi.

A gwelodd, drwy len drwchus o boen, yr hunlle'n esblygu o flaen ei lygaid.

Roedd ei llygaid yn fflamgoch, y gwallt du sidanaidd yn ddegau o nadroedd gwyrdd, a llygaid y seirff yr un mor filain â rhai eu meistres.

Gosododd Harris ei law iach ar y pared a cheisio gwthio'i hun ar ei draed. Gwlybni. Aeth ias drwyddo. Edrychodd ar y mur. Crychodd ei drwyn wrth i'r cyfog fygwth yn ei stumog. Roedd gwaed yn llifo o'r wal.

Syllodd Harris eto ar yr angel tywyll ac ofn yn brathu i'w bledren. Carlamai ei galon a chanai ei glustiau i sŵn sgrechian Williamson, oedd wedi dod at ei hun.

Gwenodd y ferch ar Harris, ei dannedd yn hoelion yn ei cheg. Dechreuodd ei chnawd ferwi a chwyddo. Trodd y croen tyner yn lledraidd ac yn wyrdd. Ffrwydrodd ei hewinedd fel cyllyll o flaenau ei bysedd. Agorodd y fwystfiles ei cheg a dihangodd nadroedd o'r agoriad. Ochneidiodd Harris wrth i'r creaduriaid aflan chwipio heibio iddo i gyfeiriad Williamson.

Roedd hwnnw'n baldorddi, yn gwrthod derbyn yr hyn oedd yn digwydd. Ond ni lwyddodd i atal y nadroedd rhag nofio dros ei gorff.

I mewn i'w gorff.

Dechreuodd wichian a strancio.

Tynhaodd cyhyrau Harris wrth wylio'r seirff yn sleifio i'r tyllau yng nghorff Williamson: i'w geg a'i ffroenau a'i glustiau ... a gwelodd Williamson yn cydio ym mochau ei din.

Dechreuodd corff yr athro sbasmu'n ffyrnig. Tagodd ar y nadroedd a lenwai ei gorn gwddw. Ffrydiodd y gwaed o'i ffroenau a'i geg.

Ceisiodd sgrechian ond dim ond rhyw hisiad anobeithiol ddaeth o'r geg oedd yn ferw o seirff seimllyd.

Dechreuodd ei gorff ystumio wrth i'r nadroedd ei fwyta o'r tu mewn.

Roedd Harris wedi gweld digon, yn ysu am ddianc, yn ysu am achubiaeth. Llithrodd yn ei ôl yn ara deg, a symud tuag at y drws gan obeithio y byddai'r gwres yn yr handlen wedi lleddfu. Ond cyn iddo fedru cyrraedd y drws teimlodd rhywbeth yn lapio am ei ganol.

Gwthiodd yn erbyn y tentacl hir a ymestynnai o stumog y greadures. Dechreuodd gwyno wrth i'r neidr fawr wasgu. Gwasgodd yn dynnach amdano fel braich cariad.

A gwasgu.
A chwilota.
Am dyllau.
A dod o hyd.
I un.

Gwichiodd Harris wrth i'r tentacl fentro i'w gorff.
A rhwygo'i du mewn yn ara deg bach ...

Suddodd y fediwsa i'r düwch. Roedd hi *mor* hawdd eu trapio nhw. Yn heidio ati hi fel sborionwyr at garcas. Ni ddychmygodd y byddai gwireddu ei phleserau mor hawdd â dwyn losin a thafodau o geg plant y llwyth cyntefig 'ma.

Cerddodd ar hyd y stryd dawel, ei gwallt bellach yn felyn fel aur ac yn fyrrach nag o'r blaen.

Stopiodd. Trodd. Gwenodd ar y dyn ifanc.

'Wyt ti ar goll?' holodd hwnnw.

'Ella,' atebodd hithau'n bryfoclyd.

Swagrodd i gyfeiriad y dyn. Roedd hi'n glafoerio fel anifail barus wrth ei gyrraedd.

DYMA'R CEDYRN GYNT

Roedd Ken Ellis yn flin. Yn flin oherwydd mai *fo* oedd wedi gorfod gweithio heno yn hytrach nag Emlyn; yn flin am iddo fethu dod o hyd i Radio 5 Live er mwyn gwrando ar y gêm rhwng Manchester United a Lerpwl; ac yn flin efo'r protestwyr am iddyn nhw orfodi'r datblygwyr i gyflogi cwmni diogelwch i gadw llygad ar y safle yn y lle cynta.

Roedd hi'n noson oer a'r ddau wresogydd nwy yn fawr o gysur. Roedd y garafán fechan fel oergell a Ken wedi lapio'i ffurf sylweddol mewn dwy gôt drwchus i drio cadw'n gynnes. Ymdrechodd unwaith eto i ddod o hyd i sŵn y gêm bêl-droed ond dim ond clecian a chrenshian mewn poen ddaru'r radio.

'Blydi, blydi, blydi da i blydi ddim!' rhegodd gan daflu'r radio'n ddi-hid i ben arall y garafán. Bloeddiodd rhyw fiwsig aflafar – y math y byddai'i ferch Sharon yn ei fwynhau – o'r radio wrth i'r teclyn diniwed daro yn erbyn y wal bella.

Edrychodd drwy'r ffenest i ddüwch Culeryr. Roedd y pentre'n dawel fel y bedd ond gwyddai Ken yn iawn fod cyfrin gyngor yn llechu yn y tywyllwch. Roeddan nhw wedi malurio'r safle sawl gwaith a'r heddlu'n gwneud dim.

'Roedd pethau'n wahanol pan o'n i'n blisman' oedd ei eiriau wrth ei wraig, Anita. 'Taswn i'n cael gafael ar y cnafon, mi fasa 'na HEN brotestio wedyn.'

Doedd Ken yn hidio'r naill ffordd na'r llall fod Cartrefi Albion am godi deuddeg o dai ar dir ffarm Drws Aled. Poeni oedd o am y pres yn ei boced. Ond roedd o'n cael ei gorddi gan 'y stiwdants a'r hipis a'r *drop-outs*' oedd yn gwrthwynebu'r datblygiad ac yn ei orfodi i weithio ar noson y gêm.

Dyna pam nad oedd Emlyn yn gweithio heno, meddyliodd. Adra ar ei din yn gwylio'r gêm oedd y cythraul diog.

Doedd 'na ddim amdani. Agorodd Ken y bag oedd dan y bwrdd ac estyn ei focs brechdanau a'r copi o *Razzle*. Wrth gnoi ar y bara, y caws a'r nionyn, syllodd ar y ferch efo gwallt aur oedd yn lledu'i chluniau o'i flaen. Dechreuodd ddatod ei falog.

Yna clywodd y griddfan isel.

'Wancars,' rhegodd gan roi ei bidlan yn ôl yn ei drowsus. Cydiodd yn y fflachlamp a'r pastwn, a brasgamu o'r garafán.

Syllodd i gyfeiriad y twll. Roedd yr ymddiriedolaeth archeolegol wedi bod yn gweithio ar y darn tir. Credid bod safle Rhufeinig yma ac roedd yn rhaid ei archwilio cyn y medrai Cartrefi Albion ddechrau ar eu gwaith. Bu'r protestwyr yn tollti sbwriel i'r twll dros yr wythnosau dwytha, ac addawodd Ken y bydda fo'n claddu'r cythrals yn fyw tasa fo'n cael gafael arnyn nhw.

Dyna fo eto: y griddfan.

Roedd un ohonyn nhw wedi syrthio i'r twll ac wedi brifo. Dyna gewch chi am fusnesu, meddyliodd Ken wrth gripian i gyfeiriad yr agoriad yn y ddaear, â phelydr y fflachlamp yn torri llwybr iddo drwy'r düwch trwchus.

Syllodd i ddyfnderoedd y pridd tywyll. Roeddan nhw wedi tyllu hyd at ddyfnder o tua saith troedfedd ond heb ddod o hyd i fawr ddim hyd yn hyn.

Aeth ias ar hyd asgwrn cefn Ken fel tasa pryfed cop yn cropian ar ei hyd. Oerfel, meddyliodd. Ac mi roedd hi'n oer, y gwynt main yn brathu drwy'r haenau o ddefnydd a chnawd oedd yn amddiffyn ei esgyrn.

'Pwy sy 'na?' galwodd, gan geisio rhoi argraff o awdurdod yn ei lais. Plygodd ar ei bedwar a thaflu pelydr y fflachlamp i ddyfnder y bedd. Bedd, ia; roedd o'n atgoffa Ken o fedd. 'Fasa fo'n glamp o ddyn i gael ei gladdu'n fan 'ma,' meddai'n dawel wrtho'i hun.

Eisteddodd ar ymyl y twll a'i draed yn crogi dros yr ochor. Doedd 'na neb na dim yno. Rhyw anifail twp, debyg, meddyliodd, gan chwifio'r pelydr golau o'i gwmpas rhag ofn iddo fo gael cip ar y cwynwr.

Yna, poerodd y ddaear. Ac yn fflem o geg y tir daeth y creadur gwaetha a welsai Ken yn ei fywyd, bywyd diddim oedd ar fin dod i'w derfyn.

Syllodd y dyn seciwriti mewn syfrdan a dychryn wrth i'r bwystfil saethu o'r pridd fel roced i'r nefoedd, â llwch a baw yn ei ddilyn.

Plymiodd y cawr fel sateleit yn ôl i'r ddaear a glanio yn y pridd oedd newydd ei boeri. Cododd ar ei draed a syllu ar Ken.

Roedd Ken yn syllu hefyd, wedi ei rewi gan ofn, ei faw yn gynnes ar ei ben ôl a'i gluniau.

Roedd y creadur yn anferthol, dros ei saith troedfedd, a'r corff enfawr wedi ei orchuddio ag arfwisg oedd wedi pydru mewn mannau dan effaith y pridd. Roedd bwyell reibus yn crogi o'r gwregys oedd am ganol sylweddol y cawr, ac roedd cleddyf hir yn ei gwain ar ei gefn. Ystwythodd y cawr ei gorff hynafol, a chnawd gwyn ei ddwylo enfawr yn blorod cochion.

Ond yr helmed oedd waetha: penglog anifail nad oedd Ken yn ei adnabod, wedi ei osod mewn cwfwl o ddefnydd du, yr ên yn hir, y dannedd yn finiog, ac o'r cyrn troellog crogai esgyrn mân ar raffyn tenau – tlysau'r heliwr: rhan o sgerbwd llaw a darn o benglog ddynol.

Rhedodd Ken nerth ei draed ond doedd 'na fawr o nerth yn nhraed y creadur. Doedd 'na ddim gobaith dengid rhag y cawr, a medrai'r dyn tew deimlo'r ddaear yn crynu dan ei draed wrth i'w elyn rasio ar ei ôl. Roedd sŵn traed y cawr yn drymio yng nghlustiau'r dyn seciwriti, ac yn sydyn fe'i teimlodd ei hun yn cael ei godi a'i daflu drwy'r awyr.

Cythrodd am wynt wrth fynd ben ucha'n isa drwy'r awyr. Teimlai'n llipa, ei ddwylo a'i draed yn corddi wrth drio cydio mewn awyr iach.

Trawodd Ken yn erbyn ochor y garafán. Fflachiodd poen arswydus drwy ei ysgwydd chwith a bu ond y dim iddo lewygu wrth weld yr asgwrn gwyn yn ymwthio drwy'r cnawd.

Ond ddaru o ddim, yn anffodus.

Mi fyddai llewyg wedi bod yn fendith.

Dechreuodd grio fel babi wrth i'r cawr estyn y fwyell a'i thaflu o un llaw i'r llall yn chwareus. Yn sydyn, trodd y cawr ei ben mawr i'r chwith ac ogleuo'r awyr iach fel tasa fo'n synhwyro bod dieithryn arall yn y cyffiniau.

Ond ddaru hynny ddim arbed bywyd Ken.

Edrychodd y bwystfil ar y dyn bach tew gan anwybyddu pwy bynnag, neu beth bynnag, oedd wedi dwyn ei sylw.

Agorodd Ken ei geg i sgrechian. Ond nid gwaedd ddaeth o'i gorn gwddw, ond chwd. Holltodd y llafn miniog ei ben, o'i gorun i'w gorn gwddw.

Doeddan nhw'n gwneud dim byd ond ffraeo.

Y cynllun diawl 'ma oedd asgwrn y gynnen; Elliw yn danboeth dros yr achos, fynta'n mynnu mai'r hyn oedd o'n ei wneud oedd joban o waith – dim mwy, dim llai. Doedd ganddo fo ddim mymryn o awydd dadlau ynglŷn â chynllun Drws Aled, ac un rheswm dros hynny oedd mai Elliw fyddai'n ennill y dydd.

Cerddodd Ben Morgan yn ôl am y Ceffyl Coch, â gwynt main strydoedd Culeryr yn oeri'i waed. Doedd ganddo fawr o gariad at y pentre bach annifyr, y bobol yn fewnblyg ac yn amheus o unrhyw ddieithryn fyddai'n mentro i'w plith: dieithriaid fel fo a gweddill giang yr ymddiriedolaeth, dieithriaid fel Cartrefi Albion.

Ond o leia mi gafodd o groeso gan Elliw James, y ferch finiog ei thafod a llyfn ei gwedd oedd yn ysgrifennydd yr ymgyrch leol i nadu i'r datblygwyr barhau â'u menter.

'On'd wyt ti'n ferthyr,' pryfociai Ben.

'Gwell bod yn ferthyr nag yn fradwr,' ymatebai Elliw.

'O, dwn i ddim. Lle fasa Crist heb ei Jiwdas?'

'Yn fyw.'

Roeddan nhw wedi llwyddo i gadw eu perthynas yn gyfrinachol. Byddai'r ddau wedi wynebu llid tasa'u cyfeillion a'u cyd-weithwyr yn cael ar ddeall fod y naill yn cysgu efo'r gelyn.

Sugnodd Ben yr awyr iach i'w sgyfaint. Roedd ocsigen yn fêl wedi cyfnod yng nghartre myglyd Elliw.

'Oes rhaid i chdi smocio?' fydda fo'n gofyn.

'Oes!'

'Fyddi di farw os na roi di'r gorau iddi.'

'Fydda i farw os gwna i.'

Hi oedd i gael y gair dwytha.

Meddyliodd Ben iddo glywed sŵn crio ar y gwynt, ond taflodd yr awgrym o'i ben. Ond yna dychwelodd y swnian, yn amlycach y tro hwn.

Roedd o'n cerdded heibio i Gae Cynta, maes y gad fel petai, lle bwriadai Cartrefi Albion godi'r tai, lle fuo Ben a'i griw yn tyllu'n ddygn dros yr wythnosau dwytha.

Ac yna, gwelodd yr olygfa …

Plygodd yn isel wrth ymyl y clawdd a gwylio'r cawr yn sefyll uwchben y dyn tew. A fynta ganllath i ffwrdd, roedd Ben yn medru teimlo ofn y truan ar y llawr.

Yn sydyn, edrychodd yr ymosodwr anferthol i'w gyfeiriad a gwyrodd Ben yn is, ei galon yn drymio yn ei frest. Drwy'r drain medrai Ben weld y benglog yn synhwyro awyr y nos, ond yna trodd y cawr ei sylw yn ôl at y sglyfaeth.

Cododd y cawr ei fwyell.

Caeodd Ben ei lygaid.

Clywodd sŵn metel yn sbleisio drwy gnawd ac asgwrn.

Oni bai iddo'i gyfarwyddo'i hun ag arferion oriau mân Elliw, byddai Ben wedi taeru ei bod yn smocio yn ei chwsg. Roedd 'na sigarét yn crogi o'i gwefusau'r funud 'ma a hithau'n crwydro'r bwthyn bach mewn crys-T a dim byd arall.

Roedd o wedi dychwelyd o'r olygfa yng Nghae Cynta, ac eisteddai ar soffa ddofn Elliw yn yfed whisgi.

'Wyt ti'n siŵr nad oedd y gwin gaethon ni gynna'n chwarae triciau?' holodd Elliw yn amheus.

'Wn i'n iawn be welis i,' mynnodd.

'Cawr mewn penglog anifail yn lladd dyn seciwriti efo bwyell ... aros di i mi gymryd nodiadau,' meddai Elliw gan eistedd wrth ei ymyl ac estyn llyfr nodiadau oddi ar fwrdd cyfagos.

'Paid â malu cachu.'

'Dydw i ddim: "Cledwyn y Gacynen a Chawr Mawr Culeryr",' meddai Elliw wrth sgriblo yn y llyfr.

'Dwyt ti'm 'y nghymryd i o ddifri,' cwynodd Ben gan sefyll i fynd.

'Ista. Ddylia chdi ffonio'r heddlu,' meddai â nodyn mwy difrifol yn ei llais rŵan.

'Wnân nhw 'mo 'nghredu i,' meddai, ac eistedd eto.

'Wyt ti'n credu?'

Ysgydwodd ei ben yn ddryslyd.

'Wyt ti isio aros?'

Nodiodd. 'Sorri am ... yn gynharach ... dwrdio, a ballu ... blydi Cae Cynta.'

Cododd Elliw ei sgwyddau mewn maddeuant. 'Well i chdi ffonio'r heddlu.'

'Ddown nhw o hyd i'r corff. Be di'r ots be welis i?'

'Ffonia nhw.'

'Mi wna i wedyn.'

'Wedyn?'

Cododd Ben a mynd drwodd i stydi Elliw.

'Be ti'n neud?' gofynnodd hithau, wrth ei wylio'n

mynd drwy'r drws agored.

'Dwi'n mynd i fwrw golwg ar y llyfrau ... hanes y safle a ballu.'

'Ben,' cwynodd Elliw, yn ei ddilyn i'r stydi. Roedd o wrthi'n chwilio ar y silffoedd llawn. Yn addurno'r waliau roedd posteri o gloriau niferus y llyfrau sgwennodd Elliw am anturiaethau Cledwyn y Gacynen, y pryfyn bach melyn a du oedd wedi diddanu plant Cymru dros y blynyddoedd.

Ond, yn ôl yr hyn a ddywedodd Ben, doedd ei chreadigaeth gyfeillgar hi ddim yn cymharu o gwbwl â'r hyn a welwyd gan ei chariad.

Neu'n hytrach yr hyn a ddychmygwyd ganddo.

Doedd 'na ddim byd gwell ganddi na'r oglau gwyrdd fyddai'n llenwi'r aer ar ôl i wair gael ei dorri. Yn y pellter medrai glywed chwyrnu ysgafn sawl injan dorri gwair wrth i drigolion Culeryr gymryd mantais o'r tywydd sych i ladd tyfiant cynta'r gwanwyn. Roedd yr haul yn gwenu'n ddel ar y pentre a'i bobol, ond eto brathai'r gwynt yn slei gan gripian yn dawel i'w mysg i greu direidi.

Stwffiodd ei dwylo i bocedi'r gôt ac yn annisgwyl daeth o hyd i baced o Silk Cut. Roedd 'na un yn weddill, y lleill wedi eu smocio yn yr oriau mân wrth iddi rannu stori anhygoel Ben.

Taniodd y sigarét a sugno'r mwg i'w sgyfaint. Ar yr wyneb roedd Culeryr yn dlws, yn geidwad tyner i'r wyth gant a hanner o drigolion, yn gynhaliaeth iddyn nhw. Ond roedd 'na rai a oedd yn benderfynol o anharddu'r Eden efo'u stadau tai drudfawr fyddai'n denu dim ond dieithriaid i dir duwiol.

Pwysai ar giât Cae Cynta. Roedd y cae'n frith o blismyn yn sgil digwyddiad erchyll y noson cynt. O leia roedd Ben yn dweud y gwir ynglŷn â'r corff. Gwelodd hefyd fod cynrychiolydd o'r cwmni datblygu yno'n sgwrsio efo'r ffarmwr – y bradwr werthodd y tir ar gyfer dibenion mor ddieflig – Caio Jones.

Roedd Ben yn eu mysg hefyd, yn yr het gowboi gyfarwydd. Sgwrsiai efo un o'r plismyn, a theimlodd Elliw awydd sydyn i'w gofleidio, ond gwyddai y byddai'r heddlu'n ei harestio tasa hi'n rhoi troed ar laswellt sanctaidd y cae. Er iddi anwybyddu'r gorchymyn llys ganwaith, doedd hi'm yn ddigon dwl i wneud hynny a hanner heddlu'r ardal yn patrolio.

'O, cachu,' rhegodd Elliw yn dawel wrth weld y plisman yn cerdded i'w chyfeiriad. Yr Arolygydd Cliff Henri, dyn bach crwn efo pen moel a sgleiniai fel pelen snwcer yn yr haul cynnar. Aeth i'w phoced am sigarét a melltithiodd wrth sylweddoli bod y ddwytha wedi ei thanio.

'Helo, trwbwl,' meddai Henri, a gwên fach drist ar ei wefusau. Roedd Elliw a hwn wedi croesi cleddyfau droeon, ac er iddi ddamnio a rhegi'r plisman roedd hi'n ddigon hoff ohono, a fynta hithau.

Pwysodd ar y giât a chynnig sigarét iddi. Cymerodd un yn ddiolchgar.

'Gwranda, Elliw. Dydw i'm yn awgrymu am eiliad bod gyn ti unrhyw beth i'w wneud efo'r busnes 'ma neithiwr ... ond mae'n rhaid i mi ofyn i chdi.'

'Lle roeddwn i neithiwr?'

Nodiodd y plisman.

'Yn darllen hen lyfrau tan y bore bach.'

'Hen lyfrau? O ia. Oes 'na rywun fedar gadarnhau'r stori?'

Sugnodd ar y sigarét ac edrych i gyfeiriad Ben, oedd yn camu o gwmpas y twll yn y cae.

'Oes,' meddai Elliw.

'Fedrwn ni gael gafael ynddo fo ... neu hi?' gofynnodd y copar.

'Medrwch,' meddai Elliw. 'Mae o'n sefyll yn fan 'cw.' Nodiodd i gyfeiriad Ben.

Trodd Henri yn ôl am y cae a gweld y dyn ifanc, tal mewn het gowboi.

Deffrodd y cawr yn ara deg.

Roedd blas y fuddugoliaeth yn felys ar ei wefusau, yn gynnes yn ei stumog. Gwantan oedd y gelyn, ond roedd cosb lem yn aros yr holl dresmaswyr. Dros y dyddiau dwytha roedd eu lleisiau wedi dod yn fwy eglur a gwyddai'r cawr fod goleuni ar fin llifo'n fôr eto i'r gell fu'n garchar iddyn nhw dros y canrifoedd; nhw, yn feibion i dduwiau, yn gorfod rhannu pridd efo'r cynrhon a'r pryfed genwair, y tyrchod daear a'r chwilod. Gwae'r dynion bach a gladdodd y mawrion yn y fagddu fythol.

Roedd hi'n braf medru ymestyn ac ystwytho'i gorff anferthol am y tro cynta ers oes Adda, a sugnodd y byd uwchlaw'r pridd i'w ffroenau wrth ddiogi yn y cwt dur, a'r das wair yn gynnes o'i gwmpas. Llenwodd ei sgyfaint efo arogl chwyslyd y gwellt a'r awyr iach gysurus oedd yn llechu o gwmpas drws y cwt.

A fynta'n rhydd drachefn, penderfynodd y byddai'n gloddesta ar ffrwythau'r ddaear, yn dinistrio unrhyw aelod o'r llwyth pitw fu'n gyfrifol am ei gladdu'n fyw – *a hynny am y trydydd tro* – yn oerni a thywyllwch yr ogof. Ond fyddai 'na ddim dal arno fo'r tro hwn. Roedd yr atgasedd, y ffieidd-dra tuag at yr hil niferus wedi crawni yn ei stumog, yn ei gyhyrau, ym mhob nerf a gwythïen oedd yn agor llwybr trwy'i gorff anghymharol.

A phan fyddai'r gweddill yn deffro ... wedyn, byddai'r pryfed mân yn blasu llid y blynyddoedd.

Cododd ar ei draed ac ymestyn ar ben y das wair bron hyd at do'r adeilad. Taflodd ei gorff saith troedfedd a hanner o ben y das a glanio'n gyffyrddus ar y llawr cerrig ugain llath islaw. Ystwythodd unwaith eto a chymryd eiliad i astudio'i gorff. Roedd cnawd ei ddwylo'n wynfelyn ac yn seimllyd. Cyffyrddodd y cawr ag ambell friw ciaidd oedd wedi casglu a mynd yn ddrwg ar ei dorso, ac yna â'i gluniau a'i goesau.

Bwriadai'r bwystfil drin yr anafiadau efo dail yn ddiweddarach, ar ôl iddo gosbi mwy ar y cynrhon oedd wedi ei garcharu.

Aeth i gornel y cwt gwair lle gorweddai'r carcas. Plyciodd aren o gorff y bustach efo'i gleddyf, a'i llowcio. Roedd y cig yn gynnes ac yn gysurus. Gosododd yr helmed ar ei ben a cherdded i'r awyr agored. Cymerodd eiliad neu ddwy i'w gyfarwyddo'i hunan â'r golau llachar. Ar y gwynt clywodd lais un o feinw'r llwyth yn deifio a dawnsio, y cywair yn uchel a phigog.

Daeth cyffro i'w lwynau.

Cyplu cyn lladd.

Eisteddai Gwyneth Jones mewn cadair freichiau ledr yn syllu ar sgrin wag y teledu. Roedd llais canu Margaret

Williams yn llenwi'r stafell fyw lychlyd, ond doedd Mrs Jones yn cymryd fawr o sylw o'r gantores wrth iddi berfformio o grombil y stereo. Roedd meddwl gwraig Drws Aled yn wacter du, y botel frandi wedi llwyddo i gloi'r drws rhag ymyrraeth y byd y tu allan, y byd brwnt, dideimlad. Roedd hi'n difaru ei henaid iddi blannu'r syniad o werthu tir ar gyfer datblygu ym mhen twp ei gŵr. Doedd hi ddim wedi cysidro goblygiadau'r penderfyniad. Roedd gweddill y pentre wedi trin y cwpwl fel rhyw haint ers i'r papur lleol gyhoeddi'r cynlluniau.

'Pa hawl sgynnoch chi i sgwennu hyn heb ofyn caniatâd gynnon ni?' gwaeddodd Gwyneth Jones i lawr y ffôn ar ôl i'r stori addurno tudalen flaen y *Daily Post*.

'Perffaith hawl, mae gyn i ofn,' meddai'r golygydd newyddion, ei lais yn dawel a chysurus – nawddoglyd yn nhyb Mrs Jones. 'Yn y lle cynta, mae gan drigolion Culeryr berffaith hawl i wybod be sy'n digwydd ar eu stepan drws. A beth bynnag, mae'r manylion wedi eu cyhoeddi yn agenda'r pwyllgor cynllunio nesa. Ac os cofiwch chi, Mrs Jones, "no comment" gawson ni gynnoch chi pan ffoniodd un o'r gohebwyr.'

'Ia, "no comment", a rhybudd i chi beidio â chyhoeddi neu mi fyddan ni'n siwio. A jyst i chi gael gwbod, mae'r gŵr a finna'n mynd i weld cyfreithiwr y pnawn 'ma. Rydan ni yn bwriadu'ch siwio chi.'

'Dyna chi, gnewch chi hynny,' meddai'r wraig ar ben arall y ffôn.

Do, mi ddaru Gwyneth a Caio Jones wastraffu pres prin er mwyn clywed cyfreithiwr dwy a dimai'n ategu'r hyn a ddywedodd y golygydd newyddion yn rhad ac am ddim: 'Perffaith hawl, mae gyn i ofn'.

Aethai pethau i lawr yr allt wedi hynny: protestiadau, cyfarfodydd cyhoeddus ac yn waeth na dim yr anwybyddu. Doedd 'na ddim byd gwaeth gan Gwyneth Jones na chael ei hanwybyddu, a hithau'n gadeirydd Merched y Wawr yr ardal, yn flaenor yn y capel, yn llywodraethwraig yr ysgol gynradd.

Roedd beth a fu unwaith yn barch erbyn hyn yn faw. Roedd hi'n adfail. Methai'n lan â bwyta. Roedd hi'n byw ar frandi a fodca. Gwrthodai lanhau'r cartre a fu unwaith yn destun parch mawr iddi. Gwrthodai garu Caio yn y gwely priodas – na hyd yn oed yn yr ardd, yn yr awyr agored, fel yr arferai'r ddau ei wneud.

Daethai'r heddlu heibio'n gynnar y bore hwnnw efo'r newydd drwg diweddara: corff y dyn seciwriti.

Mwy o drafferth, a mwy o oedi.

Roedd hi wedi bod yng nghwmni'r botel frandi ers oriau, heb symud o'r gadair freichiau. A doedd ganddi ddim bwriad o symud hyd nes deuai Caio'n ôl. Mi fyddai hynny'n ddigon o esgus iddi wneud tamaid o bryd i'r ddau ohonyn nhw.

Llithrodd cysgod heibio i'r ffenest gan dywyllu'r stafell fyw am eiliad. Trodd Mrs Jones ei phen yn ara deg i gyfeiriad y golau dydd: Caio'n ôl o'r caeau. Cododd ar ei thraed a chydio yn y botel frandi. Byddai'n rhaid cuddio'r dystiolaeth rhag ofn iddi fynd yn ffrae. Roedd hi'n arfer mwynhau ffraeo efo'i gŵr, gan mai hi fyddai'n cael y llaw ucha bob tro. Ond doedd 'na ddim blys am ddadl na dim byd arall bellach. Dyna newid byd, meddyliodd.

Tywyllodd y stafell eto a dyma'r ffenest yn ffrwydro wrth i'r cawr ei hyrddio'i hun drwy'r gwydr. Llifodd y gwaed o wyneb Mrs Jones. Bradychwyd hi gan ei choesau. Malodd y botel frandi wrth daro'r llawr.

A'r creadur afreal, anferthol yn sefyll fel tŵr uwch ei phen, triodd Mrs Jones ei gorau glas i sgrechian, ond roedd ei llais wedi dengid mewn arswyd. Syllodd mewn parchedig ofn wrth i'r cawr dynnu'r benglog. Roedd ei wyneb yn welw, yn fasg o farwolaeth, ac roedd dyfnder ei lygaid coch fel môr stormus.

Edrychodd y cawr o gwmpas y stafell fyw ac am ryw reswm roedd Mrs Jones yn ysu i ymddiheuro am y llanast.

Roedd o'n gwbwl foel oni bai am gynffon hir o wallt a oedd yn neidr o'i gorun hyd at ganol ei gefn. Sylwodd y wraig ar ei glustiau miniog wrth iddo droi ei ben o gwmpas y stafell.

Gwenodd y cawr arni gan ddangos ei ddannedd miniog, a'r rheini fel tasan nhw wedi eu naddu'n bigau. Camodd tuag at y wraig ffarm, cythrodd yn ei gwallt a'i llusgo rownd y stafell. Daeth Gwyneth Jones o hyd i'r gallu i sgrechian.

'Diolch o galon, f'anwylyd,' meddai Ben wrth frasgamu drwy ddrws y bwthyn. Eisteddodd ar y soffa gyferbyn ag Elliw.

'Sorri, babi,' meddai Elliw gan wrido.

'Maen nhw'n cysidro fy nghyhuddo i efo "witholding evidence". Oes 'na banad yn y tepot? Mae te cops fatha piso dryw.' Diflannodd Ben i'r gegin.

'Doedd gyn i'm dewis,' meddai Elliw, yn gwybod yn iawn y medrai fod wedi cau ei cheg. Ond roedd hi am i'r pentre, am i'r byd i gyd wybod am eu carwriaeth. A byddai pob un wan jac yn bownd o glywed rŵan, â Ben wedi treulio'r ddwy awr ddwytha'n cael ei holi yng ngorsaf yr heddlu.

Daeth yn ôl i'r stafell fyw a mygiad o de yn ei law. Roedd o'n flin ond wedi maddau iddi. Doedd o'm yn un i ddal dig, yn enwedig efo Elliw.

'Ddudis di wrthyn nhw be welist di?' gofynnodd Elliw, wedi rowlio'n belen ar y soffa.

'Doeddan nhw'm yn 'y nghymryd i o ddifri,' atebodd. Cymerodd lymaid o'r panad. 'Roeddan nhw'n meddwl 'y mod i'n feddw ar y pryd.'

'Mi oeddach chdi.'

'Wn i.'

Bu tawelwch. Edrychodd Elliw ar Ben. Roedd o'n yfed unwaith eto, yn syllu i nunlle.

'Be sgyn ti i'w ddeud?' Gwyddai Elliw ei fod yn ymgodymu â'r hyn a welsai yng Nghae Cynta.

'Tyd 'laen,' gorchmynnodd Ben gan frysio drwodd i stydi Elliw. Dilynodd hithau'n driw.

Llusgodd Ben ambell lyfr llychlyd oddi ar y silffoedd a'u gosod ar fwrdd du yng nghanol y stafell.

''Dan ni 'di tyllu i ddyfnder o ddeg troedfedd,' meddai.

'Reit,' meddai Elliw gan danio sigarét.

'Tua phum troedfedd dan ddaear daethon ni o hyd i fflint, sylfaen lleiandy a adeiladwyd yno ar ddechrau'r mileniwm dwytha – rhwng y blynyddoedd deg-deg a deg-pymtheg.'

Roedd ei lygaid yn loyw a gwyddai Elliw ei fod o ar i fyny. Dywedsai wrthi droeon ei fod o wrth ei fodd yn dysgu criw o blant ysgol, neu'n darlithio i giang o fyfyrwyr.

'Droedfeddi islaw hynny mae'r dystiolaeth gynta fod 'na safle Rhufeinig yng Nghuleryr. Mae tystiolaeth o ddylanwad Rhufeinig yn enw'r pentre: eryr, arwydd y Rhufeiniaid. Iawn? Oeddet ti'n gwbod hynny?'

Nodiodd Elliw.

Aeth Ben yn ei flaen: 'Rwyt ti 'di gweld yr arian, y llestri a ballu. Dim byd sbeshial, ond o leia mae gynnon ni brawf pendant ...'

'Ond be sgyn hyn i' neud efo – ?'

Cododd Ben ei law i atal ei holi.

'Ro'n i'n ymwybodol o hyn, ond heb gymryd fawr o sylw, a dweud y gwir,' meddai.

'Ymwybodol o be, siwgs?'

'Fod y gariswn Rhufeinig, yma yng Nghuleryr, wedi diodde colledion, marwolaethau lu ers ymsefydlu. Ro'n i wedi dŵad i'r casgliad mai'r brodorion oedd wedi gwrthryfela, ond ...'

Tynnodd Ben hen ddogfen frown o amlen A4.

Daeth Elliw ato ac edrych dros ei ysgwydd ar y papur hynafol.

'Lladin,' meddai. 'Fedra i'm darllen Lladin, y tw-lal.'

'Ocê, ocê, mi fedra i.'

'Www,' sïodd Elliw gan lapio'i breichiau am ei wddw a'i gusanu ar ei foch. 'Dach chi mor glyfar, syr.'

'Paid â chyboli. Yli,' meddai Ben, yn ceisio canolbwyntio ar y ddogfen. 'Y geiriau *Absit Omen* ...' Gosododd ei fys ar y memrwn.

'Sy'n golygu?'

'"Gad i hyn beidio â bod yn arwydd." Wel, "arwydd" neu "argoel", rhwbath felly p'run bynnag. Mae o'n mynd ymlaen i sôn am lwyth o gewri mewn lifrai milwrol oedd yn dinistrio'r llu Rhufeinig.' Cododd ei ben o'r papur, ei lygaid yn fywiog. 'Roedd gan y Rhufeiniaid broffwydi ...'

'Mystic Megws,' cynigiodd Elliw.

Ond doedd Ben yn cymryd fawr o sylw ohoni. 'Haruspex yn yr achos yma, dyn sy'n astudio perfedd anifeiliaid aberth ...'

'Ych a fi!' ebychodd Elliw gan grychu ei thrwyn.

'... i broffwydo. Ac mae 'na gyfeiriad yn fan 'ma at gymeriad o'r fath,' meddai Ben, gan ddychwelyd at y ddogfen. 'Mi rybuddiodd y proffwyd y garsiwn am ddyfodiad ... pla o ryw fath. Mae hwn wedi ei ddyddio 853 AUC, sef *Ab Urbe Condita*, ers sefydlu'r ddinas ... rhyw gant Oed Crist. Roedd 'na Rufeiniaid yn yr ardal yma yn y cyfnod hwnnw. Ac ar ddiwedd y rhan yma o'r ddogfen mae'r geiriau: *Ave, Caesar, morituri te salutant* – Henffych, Cesar, mae'r rhai sydd ar fin marw yn dy gyfarch di.'

'Fel y dynion secsi 'na yn y ffilm *Gladiator*,' meddai Elliw, cyn ochneidio a gofyn, 'Be mae hyn yn 'i brofi, cariad bach?'

Roedd hi erbyn hyn yn eistedd wrth y ddesg yn tynnu lluniau Cledwyn y Gacynen ac wyneb Ben ar gefn hen lyfr ysgol.

Meddai Ben, 'Ym mhob diwylliant mae 'na gyfeiriad at chwedlau cewri: Bendigeidfran, er enghraifft, Odin yn y Tiwtonig, Mawrth yn nhraddodiad y Rhufeiniaid.'

'Ia?'

'Wyt ti'n gyfarwydd â'r Beibl?' holodd Ben, yn chwilio'r silffoedd am gopi o'r llyfr hwnnw.

'Wrth gwrs,' atebodd Elliw'n sarhaus, a hithau'n anffyddiwr er pan oedd yn bymtheg oed. Taniodd sigarét arall.

Agorodd Ben gopi o'r Beibl Cymraeg Newydd ar dudalen pump. Atgoffwyd Elliw o bregethwr oedd yn adnabod y llyfr fel un o'i deulu, ond – yn ei thyb hi – erioed wedi llwyddo i ddeall yr aelod hwnnw'n llwyr.

'Genesis, pennod chwech, adnod pedwar ...' mwmbliodd Ben cyn dechrau darllen: '"Y Neffilim oedd ar y ddaear yr amser hwnnw, ac wedi hynny hefyd, pan oedd meibion y duwiau yn cyfathrachu â merched dynion, a hwythau'n geni plant iddynt. Dyma'r cedyrn gynt, gwŷr enwog." Rhyfadd, ond mae'r cyfeiriad at y Neffilim wedi cael ei anwybyddu gan sawl fersiwn o'r Beibl; "cewri" oeddan nhw yn ôl ambell gyfieithydd. Mae 'na gyfeiriad arall yn Numeri. Aros di,' meddai Ben gan droi'r tudalennau.

Aeth yn ei flaen, '"Gwelsom yno y Neffilim; nid oeddem yn ein gweld ein hunain yn ddim mwy na cheiliogod rhedyn, ac felly yr oeddem yn ymddangos iddynt hwythau." Mae sawl cyfeiriad at gewri: Og o Basham, Goliath.' Caeodd y Beibl a syllu ar Elliw. 'Mae'n ddigon posib fod chwedlau cewri diwylliannau'r byd yn deillio o hanes y Neffilim. Ac mae'n rhesymol i ni gredu bod elfen o wirionedd ym mhob chwedl. Yn ôl Sieffre o Fynwy, a sgwennodd hanes Cymru yn 1136, mi laniodd Brutus ym Mhrydain yn 1170 Cyn Crist. A be welodd o?'

'Sgwn i.'

'Cewri.'

'Ond yn yr unfed ganrif ar hugain?' gofynnodd Elliw.

Suddodd Ben i sedd gyffyrddus yng nghornel y stydi a rhoi ei draed i fyny ar fwrdd coffi bychan. 'Yn 1969 yn Stretton-on-Fosse, swydd Warwick, daethpwyd o hyd i fynwent Sacsonaidd. Dros y misoedd canlynol daethpwyd o hyd i feddau yno oedd yn dyddio'n ôl i gyfnod y Rhufeiniaid.'

'A?'

'Cyrff. Cyrff milwyr, milwyr tal, rhwng saith ac wyth troedfedd yr un,' meddai Ben yn dawel.

'Panad?' gofynnodd Elliw gan sefyll a mynd at y drws.

'Dwi'n gweld Cliff Henri yn nes ymlaen.'

Trodd Elliw i edrych arno, â'i hedrychiad yn ddigon o gwestiwn fel nad oedd angen geiriau.

'Y noson cyn i Ken Ellis farw roeddan ni wedi cyrraedd lefel is yn y pydew,' meddai Ben gan blycio edau oddi ar fraich y gadair. 'Ddaethon ni o hyd i ddrws dur wedi ei gloi o'r tu allan – i gadw rhwbath rhag dengid, mae'n debyg ...'

'Blydi hel, Ben,' meddai Elliw, yn dechrau colli amynedd erbyn hyn.

'Gei dithau ddŵad os wyt ti isio.'

Ochneidiodd Elliw yn hir. Doedd hi ddim am frifo teimladau Ben. Wedi'r cwbwl, roedd unrhyw archeolegydd gwerth ei halen yn bownd o gyffroi ynglŷn â'r ffasiwn ddarganfyddiad. Ond roedd hi'n amheus o'r hyn a ddywedodd Ben, yn methu'n glir â chredu bod y fath beth yn bosib mewn oes dechnolegol, oes wedi ei llacio o rwymau ofergoeliaeth.

Ond daeth hedyn o bryder i'w chalon wedi'r alwad ffôn funudau ar ôl darlith Ben.

'Helô,' meddai Elliw wrth ateb. 'O, haia Catrin,' ychwanegodd wedyn wrth glywed llais cyfeillgar cadeirydd yr ymgyrch wrth-ddatblygu ar ben arall y lein. 'Na, dwi ddim wedi clywed, clywed be? Caio ... Jones ...'

Gwyliodd Ben wrth i fochau cochion Elliw lwydo. Chwyddodd ei llygaid yn byllau dyfnion a syllodd y ferch arno fel pe bai cawr Culeryr ei hun yn sefyll yn ei lawn maint yn y stafell.

'Fedra i'm credu hyn,' meddai Elliw wrth gerdded ochor yn ochor â Ben drwy brif, ac unig, stryd Culeryr.

'Credu be?' Tagodd Ben gan sugno mwg sigarét ei gymar.

'Caio Jones, Ken Ellis ... Gwyneth druan ... cewri.'

'Rhaid i chdi ledu dy orwelion, 'mechan i. Mae 'na lond trol o bethau rhyfadd yn y byd 'ma.'

Roedd hi bron yn wyth o'r gloch, a'r haul yn bygwth troi ei gefn ar Guleryr am ychydig oriau a gadael y pentre bychan ym mreichiau rheibus noson arall.

Roedd Cae Cynta'n wag o blismyn erbyn hyn, eu sylw'n gyfan gwbwl ar dŷ ffarm Drws Aled lle daethpwyd o hyd i gorff y ffarmwr – a'i wraig yn wirion bost. Roedd 'na ruban melyn a'r geiriau HEDDLU/POLICE arno'n lapio'r rhan o'r cae lle darganfuwyd carcas Ken Ellis. O fewn y sgwâr a ffurfiwyd gan y rhuban safai Cliff Henri fel anturiaethwr oedd wedi dod o hyd i wlad newydd. Yn sgwrsio hefo fo roedd PC John Powell, plisman cymuned Culeryr.

'Dyna nhw, Laurel a Hardy,' meddai Elliw.

'Abbot a Costello,' meddai Ben.

Dechreuodd y ddau chwerthin yn dawel wrth ymlwybro tua'r plismyn. Wrth wrando ar ei chwerthiniad cofiodd Ben pam y bu iddo syrthio dros ei ben a'i glustiau mewn cariad â hi.

'Gobeithio nad jôc 'di hyn,' rhybuddiodd Cliff Henri wrth weld gweddillion gwên ar wynebau'r ddau ifanc.

Doedd yr Arolygydd Henri ddim wedi gweld unrhyw beth yn ei yrfa i'w gymharu â'r hyn a welsai yng Nghuleryr dros yr oriau dwytha. Clywodd lawer cydweithiwr ledled y wlad yn tystio i erchyllterau, gan ychwanegu 'ond dim tebyg i hyn' wrth drafod rhyw achos anllad. Ond doedd o erioed wedi gweld erchyllterau. Plisman gwlad fuo fo, a dau achos o lofruddiaeth ymchwiliodd o mewn gyrfa'n ymestyn dros chwarter canrif. Achosion dof oedd y rheini ochor yn ochor â hyn.

Awr ynghynt safai yn stafell fyw Drws Aled, lle roedd gwaed Caio Jones wedi mwydo i'r carped brown. Roedd gwyddonwyr fforensig yn pigo'r defnydd efo gofal gwyrthiol, yn codi ambell ddarn o gnawd a dropyn o waed a'u rhoi mewn bagiau plastig. Job ddi-ddiolch, meddyliodd Cliff.

Roedd Gwyneth Jones yn yr ysbyty ym Mangor, wedi ei threisio gan y bwystfil a laddodd ei gŵr, a chyffuriau o bob lliw a llun wedi eu chwistrellu i'w gwythiennau.

'Mae gwaed pwy bynnag laddodd Mr Jones ar y gwydr,' meddai'r patholegydd, Marian Tomos. Gwraig yn ei phedwardegau oedd hi, ei gwallt melyn hir mewn rhuban coch a'i llygaid glas yn sgleinio'n awyr glir y tu ôl i'r sbectol gron. Roedd Cliff wedi cyfarfod â hi sawl gwaith, ac yn breuddwydio am gysur yn ei breichiau. Ond breuddwydio'n unig a wnai; teimlai'n fwy diogel yng nghwmni'r atgofion am ei wraig a fu farw ddwy flynedd ynghynt.

'Dydi o'n poeni affliw o ddim am adael cliwiau,' ychwanegodd Marian wrth astudio darn o wydr o'r ffenest faluriedig.

'Profion DNA ... dynion y pentre ... mi ofynnwn ni am wirfoddolwyr,' meddai Cliff, gan roi hances boced dros ei drwyn i gysgodi ei ffroenau rhag arogl marwolaeth.

'Anghynnes, yn tydi,' meddai'r patholegydd gan drio dangos cydymdeimlad.

'Cyri cyw iâr i ginio,' meddai Cliff fel esgus.

Camodd i'r awyr agored a sugno'r ocsigen i'w sgyfaint. Ysai am beint o Marstons Pedigree i setlo'r stumog. Roedd yr heddlu ym mhobman, yn treiddio i iard y ffarm a'r cytiau am gliwiau. Syllodd i fyny'r neidr o lôn oedd yn arwain o Ddrws Aled a gwelodd yr Astra coch yn saethu i'w gyfeiriad, ac ynddo'r Ditectif Brif Uwch-arolygydd Stephen McAdam a'r Ditectif Uwch-arolygydd Nigel Teague.

Roedd yr achos yn fwy nag y medrai Cliff ddelio ag o ar ei ben ei hun, ac er bod yn gas ganddo'r glas uchel-ael o HQ, roedd o'n falch o'u gweld. Byddai dau hen ben fel McAdam a Teague yn ysgafnhau'r baich sylweddol oedd ar ei sgwyddau bregus.

Wedi cyfarch y ddau, aeth Cliff a PC John Powell i gyfarfod â'r archeolegydd. Roedd Cliff ar ben ei ddigon o ddarganfod bod 'na fistimanars rhwng Ben Morgan ac Elliw James. Elliw James o bawb *yn cysgu efo'r gelyn*.

Clywsai stori oedd yn ddim mwy na chelwydd golau glas gan yr archeolegydd ifanc – am gewri ... be alwodd Morgan nhw? Neffi-rhwbath. Ta waeth. Oni bai bod Ben yn archeolegydd uchel ei barch byddai Cliff wedi ei daflu ar ei ben i'r gell agosa. Ond yn hytrach na hynny cytunodd i'w gyfarfod yng Nghae Cynta. Er mor wallgo ei stori, roedd o'n arbenigwr ... o fath.

'Os wyt ti'n deud anwiredd wrtha i ... os mai dyma dy syniad di o dynnu coes ...' rhuodd Henri, ei dymer yn frau ar ôl gweld Elliw a'r archeolegydd yn cyrraedd Cae Cynta efo awgrym o wên ar eu hwynebau, a'i fys bygythiol yn pwyntio i gyfeiriad Ben Morgan.

Gwridodd Ben a rhannodd Elliw ei embaras.

'Glywsoch chi am Caio Jones?' holodd Henri, ei lais fymryn bach yn llai blin ond heb golli'r miniogrwydd yn gyfan gwbwl.

'Do, rhyw fath,' meddai Elliw yn swil.

'Do'n i'm am ddŵad heno, jyst i chdi gael dallt,' meddai Henri wrth Ben, 'ond ar ôl gweld yr hyn welis i yn Nrws Aled ... wel, dyma fi.'

'Be welsoch chi, Inspectyr?' busnesodd Elliw.

'Tydi hynny'n ddim ...' dechreuodd PC Powell.

'Ddoth Caio a'i was ffarm, Robin, yn ôl i Ddrws Aled, a dyna lle roeddan nhw ...'

'Lle'r oedd pwy?' gofynnodd Ben.

'Y ddau ...' Ceisiodd Henri esbonio'r sefyllfa drwy chwifio'i ddwylo yn yr awyr, ond penderfynodd ddyfalbarhau â'r dull llafar o gyfathrebu, 'Dy gawr di yn rheibio Gwyneth Jones druan!'

Disgynnodd y sigarét o wefusau Elliw a llosgi'n oren yn y pridd tywyll.

'Doedd y dieithryn ddim yn cymryd at gael cynulleidfa, a chyn i Caio druan fedru deud na gneud yr un dim roedd o'n gorff. Wedi'i hollti yn ei hanner gan gleddyf y cawr.'

'Dwi'n iawn felly!' meddai Ben. 'Cawr! Blydi hel!'

Cododd Henri ei law i'w atal. 'Dal dy ddŵr, washi. Dyna 'di stori Robin. Mi sgrialodd o cyn i'n cyfaill ni gael gafael ynddo fo.'

'Dach chi'n ei gredu o?' gofynnodd Elliw.

'Dwn i'm be iw gredu, wir,' meddai Henri, â thristwch a dryswch yn ei lais a'i wedd.

'Sut mae Gwyneth? Mewn andros o stad, bownd o fod,' meddai Elliw.

Atebodd Henri, 'Mae hi wedi colli'i phwyll, mae gen i ofn. Does 'na neb wedi medru gneud na phen na chynffon o barablu'r ddynas.'

'Syr, well i ni …' mentrodd PC Powell.

'Well i ni be, Powell?'

'Ym, well i ni, ym.'

'Fynd ati,' awgrymodd Ben.

Arweiniodd Ben y fintai i gyfeiriad y pydew. Neidiodd i'r sgwaryn pridd oedd rhyw ugain troedfedd ar ei draws, gydag Elliw yn ei ddilyn a'r ddau gopar yn dringo i lawr yn ofalus. Yng nghornel bella'r sgwaryn roedd y twll lle darganfuwyd y drws rai dyddiau ynghynt.

Estynnodd yr archeolegydd drywel bychan o boced ei gôt a dechrau crafu pridd o'r neilltu. A dyna lle'r oedd o: agoriad oedd tua thair troedfedd sgwâr, a dur y drws wedi plygu tuag allan fel tasa grym anferthol wedi ei dolcio … ac wedi ei dolcio o'r tu mewn. Roedd ffigyrau cyntefig wedi eu cerfio ar fetel y drws, eu symudiadau'n fwy pryfoclyd bron oherwydd y difrod i'r dur.

Roedd Ben wedi rhoi'r gorau i dyllu.

'Be sy?' gofynnodd Henri.

'Y drws,' meddai Ben gan afael yn y glicied faluriedig. 'Roedd o wedi cau pan ddaethon ni o hyd iddo fo.'

Agorodd y drws a syllu i grombil y ddaear. Rhuthrodd aroglau hynafol o'r tywyllwch islaw a bu'n rhaid i Ben droi ei drwyn o'r neilltu er mwyn atal y chwd.

Wedi cael ei wynt ato, dywedodd, 'Mae 'na rwbath wedi ei falu o'r tu mewn.'

Nos waed, dyna fyddai hon. Cyn gwawr byddai afonydd cochion yn llifo dros wyrddni'r caeau. Byddai carcasau'r hil bitw yn fynyddoedd ar dirwedd y byd. Caent adeiladu dinasoedd ag esgyrn eu gelynion, dinasoedd ac ymerodraethau fel y rhai a godwyd yn y dyddiau cyn eu trechu.

Gorffwysai'r cawr mewn coedwig y tu ôl i'r fan lle plannodd ei hedyn yn y fanw ac y lladdodd y gwryw a ddaethai i ymyrryd.

Roedd y byd wedi newid ers iddo droedio'r tir o'r blaen: bythynnod a chartrefleoedd yn fwy o lawer, eu muriau'n gadarnach; creaduriaid metalig yn chwyrnu drwy'r caeau, yr hil yn marchogaeth y bwystfilod swnllyd; llwybrau llyfn, du yn stribedi ar hyd y dirwedd ac ar hyd y rheini gwibiai mwy o greaduriaid metalig.

Ond, ta waeth am hynny, ta waeth am rym y gelyn, roedd o a'i gyfeillion yn fwy penderfynol nag erioed.

Edrychodd o'i gwmpas, a'i lygaid oedd wedi arfer â'r tywyllwch tanddaearol yn treiddio'r tywyllwch naturiol hwn. Carpedwyd llawr y goedwig gan gyrff ei frodyr, cannoedd ohonynt yn gorweddian, yn gorffwyso, yn cysgu. Cyn hir, meddyliodd y cawr, cyn ...

Aeth oerni drwyddo, rhybudd fel rhybudd hen broffwyd. Neidiodd ar ei draed ac ogleuo'r awyr ddu. Tynhaodd ei gyhyrau anferthol.

Y crud; roedd rhywun yn tresmasu yn y crud.

'Insiwrans,' mynnodd Cliff Henri wrth ddychwelyd o'r car yn cario gwn dwy faril.

'Pwy sy'n mynd gynta?' gofynnodd Elliw.

'Dwyt ti'n mynd i nunlle, 'mechan i,' meddai Henri.

'A be newch chi? F'arestio i?'

'Os bydd rhaid,' rhybuddiodd yr arolygydd.

'Gwrandwch, Inspector,' meddai Ben, 'fasa'n well gyn i tasa Elliw efo ni na'i bod hi ar ei phen ei hun. Does wbod be ddigwyddith.'

Crychodd Cliff ei drwyn. Gobeithiai Ben y byddai'r ddadl 'mae'r-merched-yn-saffach-efo-ni'r-dynion' yn perswadio'r plisman. Mewn gwirionedd, roedd yr archeolegydd yn gwybod y medrai Elliw gadw'i hochor yn well na'r un ohonyn nhw'r dynion.

Daeth golygfa o'i ddyddiau ysgol i'w feddwl: y bechgyn yn dewis timau ar gyfer gêm bêl-droed amser cinio. Dau gapten – y ddau fwya poblogaidd – yn dethol eu dynion. Tasa gorfodaeth ar Ben i ddewis tîm i ymdeithio i ffau'r cewri, Elliw fyddai'r dewis cynta.

Eisteddodd ar ymyl yr agorfa a chrogi ei goesau dros yr ochor. Teimlodd yr oerni'n cydio yn ei gyhyrau fel dwylo milain, a gwthiodd ei hun yn is.

'Gwatshia syrthio!' Llais Elliw, cyffyrddiad Elliw wrth iddi gydio yn ei fraich.

Roedd ei draed ar graig solat, ond ni wyddai hi hynny wrth iddo fo ei ollwng ei hun i'r pydew.

'Ben!' gwaeddodd Elliw wrth iddo suddo i'r düwch.

'Dwi'n iawn,' meddai, a'i lais yn taflu eco hir yn y dyfnderoedd.

Syllodd o'i gwmpas, ond doedd 'na ddim ond du. Doedd ganddo'r un syniad be oedd islaw ac felly edrychodd tuag i fyny. Roedd yr agoriad ryw ddwy droedfedd uwch ei ben, ac wynebau pryderus Elliw, Cliff Henri a PC Powell yn syllu i lawr arno fo.

Goleuodd ei fflachlamp a dihangodd yr anadl o'i sgyfaint. Safai ar ben grisiau cerrig oedd yn arwain i stafell. Taflodd Ben belydr y fflachlamp o un ochor y stafell i'r llall. Roedd delweddau enfawr wedi eu cerfio ar y muriau: milwyr, arglwyddi rhyfel, cewri – dwsinau ohonyn nhw. Roedd torchau tân uwchlaw pob cerflun, ac yn addurno'r muriau roedd esgyrn a phenglogau anifeilaidd a dynol.

Carlamai calon Ben. Doedd o erioed wedi gweld y ffasiwn beth, a byddai unrhyw archeolegydd gwerth ei halen wedi talu crocbris i fod yn ei sgidiau yr eiliad honno.

'Be weli di?' holodd Henri o'r awyr agored.

'Dowch i lawr. Defnyddiwch y fflachlampau. Mae 'na risiau'n arwain i'r gwaelodion.'

Yn ofalus, cerddodd Ben i lawr y grisiau llydan a chlywodd sŵn y tu cefn iddo wrth i'r tri arall stryffaglio drwy'r agoriad. Wrth i fflachlampau'r rheini ddod yn fyw holltwyd y stafell fawr gan lafnau o oleuni. Roedd y pelydrau'n achos pryder i Ben gan fod cysgodion direidus yn dawnsio ym mhob twll a chornel, ac ni wyddai ai gwir neu gau oedd y gelynion. Yr unig sŵn wrth i'r pedwar gerdded i grombil y ddaear oedd eco'u traed ar y cerrig tamp.

Cyflymai calon Ben efo pob cam, y chwilfrydedd a'r cyffro a'r dychryn wedi eu cymysgu'n goctel gwyllt. Ddywedwyd yr un gair nes y cyrhaeddodd pawb y gwaelod, a Henri oedd y cynta i dorri'r tawelwch.

'Be ar wyneb daear ydi hyn?'

'Dim byd ar wyneb daear. Dim byd *tebyg* i wyneb daear,' atebodd Ben, gan syllu o'i gwmpas. 'Leitar,' meddai'r archeolegydd, a thyrchiodd Elliw am ei Zippo. Taniodd Ben rai o'r torchau tân, ac mewn goleuni newydd daeth dychryn newydd. Nid delweddau oedd yr hyn a welsai Ben o dop y grisiau ond eirch. Eirch wedi eu torri i'r graig laith. Ac ar gaead pob arch roedd cerflun o'r cawr a oedd, fwy na thebyg, yn trigo yn y muriau. Rhifodd nhw. Trigain, i gyd yn wahanol, yn unigryw.

'Mae hyn yn anhygoel,' meddai Ben, a'i lais yn dawnsio o gwmpas y gwacter fel tasai'n ceisio dianc o'r erchyllfa. 'Beddrod o fath. Fan hyn maen nhw wedi eu claddu.'

'Ond yn anffodus doeddan nhw i gyd ddim wedi marw,' meddai Henri. Sylwodd Ben ar y ditectif yn gwasgu'r gwn i'w gôl.

'Fan hyn,' gwaeddodd PC Powell o gornel dywyll. Trodd y lleill i gyfeiriad y llais. 'Mae hwn yn wag.'

Roedd caead enfawr yr arch-yn-y-wal ar agor, ac wedi ei symud o'r neilltu. Rhwbiodd Ben ei law ar wal gefn y bedd. Roedd y graig yno'n gynnes ac yn chwyslyd.

Ac yna gwelodd y trysorau.

Plygodd. Ochneidiodd.

'Be ti'n weld?' holodd Elliw.

Cododd Ben gadachyn budr oedd ar y llawr pridd.

Dadlapiodd y cadachyn ac ochneidio. Disgleiriai'r aur a'r arian a'r gemau drudfawr yn llygaid y darganfyddwr.

'Be 'di 'u gwerth nhw?' gofynnodd Henri wrth i Ben gamu o'r bedd ac arddangos y trysor.

'Gwerth? Fedrwch chi'm rhoi pris ar y ffasiwn beth,' ymatebodd yr archeolegydd, heb dynnu ei lygaid oddi ar yr hyn a orweddai yng nghledr ei law.

'Awn ni â nhw efo ni,' meddai Henri.

'HEI!!' atseiniodd y waedd o bellter, â'r llais yn cael ei daflu o graig i graig.

Trodd y criw. Doedd 'na ddim hanes o Powell.

'FAN HYN!!' Deuai'r llais o bell.

Rhedodd Elliw tuag at gornel bella'r stafell, â Henri a Ben yn ei dilyn. Roedd agoriad yno, ac ymhell islaw gwelsant gleddyf o oleuni yn hollti'r du. Anelodd Henri, Ben ac Elliw eu goleuadau at y gwaelodion.

Disgynnodd ceg Ben ar agor, ei wynt yn cloi yn ei sgyfaint a'i stumog yn neidio. Bron gan troedfedd yn is i lawr safai Powell mewn stafell oedd ddwywaith maint yr un gynta. Ac wedi eu cerfio yn y muriau roedd eirch tebyg i'r rheini yn y stafell ucha. Ond roedd 'na gannoedd ohonynt yma.

'Mae 'na un arall o dan hon,' galwodd Powell wrth fynd i gornel y stafell enfawr, 'ac mae hi ddwywaith maint yr un yma.'

Ac un arall dan honno, bownd o fod, meddyliodd Ben. A sawl un arall dan honno.

'Lle 'dan ni, Ben?' sibrydodd Elliw yng nghlust ei chariad.

Ysgydwodd ei ben. Ni wyddai a ddylai ddathlu'r ffaith iddyn nhw ddod o hyd i ddarganfyddiad archeolegol prin, ynteu a ddylai boeni oherwydd niferoedd yr eirch oedd yma.

Os oedd un o'r cewri'n rhydd ...

'Awn ni o'ma,' meddai Henri'n sydyn, â'r un pryder wedi chwipio drwy'i feddyliau yntau mae'n rhaid, a chan droi dywedodd, 'Dowch ...'

Clampiodd llaw enfawr y cawr am wddw'r plisman a'i daflu i ben arall y beddrod. Gollyngodd Henri'r gwn dwy faril wrth iddo daro'n erbyn y graig. Rhuodd yr anghenfil gan wneud sŵn byddarol. Gollyngodd Ben ei drysor. Cydiodd y cawr yn ei fwyell. Roedd Ben yn sicr ei fod am farw. Ond oedodd y cawr ac edrych heibio i'r archeolegydd.

Roedd Elliw fel marmor, wedi ei glynu yn ei lle gan ddychryn.

Gwthiodd y dyn hynafol Ben o'r neilltu fel tasa fo'n ddol glwt, a thynnodd ei helmed. Roedd gwên ar ei wyneb wrth iddo gamu i gyfeiriad Elliw.

'Hei, BLYDI HEL!'

Trodd y cawr tuag at y llais a gweld Powell yn ymddangos yn y drws yng nghornel y stafell. Cythrodd y Goliath mewn cryman byr oedd yn crogi ar ei glun a chwipio'r arf drwy'r awyr.

Clywodd Ben y teclyn yn hisian i gyfeiriad Powell, a safai fel delw yn gwylio'r arf yn troelli tuag ato. Suddodd y llafn i dalcen y cwnstabl gan hollti drwy'i benglog a chwalu'i ymennydd.

Trodd y cawr ei sylw drachefn i gyfeiriad Elliw. Dechreuodd hithau fagio'n ei hôl. Medrai Ben – ei gorff yn boen drwyddo wedi iddo daro yn erbyn y graig – flasu'r ofn yn brathu i nerfau'r ferch.

Rhwygodd CRAC! drwy'r ogof wrth i Henri danio'r gwn. Trodd y cawr, â'i lygaid yn llawn ffyrnigrwydd erbyn hyn.

Byddarwyd y Goliath gan ergyd arall, a'r gwn yn fflachio wrth danio. Rhuodd wrth i'r boen yn ei ben ei wylltio'n fwyfwy. Taflodd y cawr edrychiad i gyfeiriad Elliw, a oedd ar ei gliniau. Yna, syllodd yn ôl i gyfeiriad ei ymosodwr, sef Henri.

Ceisiodd Ben ei wthio'i hun ar ei draed, gan weld ei gyfle i achub Elliw wrth i'r cawr droi ei sylw at Henri. Clywai swnian Henri wrth i'r cawr daranu tuag ato.

Rhoddodd y ditectif ddwy getrisen arall yn y gwn a thanio ond roedd ofn yn ei frathu, ei gorff yn grynedig, ei anelu'n sâl. Udodd yr arolygydd.

Gwelodd Ben y staen ar gluniau'r dyn. Roedd Henri druan wedi gwlychu'i hun.

Taniodd eto a sgrechian wrth i ffurf y cawr ei gladdu.

Trodd Ben o'r neilltu, sŵn gwichian y ditectif wrth i'r cawr ei ddatgymalu yn ormod iddo. Syllodd i gyfeiriad Elliw, ei ben yn dal i droi wedi'r swadan, ei gyhyrau'n cwyno, ond llwyddodd i godi ar ei bedwar o leia.

Gwelodd y ferch yn penlinio yn y pridd, ei hwyneb yn gwyro tua'r ddaear a'i gwallt hir dros ei thalcen.

Cropiodd tuag ati a chydio ynddi, gan alw ei henw drosodd a throsodd. Stryffagliodd ar ei draed gan lusgo Elliw efo fo, ond roedd ei chorff yn llipa. Edrychodd i'w llygaid. Roeddan nhw'n fawr, fel dau bwll dwfn, ac roedd ei hwyneb yn welw fel y lleuad. Roedd Elliw wedi llewygu.

Yna, clywodd sŵn hisian o'r tu cefn iddo, yn uwch ac yn uwch.

Trodd.

Taflodd ei hun ac Elliw o'r neilltu wrth i'r fwyell wibio heibio'i glust a tharo'r wal gyferbyn efo CLANG! a atseiniodd drwy'r pydew.

Dechreuodd Elliw ddod ati ei hun. Syllodd i gyfeiriad y cawr, ei hanadl yn fyr. Roedd y creadur yn sefyll wrth weddillion corff Cliff Henri a gwên lydan ar ei wyneb arswydus. Yna, trodd y wên yn wg ffyrnig wrth i lygaid cochion y rhyfelwr setlo ar Ben.

Crynodd yr ogof wrth iddo redeg i gyfeiriad yr archeolegydd.

Neidiodd Ben ar ei draed a cheisio codi'r fwyell a oedd wedi gwibio heibio iddynt eiliadau ynghynt, ond roedd hi'n dunnell yn ei ddwylo. Roedd y cawr bymtheg llath oddi wrtho. Eto, mentrodd godi'r arf anferthol, ei nerfau a'i gyhyrau'n tynhau a'r chwys yn powlio.

Gwelodd Ben y cawr yn estyn i'r cwdyn ar ei gefn a gafael yng ngharn ei gleddyf.

Â'i holl nerth ysgubodd Ben y fwyell ar hyd y llawr, a thaenellwyd llwch o'r tir wrth i'r llafn grafu drwy bridd.

Cododd y cawr y cleddyf uwch ei ben.

Swingiodd Ben y fwyell.

Udodd y cawr wrth i'r fwyell hollti ei goes, a saethodd gwaed o'r anaf islaw ei ben-glin a thasgu i wyneb yr archeolegydd. Cwympodd y cawr fel tŵr wedi ei ffrwydro a gwingodd ar y llawr wrth i'r gwaed bwmpio o'r anaf, a'r stwmpyn coes yn rhowlio yn y llwch gan boeri gwaed.

Sigodd Ben dan bwysau'r fwyell a syrthio wrth ymyl y cawr. Ceisiodd godi, ond teimlodd feis yn gwasgu ei ysgwydd. Rhuodd y cawr wrth lusgo'r archeolegydd tuag ato. Roedd ei geg ar agor a'i ddannedd miniog yr un mor beryglus â'r cleddyf a'r fwyell.

Caeodd Ben ei lygaid wrth i'r dannedd agosáu. Nid oedd nerth ganddo i frwydro yn erbyn y fath gryfder.

WHOOSH!

Llanwyd clustiau'r archeolegydd gan y sŵn. Gwaniodd gafael y cawr. Agorodd Ben ei lygaid. Roedd llafn y cleddyf wedi suddo i geg y cawr a hylif sgarlad yn llifo i fyny'r metel.

Syllodd Ben i fyny. Cydiai Elliw yn y carn, yn gwthio ac yn gwthio nes oedd y blaen yn torri drwy gefn pen y Goliath a threiddio i'r pridd. Roedd corff y cawr yn sbasmau am ychydig. Cyn iddo ymlacio. A marw.

Chwythodd Ben anadl hir o'i sgyfaint. Safodd a datglymu bysedd Elliw oddi ar handlen y cleddyf. Roedd ei llygaid yn wallgo.

'Wyt ti'n iawn? Dyna chdi. Mae pob dim yn ocê,' cysurodd Ben wrth i'r ferch orffwys ar ei frest.

Llithrodd ei breichiau am ei ganol a dechreuodd grio'n dawel.

Ac yna clywodd Ben y crafu. A'r chwyrnu. Craig yn erbyn craig. Drysau oesol yn agor. Syllodd o'i gwmpas yn wyllt. Roedd yr eirch yn agor.

Trodd Elliw tua'r sŵn.

'Ben,' meddai'n ddryslyd.

Rhedodd y ddau tua'r grisiau. Roedd synau y tu cefn iddyn nhw wrth iddyn nhw sgrialu i fyny'r grisiau – sŵn pethau'n symud, sŵn siarad, ond yr iaith yn ddieithr.

Arhosodd Ben.

Aeth Elliw heibio iddo a throi.

'BEN! TYD 'LAEN!'

Dylsai redeg, ond fel Lot roedd o'n mynnu gweld.

Trodd yn ara deg.

Sugnwyd yr egni o'i gorff. Bu bron iddo syrthio yn ôl i'r pydew.

I fysg y cewri.

Roeddan nhw'n sefyll yno o gwmpas corff eu cydryfelwr, dwsinau ohonyn nhw, i gyd yn syllu i gyfeiriad Ben.

Dechreuodd yr archeolegydd gamu 'nôl i fyny'r grisiau. Ychydig lathenni a byddent yn ddiogel. Am y tro. Yn yr awyr iach.

Edrychodd Ben o gwmpas y gynulleidfa. Roedd rhai yn eu mysg yn fwy na'r cawr a laddodd Elliw: dros eu deg troedfedd, i gyd mewn lifrai unigryw, mor unigryw â'u beddi.

Ogleuodd Ben oerni'r nos y tu cefn iddo. Teimlodd law ar ei ysgwydd.

'Tyd yn dy flaen!' mynnodd Elliw.

Trodd ei gefn ar y cewri gan ddisgwyl clywed sŵn eu traed yn rhuthro i fyny'r grisiau cerrig ar ei ôl.

Ond ni ddaethant.

Pam? meddyliodd wrth ddilyn Elliw yn ôl i'r awyr agored.

Oherwydd fod ganddyn nhw ddigon o amser. Mae 'na ddwsinau ohonyn nhw. Roedd un wedi creu dychryn ac ofn – *be fyddai'r nifer yma i gyd yn ei wneud?*

Ond, fel rhyfelwyr, meddyliodd Ben wrth ddringo o'r twll, mi fyddan nhw'n ymwybodol y baswn i'n mynd i chwilio am gymorth ar fy union.

Pam? meddyliodd eto wrth wthio'i hun i'r awyr agored a syllu o'i gwmpas a gweld cannoedd ar gannoedd o ryfelwyr anferthol yn amgylchynu'r dirwedd, a thorchau tân yn nyrnau rhai ohonyn nhw'n llosgi'r nos ac yn goleuo milltiroedd ar filltiroedd o'r wlad o gwmpas.

Ac roedd y wlad honno, hefyd, wedi ei charpedu gan fyddinoedd o gewri.

YR HOGYN OEDD EISIAU POB DIM

Roedd Philip, yr eiliad honno, yn dymuno bod ei rieni'n farw.

Canai clychau'r eglwys, sïai lleisiau'r carolwyr yn y pellter, a nofiai arogl brandi a theisennau Nadolig yn ei ffroenau.

Ond blas atgasedd oedd ar flaen ei dafod bedair-arddeg oed.

'Pam na cha i fynd i'r parti?'

'Chei di ddim, a dyna fo,' meddai ei fam, a oedd wrthi'n brysur yn plicio'r tatws ar gyfer cinio noswyl Nadolig y pnawn hwnnw.

'Mae pawb arall yn mynd.'

'Dwyt ti ddim.'

'Dad.' Trodd tua'i dad a eisteddai yn y gadair freichiau'n mwytho peint o Fosters. 'Dad,' cwynodd Philip, gan geisio cipio sylw'r dyn oddi ar y sgrin deledu.

'Be mae dy fam yn 'i ddeud?' gofynodd, heb dynnu'i lygaid oddi ar Steve McQueen yn neidio ar ei foto-beic dros ffens gwersyll carcharorion rhyfel.

Stompiodd Philip o'r stafell, wedi llyncu mul go iawn.

'Lle ti'n mynd?' holodd ei fam.

'Allan,' atebodd Philip, yn ceisio cuddiad y dagrau oedd yn ei lais, y dagrau fyddai'n datgelu'r plentyn oedd yn llechu'n benderfynol hyd heddiw o dan y masg dynol roedd o'n ei wisgo.

'Adra erbyn hanner awr wedi pump. Mae Nain a Taid yn galw heibio.'

Gas gyn i Nain a Taid. Gas gyn i'r Dolig. Gas gyn i chi, meddyliodd Philip wrth gerdded tua'r dre, a llun o'i rieni'n gyrff yn fyw yn ei ddychymyg.

'Mi fydd Josie yno.'

Sugnodd Philip ar y sigarét. Daliodd y mwg yn ei geg. Chwythodd gwmwl i gyfeiriad Daniel.

'Wn i, reit,' meddai Philip, yn trio peidio â thagu.

'Aaa, paid â phoeni, mêt, mi wna i edrach ar ei hôl hi.'

Sgyrnygodd Philip a chythru am sgrepan Daniel. 'Paid â twtshiad ynddi hi, ocê.'

'Ger off!'

'Hei, hei. Hogia,' meddai'r llais.

Stopiodd Philip stryffaglio.

Safai Nick yno, a'r wên gyson honno oedd yn dweud 'dwi'n cŵl' ar ei wep. Ond mi oedd Nick yn cŵl. A Daniel hefyd. A Lee a Jason. Roeddan nhw i gyd yn blydi cŵl ar gownt eu bod nhw'n mynd i'r blydi parti.

Daeth Nick i eistedd yn ymyl ei ffrindiau wrth droed y ddelw ddur o ryw wleidydd neu'i gilydd oedd yn ganolbwynt i'r ganolfan siopa. O'u cwmpas roedd tonnau o bobol yn brysio i brynu presantau munud dwytha, yr oriau'n rasio heibio a'r diwrnod mawr prin amrantiad i ffwrdd.

Dydd Dolig. Diwrnod y parti.

Edrychodd Philip o'i gwmpas. Roedd y goleuadau, yr addurniadau, y carolau, y dwsinau o'r Siôn Corns gwirion, yn codi cyfog arno fo. Ond dim ond halen ar y briw oedd y rheini. Y gyllell go iawn oedd colli'r hwyl nos fory.

'Hei, dowch draw heno i chwarae *Cities of the Dead*,' meddai Nick. 'Presant pen-blwydd, yn ôl Mam.'

Roedd Nick yn ffodus: dathlu ei ben-blwydd ar Ragfyr 24; dathlu'r Dolig bedair awr ar hugain yn ddiweddarach.

'Mae Nain a Taid yn dŵad draw,' meddai Philip, a'i ysbryd yn is na'r pryfyn isaf, ei freuddwydion yn deilchion, ei weddi am gael bod fel y lleill heb ei chlywed.

Roedd Nick wedi snogio Josie unwaith ac roedd hynny'n crawni yn stumog Philip. Llusgodd ei hun drwy'r ganolfan siopa gan anwybyddu'r prysurdeb swnllyd o'i gwmpas. Gwaniodd ei goesau wrth feddwl am nos fory. Dychmygai ei hun, adra efo'i rieni, yn gwylio'r cloc a hithau'n cyrraedd y ddawns ola. Dychmygai Josie a Nick, neu Josie a Daniel, neu Josie a phwy bynnag heblaw amdano fo, yn dawnsio'n ara deg, yn cusanu – tafodau, dwylo, pob dim. Rhegodd. Credai ei fod yn cael ei adael ar ôl. Teimlai wacter yn ei frest. Roedd 'na bydew yn ei stumog, a'i holl obeithion yn tollti i'w ddyfnderoedd.

'Ar goll, gyfaill?'

Holltodd y llais llyfn drwy'i feddyliau fel llafn drwy gnawd. Aeth ias drwy Philip fel tasai rhywun wedi rhoi talp o rew i lawr coler ei grys.

Trodd Philip i wynebu'r llais. Teimlai'n llawn tyndra, yn brocar o stiff. 'Run fath â'r ddelw a safai yng nghanol y ganolfan siopa.

'Nac dw,' meddai, yn ateb ymholiad yr hen ŵr barfog

oedd wedi'i wisgo fel Santa.

Edrychodd Philip o'i gwmpas i weld a oedd rhywun arall wedi sylwi ar y creadur amheus. Roedd 'na faint fynnir o Siôn Corns o gwmpas y diwrnod hwnnw, ond roedd hwn yn unigryw. Roedd ei farf wen yn fudur, yn llawn briwsion a manion pryd bwyd, a'i wyneb bron mor goch â'i siwt ond bod y croen yn plicio mewn mannau. Syllai ar Philip drwy lygaid mileinig, tywyll fel y fagddu, lliw na welsai'r bachgen ar lygaid o'r blaen.

'Yn golledig, felly.'

Roedd ei lais yn llyfn, yn eiddo i rywun arall, a dweud y gwir, nid i hen ddyn crebachlyd oedd yn denu plant i eistedd ar ei lin.

'Nac dw,' meddai Philip yn robotaidd, heb fedru rhwygo'i lygaid oddi ar y Siôn Corn.

'Tyd i mewn, gyfaill,' meddai'r Santa, gan symud o'r neilltu ac ystumio i'r bachgen fentro i'r groto.

Doedd corff Philip ddim am gamu i'r düwch, ond mynnodd ei feddwl wneud hynny. Fedra fo ddim clywed sŵn y siopwyr a heidiai fel anifeiliaid o'i gwmpas. Fedra fo ddim arogli'r cnau castan a werthid ar stondin gyfagos. Roedd o'n ddall i liwiau llachar yr addurniadau a'r goleuadau oedd yn crogi ar y goeden Dolig fawr ym mhen pella'r ganolfan.

Hawliwyd sylw a synhwyrau Philip gan un peth: hen ŵr mewn siwt goch a'r tywyllwch roedd o'n ei addo.

'A be wyt ti isio Dolig?' gofynnodd y Siôn Corn amheus.

Ymlaciodd Philip wrth glywed yr ymholiad. Dechreuodd chwerthin yn dawel ac yn sbeitlyd. Rhag cwilydd i'r hen ddiawl 'ma'n nhrin i fatha babi, meddyliodd.

Plethodd ei freichiau a syllu'n bowld ar ddyn y siwt goch. Roedd y groto'n grandiach o beth coblyn y tu mewn, ac – yn rhyfeddol – yn fwy nag yr oedd yn ymddangos o'r tu allan. Eisteddai'r Santa ar orsedd bren, â ffurfiau creaduriaid anghynnes wedi eu torri i'r breichiau.

Roedd Philip ar ei gwrcwd ar glustog enfawr, fel gwas bach o flaen ei feistr.

O gwmpas y waliau roedd darluniau enfawr, darluniau o ddioddefaint: eneidiau mewn uffern, efallai. Neu garcharorion mewn jêl hynafol. Y math o luniau y byddai rhywun yn eu gweld mewn amgueddfa. Safai coeden Nadolig go iawn yn y gornel, ac yn crogi o'i changhennau roedd pennau dynol bach o bob lliw. Roedd wynebau'r rheini, fel rhai'r bobol yn y darluniau, yn cyfleu poen. Llanwyd ffroenau Philip gan strimynnau mwg o arogldarthau niferus, a'r oglau'n troi a throsi yn ei feddyliau gan roi'r argraff iddo mai breuddwyd oedd hyn i gyd.

'Be wyt ti isio'n fwy na dim arall yn y byd?'

Cysidrodd Philip y cwestiwn: mynd i'r parti; mynd allan efo Josie; teledu Sony sgrin fflat HD fel oedd gan Nick yn ei stafell wely; peidio mynd i'r ysgol.

'Dipyn bach o bob dim, bownd o fod,' meddai'r Santa, fel tasai'n darllen ei feddyliau. 'Rwyt ti'n fachgen fasa'n creu direidi dim ond iddo fo gael y cyfle, yn dwyt.'

'Direidi?'

'Ia. Llanast. Hafoc. Creu miri mawr yn y byd. Dychymyg byw ganddot ti. Faint fynnir o syniadau yn dy ben di. Breuddwydion di-ri.'

Trodd y Santa yn ei sedd a rhoi'i fraich mewn sach fawr a grogai o gefn y gadair.

O'r sach estynnodd fodrwy, un aur a charreg ddu ddisglair arni.

Cynigiodd y trysor i Philip.

'Cymera hon. Y rhodd orau bosib. Rhodd i fachgen sydd eisiau'r byd. Rho dy law i mi,' meddai'r Siôn Corn.

Estynnodd Philip ei law dde grynedig tua'r dieithryn. Roedd cyffyrddiad y gŵr yn seimllyd ac yn oer fel croen pysgodyn. Gwingodd y bachgen, ond caniataodd i'r Santa lithro'r fodrwy am ei fys bach.

Llesmeiriodd Philip wrth i'r tlws lithro am y cnawd, a gwres yn morio drwy'i gorff, trydan yn pryfocio'i nerfau, ei groen yn binnau man.

'Dos di rŵan, a gofyn am y byd. Ond cofia di, Philip,' meddai'r hen ddyn wrth i'r bachgen godi a gadael y groto, 'paid â gofyn *gormod* – mae gormod yn fwy na fedri di 'i ddychmygu.'

Dechreuodd y Santa chwerthin.

Roedd y chwerthin fel tasai ym mhen Philip wrth iddo gamu o'r groto, yn atseinio o gwmpas ei benglog. Sylwodd mai rhywbeth mewnol oedd y sŵn, rhywbeth oedd yn breifat iddo fo. Crychodd ei drwyn a –

SUT OEDD O'N GWYBOD F'ENW I?

Gwibiodd panig drwyddo. Trodd ar ei sawdwl, yn barod i stompio i'r groto a mynnu'r ateb. Safodd Philip yn stond. Roedd ei geg ar agor, y cwestiwn yn mygu yn ei gorn gwddw, yr hyder yn pylu yn ei bledren wan, ei waed yn llifo'n oer.

Doedd 'na ddim groto. Doedd 'na ddim Santa. Doedd

'na ddim byd ond môr o siopwyr efo bagiau'n drwm o anrhegion.

Baglodd tri sombi o'r adfail ar y chwith.

Trodd ac anelu'r gwn i'w cyfeiriad.

Taniodd.

Ffrwydrodd un creadur yn gonffeti o gig a gwaed.

Taniodd eto, yn ddigyfeiriad.

Chwalodd braich yr ail sombi. Ond dal i faglu ymlaen a wnâi'r carcas byw, â stwmp ei ysgwydd yn poeri gwaed.

Taniodd Philip eto a saethu pen y trydydd oddi ar ei sgwyddau.

Anelodd eto am yr un ag un fraich.

Taniodd.

Rhy hwyr.

Rhuodd y sombi. Llanwyd y sgrin deledu anferth gan wyneb pydredig y creadur. Taniodd Philip yn wyllt, â'r bwledi'n sgrialu i'r adeiladau maluriedig.

Daeth dau sombi arall o'r dde ac ymuno yn y wledd.

Gwingodd Philip wrth i'r ellyllon ei lorio.

Taniodd nes i'r gwn wagio.

Roedd hi ar ben.

Aeth y sgrin yn ddu, a'r geiriau 'YOU'RE DEAD' yn llenwi'r fagddu.

'Anlwcus, boi,' meddai Nick, yn gorwedd ar ei wely.

'Grêt o gêm,' ochneidiodd Philip, â'i galon yn taranu.

Pwysodd ar y botwm 'START' i gael tro arall arni. 'Waw, meddylia tasa hyn yn wir. Fasa hynny'n grêt. Cael gwn, saethu sombis.'

'Fasa chdi'm yn para'n hir iawn,' meddai Nick. 'Dwi

'di cyrraedd lefel deg.'

Do mwn, meddyliodd Philip gan wylio'r cyflwyniad i'r gêm fideo *Cities of the Dead* yn llenwi sgrin deledu 50 modfedd Nick.

Syllodd ar y cartwnau gan feddwl y byddai'n wych byw yn y fath fyd, bod yn arwr, achub Josie o grafangau'r meirw byw. A suddodd ei galon wrth feddwl eto am y parti. Biti na faswn i'n cael siarad efo hi.

Canodd y ffôn yn stafell wely Nick.

'Helô?' Crychodd Nick ei drwyn. 'O helô, Josie.'

Neidiodd calon Philip i'w wddw wrth glywed yr enw.

'Ydi, mae o yma,' meddai Nick i mewn i'r ffôn a golwg ddryslyd arno fo. Cynigiodd y ffôn i Philip. 'I chdi. Josie.'

'Helô,' meddai Philip, prin yn medru siarad.

Roedd ei llais fel melfed, ac wrth iddi hi sgwrsio mwythodd Philip y fodrwy ar ei fys bach.

Ni ddywedodd Josie ddim o bwys, dim ond siarad. Am be, ni wyddai Philip – jyst y llais; roedd hynny'n ddigon.

Ond ar ddiwedd ei llith, dywedodd y ferch, 'A dwi ddim yn mynd i'r parti os nad wyt ti'n mynd.'

'Ta waeth,' meddai Nick wedyn, 'O leia dwi 'di cael snog efo Josie.'

Hen ddiawl, meddyliodd Philip. Iawn i chdi a dy lygaid glas a dy wallt du a dy groen heb sbotiau – IAWN I CHDI!

BITI NA FASA CHDI'N HYLL!

'Hei, gwranda, Romeo,' meddai Nick. 'Heb gyfri Josie, pwy fasa chdi'n lecio? Ti'n gwbod – pwy fasa chdi'n lecio.' Dywedodd y gair 'lecio' mewn modd anweddus. 'Unrhyw hogan yn y byd.'

'Halle Berry,' meddai Philip yn ddifeddwl, gan bwyso botymau'r teclyn yn ei law i arwain arwr *Cities of the Dead* ar hyd lôn gefn dywyll mewn dinas oedd wedi ei dinistrio.

'Ha! Chdi a Halle Berry! Byth!'

BITI NA FASA CHDI'N HYLL! meddyliodd Philip eto gan sgyrnygu a'i ddychmygu ei hun yn crwydro'r strydoedd ar y sgrin deledu a gwn yn ei law, Josie'n cydio'n dynn – a sombis newynog ar bob tro.

Ac yna dechreuodd Nick sgrechian.

Rhedodd Philip am ei fywyd drwy strydoedd marwaidd y dre. Roedd ei galon yn curo'n erbyn ei asennau, fel tasa hi'n trio dengid o'i gorff.

Doedd ganddo fo ddim syniad am faint fuo fo'n rhedeg. Roedd yr hyn welodd o yn stafell wely Nick wedi ei ddychryn gymaint fel ei fod yn ddall i bob dim heblaw cyrraedd adre'n saff.

Yn sydyn dechreuodd sylwi ar y byd o'i gwmpas. Arafodd, gan syllu ar y strydoedd tywyll.

Gwag.

Tawel.

Roedd y goleuadau amryliw a fu'n disgleirio o'r ffenestri wedi pylu. Roedd drysau ambell dŷ ar agor, a'r ffenestri wedi eu malu.

Gwelodd gar yn gorwedd ar ei do, lorri a'i thrwyn wedi'i wasgu'n gonsertina i ochor Capel Horeb, fan BT lwyd a'r injan yn crogi o'r bonet fel tasa'r cerbyd wedi ei ddiberfeddu. Lapiai tân ei len ffyrnig am fflatiau Stryd Gower. Cyfarthodd sŵn gynnau yn y pellter.

Anadlodd Philip yn ddwfn, gan sugno'r oglau oedd

wedi mwydo'r aer ers iddo adael cartre Nick ...

(Nick y diawl pen bach. Nick y coc oen. Nick druan. Nick wichiodd wrth i groen ei wyneb blicio. Nick udodd wrth i'w wallt droi'n llinynnau seimllyd. Nick sgrechiodd wrth i'w ddwylo ffrwydro'n blorod.

BITI NA FASA CHDI'N HYLL!)

Arogl cig yn llosgi.

Arogl pydredig.

Arogl marwolaeth.

'Waw, meddylia tasa hyn yn wir. Fasa hynny'n grêt. Cael gwn, saethu sombis.'

Syllodd o'i gwmpas, ei anadl yn fyr ac ofn yn cythru yn ei berfedd.

Edrychodd ar y fodrwy ar ei fys bach a'r garreg yn disgleirio yng ngolau gwan y lleuad.

Be sy'n digwydd?

A dechreuodd ddeall. Fflam cannwyll o ddeallusrwydd mewn oes o dywyllwch. Ond fflam oedd yn cryfhau. Dychwelodd atgof o bellteroedd dieflig ei feddwl. Gwaniodd ei goesau. Gwegiodd ei stumog. Llaciodd ei bledren.

Roedd hi'n andros o waedd.

'MAM! DAD!'

Rhedodd am ei fywyd i gyfeiriad adre.

Gwireddwyd dymuniad Philip.

Gorweddai ei rieni'n llipa ar y carped glas, y goron bapur yn ceulo ar dalcen ei dad, gwydr gwag yn llaw ei fam, a'r sheri'n gwlychu'r carped wrth ymyl ei charcas.

... yn dymuno bod ei rieni'n farw ... yn dymuno bod ei rieni'n farw ... yn farw ... ei rieni ...

'Helô, cariad. Ti'n hwyr.'

Sgytiwyd Philip o'i ddychryn. Trodd yn ara deg i gyfeiriad y llais benywaidd. Gwyddai, yng nghefn ei ben, pwy oedd yn galw arno fo ond doedd o ddim cweit yn credu – dim mwy nag yr oedd o'n credu i Nick droi'n hagr, a dim mwy nag yr oedd o'n credu bod ei rieni wedi marw.

'Mae hi'n draed moch yma, mae gyn i ofn,' meddai Halle Berry o ddrws y gegin gan syllu ar gyrff marw rhieni Philip.

Roedd hi'n gwisgo'r dillad lledr du oedd wedi glynu i'w chorff lluniaidd yn y ffilm *Catwoman*. Gwenodd Halle'r gath ar Philip. Llithrodd braich bydredig rownd ffrâm y drws a lapio am ei gwddw. Plygodd ei cheg yn waedd o arswyd.

Daeth y sombi i'r fei, ei groen yn wyrdd a phydredig, ei ddannedd yn felyn ac yn finiog, a'i wallt yn saim hir dros ei dalcen.

Llusgodd y sombi Halle i'r gegin. Dechreuodd hithau sgrechian. Dechreuodd Philip sgrechian.

Beth oedd o wedi'i freuddwydio? Breuddwydio bod yn arwr? Ond doedd ganddo fo ddim owns o arwriaeth yn ei gorff. Ddaeth hynny ddim yn wir. Dim ond y pethau drwg ddaeth yn wir. Chewch chi ddim dymuno pethau da, na chewch. Rhaid i chi ddod o hyd i'r rheini ynoch chi'ch hun.

Baglodd tri sombi arall drwy'r drws ffrynt.

Syrthiodd Philip ar ei liniau. Criodd fel babi. Ceisiodd rwygo'r fodrwy oddi ar ei fys. Ond ddôi hi ddim rhydd. Roedd hi'n sownd.

Ac yn y garreg ddu gwelodd wyneb Siôn Corn yn

syllu'n sbeitlyd arno, ac yn dweud, 'Dyna mae hogia barus yn 'i gael.'

YM MYD Y BWYSTFIL

Gogledd Iwerddon, Mai 1979
OGLAU gwaed. Oglau chwys. Oglau piso.

Taniodd Ned Lloyd sigarét a sugno'r mwg i'w sgyfaint. Chwythodd ruban o fwg dros y dyn yn y gadair. Griddfanodd hwnnw, a llithrodd strimyn o boer dros ei ên. Roedd 'na liw pinc i'r poer, gwaed o'r bylchau lle bu dannedd, ac roedd wyneb y dyn yn ddu las. Fel y nos tu allan i'r cwt.

'Ro'n i ar ddallt fod dy bobol di'n credu yn rhinwedd cyfaddefiad, O'Donnell,' meddai Ned. 'Ddrwg gyn i nad oes gynna i'r un "Henffych Fair" i'w gynnig. Ddrwg gyn i na fuo imi 'rioed gam-drin plant yn y mynachdy. Ddrwg gyn i fy mod i'n gwisgo rybyr joni wrth sgriwio dy fam. Ond dwyt ti ddim mewn sefyllfa i ddewis dy offeiriad, mae gyn i ofn.'

Sgytiodd O'Donnell yn y gadair. Roedd y clymau'n brathu a'r rhaff yn cnoi i'w gnawd. Gwyddai Ned fod y dyn mewn poen. Gwyddai Ned hynny am fod y dyn wedi sgrechian pan falodd ei fysedd efo mwrthwl, pan hoeliodd ei draed i'r llawr pren, pan blyciodd ei ddannedd o'i geg efo pinshars, a phan ddyrnodd ei wyneb.

Ond roedd O'Donnell yn ddygn.

Aeth Ned at ffenest y cwt a syllu i'r düwch fel tasa fo'n gweld rhywbeth o bwys. Doedd o'n gweld dim byd. Trwch o goed, dyna'r cwbwl. Y fagddu ddiddiwedd. Coed sanctaidd i'r trigolion lleol, meddan nhw. Ofergoeliaeth hynafol. Straeon bwci-bo i godi ofn ar y plantos. Be oedd straeon bwci-bo i ddyn oedd yn tynnu dannedd efo pinshars?

Gwyddai Ned fod y ceir allan yn fan 'na'n rhywle. Yn y ceir roedd dynion peryg. Dynion fyddai'n cymryd dim lol. Dynion oedd yn plygu glin i Ned Lloyd gan mai Ned Lloyd oedd y brenin yn y byd brwnt 'ma.

Gwingodd Ned. Saethodd yr adrenalin drwy'i wythiennau a thrywanu ei galon. Roedd o ar dir y gelyn. Roedd o ym myd y bwystfil. Roedd o yng ngwlad y bandit.

Lle peryg bywyd i ddyn fatha Ned Lloyd. Sbei. Brit. Bradwr. Ond dyna sut y buo fo'n byw ers deng mlynedd, ers 1969: mewn llefydd peryg. Lle'r oedd tryst yn edau. Lle'r oedd gobaith yn dila. Lle'r oedd marw'n fywyd bob dydd.

Byd felly oedd byd yr heldrin: Gwyddel yng ngwddw Gwyddel, a'r Sais (a'r Cymro a'r Sgotyn hefyd) yn cadw'r heddwch ac yn codi twrw.

'Fasa waeth i chdi roid yr enwau i mi, Paddy. Gei di lonydd wedyn,' meddai Ned. Chwythodd fwg sigarét dros wydr llychlyd y ffenest. Syllodd i fyw llygaid ei adlewyrchiad. Doedd o ddim yn hoff o'r hyn welodd o. Roedd yr hyn welodd o'n codi braw. Rhywbeth hyll, rhywbeth annifyr, rhywbeth creulon. Trodd o'r neilltu, troi at O'Donnell.

'Be ddeudi di, O'Donnell? Wn i 'i bod hi'n anodd i

chdi siarad, ond tria, wir Dduw. Jest gwna sŵn. Sŵn enwau.'

Mi wnaeth O'Donnell sŵn. Sŵn griddfan o'i gorn gwddw. Sŵn fatha rasal ar groen sych.

Gwyrodd Ned nes oedd ei glust wrth geg y Gwyddel, a deud, 'Be? Be ddudis di?'

'Mae ...'

'Be? Be? Tyd 'laen, O'Donnell, wyt ti am gyfadda? Tyd 'laen?'

'Maen nhw ... '

'Dyna chdi, boi, dyna chdi'r 'Fenian' diawl, tyd.'

'Maen nhw'n dŵad.'

Sythodd Ned. Crychodd ei drwyn a syllu ar ddyn yr IRA. Maen nhw'n dŵad? Pwy sy'n dŵad? A gofynnodd hynny i O'Donnell.

'Pwy sy'n dŵad, O'Donnell? Be wyt ti'n malu cachu?'

'Maen nhw'n dŵad,' meddai O'Donnell unwaith eto.

'Pwy? Dy fêts di? Nhw sy'n dŵad, ia? Go dda. Sbario i ni fynd i dyrchio amdanyn nhw.'

Ysgydwodd O'Donnell ei ben a gwenu'n llydan. Roedd ei geg o'n llawn gwaed a bylchau.

Pwniodd rhywbeth yng nghefn meddwl Ned. Pigodd y gwallt ar ei wegil. Crafodd ei wddw'n nerfus.

'Tynnu 'nghoes i wyt ti, O'Donnell? Ia? Wyddost ti be sy'n digwydd i fasdads sy'n tynnu 'nghoes i? Hyn, yli.'

Stampiodd Ned â'i holl egni ar ben-glin O'Donnell. Unodd sgrech y dyn â chrac yr asgwrn mewn deuawd o boen. Sgytiodd yn ei glymau, ei ben yn chwipio o'r naill ochor i'r llall, ei ddiodde'n amlwg o'r sŵn oedd yn dod o'i gorn gwddw. Syrthiodd O'Donnell, ei ben yn cracio llawr concrit y cwt.

Cyrcydodd Ned wrth ei ymyl. 'Hei, chdi,' meddai, gan brodio ysgwydd y Gwyddel. Roedd wyneb O'Donnell yn fasg gwaedlyd. Roedd ei gorff yn llipa, yn ddarniog. Gwyddai Ned iddo achosi niwed sylweddol i'r Gwyddel. Dyna oedd ei job o: arteithio.

'Be wyt ti'n ddeud, O'Donnell? Waeth i ti siarad ddim. Mae hi wedi darfod arna chdi. Yli, mae gyn i drwy'r nos, a dwyt ti ddim isio treulio drwy'r nos efo fi, wyt ti'n dallt? Dwi'm y cwmpeini gorau.'

'Maen ... nhw'n ... dŵad,' meddai'r carcharor mewn llais oedd prin yn llais.

Arhosodd Ned gan ddisgwyl mwy gan O'Donnell. Dim gair o ben y Gwyddel.

'Reit ta,' meddai Ned, yn stompio am y drws, rhoi cic i'r drws ar agor a llamu i'r fagddu.

Stopiodd yn stond.

Blinciodd dau lygad enfawr arno fo.

Cerddodd i gyfeiriad y llygaid.

Blinciodd y llygaid eilwaith, deirgwaith ...

Chwifiodd Ned ei law i gyfeiriad y car ac awgrymu i'r dreifar roi'r gorau i'w ddallu.

Camodd dyn tew mewn côt laes o'r car.

'Mr Lloyd, be 'di'r hanes?' gofynnodd y dyn.

'Mae o'n gyndyn o siarad, Mr Reeves.'

'Maen nhw i gyd yn gyndyn o siarad, Mr Lloyd. Dyna pam mae Llywodraeth Ei Mawrhydi'n cyflogi unigolion fel chi.'

'Mae hwn ... wel ... yn wahanol. Dwi 'rioed yn fy myw ...'

Cododd Reeves ei law. 'Dwi'm isio esgusodion. Ydach chi isio'r llall? Mae o'n bŵt y car arall. Mae o'n fengach.

Ella bydd o'n fwy ... tendar.'

'Ella'n wir.'

'Hogia,' meddai Reeves dros ei ysgwydd.

Ymddangosodd dau arth o ddyn o'r düwch. Roeddan nhw'n llusgo rhywbeth llipa gerfydd ei freichiau. Gollyngodd yr eirth y peth llipa rhwng Reeves a Ned.

'Mae o wedi cael ambell i gweir, fel basa rhywun yn ei ddisgwyl,' meddai Reeves. 'Dwi ddim o'r farn ei fod o'n gwybod fawr, ond ella y medrwch chi berswadio'r llall i siarad. Dau frawd, dwi'n meddwl.'

Oedodd Ned cyn plygu i gythru yn y bachgen. Aeth ias drwyddo, fel pe bai rhyw neidr gantroed yn cantroedio i fyny ac i lawr ei asgwrn cefn. Trodd a syllu tuag at y cwt. Roedd y drws ar agor a golau main un bylb yn mwytho'r nos eang yn swil. Craffodd Ned. Roedd o'n synhwyro rhywbeth. Dim syniad be. Rhywbeth. Ac roedd ganddo fo synnwyr go dda.

Beth bynnag ...

Ysgydwodd ei ben a chael madael ar ei nerfusrwydd. Cododd Ned y bachgen ar ei ysgwydd fel tasa fo'n sach. Roedd y corff yn ysgafn. Peth bach cul oedd o. Mi fuo Ned, yn ei dro, yn cario paciau trymach na hwn drwy dirwedd frwnt am oriau maith.

Gollyngodd gorff y bachgen dros y rhiniog a chau'r drws. Dechreuodd droi i wynebu O'Donnell, a deud, 'Reit ta, O'Donn...'

Safodd Ned yn stond â'i lygaid yn syllu ar y gadair lle rhaffwyd O'Donnell yn gynharach. Roedd ei lygaid yn mynnu aros ar y gadair, yn gwrthod dymuniad Ned i chwipio o gwmpas y cwt a chwilio am y dyn a oedd, hyd at ryw ddeng munud yn ôl, wedi ei glymu'n sownd i'r gadair.

Rhegodd Ned. Daeth y gair drwg â'i lygaid at eu hunain. Edrychodd o gwmpas. Dim hanes o'r Gwyddel. Dim ond cadair wag, a honno wedi malu. Fel tasai rhywun wedi ... wedi rhwygo O'Donnell oddi arni hi.

Crafangodd rhywbeth yn stumog Ned. Rhyw ystum na fedra fo'i enwi. Gwichiodd rhywbeth y tu ôl iddo. Trodd fel fflach a rhoi cic i'r drws ar gau. Safodd yn llonydd am eiliad a chrynu. Crychodd ei dalcen a meddwl, Mi ddaru mi gau'r drws ...

Teimlai Ned rywbeth nad oedd o wedi'i deimlo ers tro byd: teimlodd ofn. Roedd 'na rywbeth o chwith.

'Hei,' meddai wrth yr hogyn oedd yn gorweddian ar y llawr. 'Be sy haru chdi? Dwyt ti ddim am godi?'

Griddfanodd y bachgen.

'Be sy haru chdi'r Paddy diawl? Côd ar dy draed, cythraul.' Cythrodd Ned yn sgrepan yr hogyn a'i godi ar ei eistedd. Gwyrodd ei ben a syllu i fyw llygaid yr hogyn. Drewai'r llanc o chwys. Roedd o'n anadlu'n galed, ac mi fedrai Ned deimlo'r cachgi'n crynu.

Agorodd ei geg er mwyn hyrddio bygythiad i gyfeiriad y bachgen, ond cyn i'r bygythiad ruthro o gorn gwddw Ned a rhoi swadan i'r llanc, dyma'r llanc ei hun yn deud, 'Maen nhw yma.'

Rhyw sŵn bach oedd o. Crychodd Ned ei dalcen. Roedd o'n eitha siŵr o'r geiriau. Ond rhag ofn, gofynnodd, 'Be? Be ddeudo chdi? Hy! Be? Deud eto?'

'Maen nhw yma. Mae'r goedwig yn blaguro.'

Gollyngodd Ned ei afael ar sgrepan y llanc, a disgynnodd yr hogyn yn llipa i'r llawr. Safodd Ned yn stond. Roedd ei geseiliau'n chwys doman. Pwmpiodd ei galon yn galetach. Roedd y sŵn yn drymio yn ei ben. Edrychodd o'i gwmpas a chamu'n ôl, ei goesau'n sigo.

'Be uffar sy'n ... ?'

'Maen nhw yma,' meddai'r llanc eto. 'Y goedwig sy'n rhoi bywyd.'

Estynnodd Ned am ei wn.

'Fydd hwnna ddim iws i chdi.'

Edrychodd Ned ar y llanc. 'Be?'

'Y gwn,' meddai'r hogyn. 'Fydd o'n da i ddim. Yn dda i ddim. Maen nhw yma. Mae'r goedwig yn rhoi genedigaeth i wyrthiau.'

Sgrech o'r tu allan. Cyhyrau Ned yn tynhau. Ei nerfau'n gwichian. Gwyrodd, ac wedyn cropian at y ffenest.

Be uffar oedd y sgrech 'na?

Yn ara deg bach sythodd Ned ei goesau. Roedd o am fentro cipolwg drwy'r ffenest. Gweld be uffar oedd yn digwydd yn y fagddu.

Diawl o ddim byd. Fedra fo weld diawl o ddim byd.

Dyma rywun yn sgrechian eto. A gwn yn tanio. Syrthiodd Ned i'r llawr, ei reddfau milwrol yn cydio. Clywodd rywun yn gweiddi o'r tu allan. Mwy o danio. Mwy o sgrechian. Rhuo wedyn, rhuo fel ... fel ... fel be?

'Be oedd hwnna?' gofynnodd Ned.

'Maen nhw yma,' meddai'r llanc eto. 'Mae'r goedwig yn creu. Ffrwyth ei changhennau.'

'Pwy? Pwy sydd yma? Mi ddudodd O'Donnell rwbath hefyd. Mi ddudodd o, "Maen nhw'n dŵad." Pwy? Pwy sy'n "dŵad"? Pwy sydd "yma"?'

Roedd 'na frwydr yn digwydd yn y düwch y tu hwnt

i'r caban. Sgrechian, gweiddi, crac-crac-crac y gynnau. O leia roeddan nhw'n bell o bob man – y pentre agosa bedair milltir i ffwrdd, a hwnnw'n bentre unig, heb na theliffôn na theledu. Fyddai neb o bwys yn clywed y stŵr, 'run plisman dwy a dima'n dŵad i fusnesu ym musnes y gwasanaethau cudd.

Llusgodd Ned ei hun ar hyd y llawr tuag at y llanc. Gwthiodd y gwn dan ên y bachgen a gofyn, 'Be sy'n digwydd, y Gwyddel bach diawl? Deud.'

'Ydach chi'n meddwl bod 'y mygwth i'n mynd i fod o les?'

'Mi saetha i di. Ella gwneith hynny les.'

Roedd y llanc fel tasa fo mewn llesmair. 'Saethwch fi. Mi fydda i'n cael fy aileni. Fi yw ffrwyth y canghennau. Bydd y rhai lleia o'ch mysg yn blaguro.'

Ffrwydrodd y drws ar agor. Rowliodd Ned o'r ffordd. Baglodd Reeves dros ei draed ei hun a syrthio ar ei wyneb. Roedd ei goesau, o'r ben-glin i lawr, yr ochor arall i'r rhiniog. Cododd Reeves ei ben. Roedd chwys a gwaed ar ei wyneb. Estynnodd ei law i gyfeiriad Ned. 'Helpwch fi,' meddai. 'Helpwch fi.'

Neidiodd Ned ar ei draed a chymryd un cam tuag at Reeves. Herciwyd Reeves bron allan o'r cwt. Daliodd ei afael yn ffrâm y drws â'i geseiliau. Syllai ar Ned, a dychryn go iawn ar ei wep, ei geg yn llydan agored a'i lygaid yn ddau blât.

Dechreuodd Reeves sgytio a gwichian. 'Lloyd! Lloyd! Yn enw'r Tad …'

'O, gwyrthiau!' gwaeddodd y llanc ar ei hyd ar lawr y cwt, ei lygaid yn canlyn beth bynnag oedd yn ymosod ar Reeves. Edrychai fel rhywun oedd wedi gweld Duw.

'Mae'r goedwig yn blaguro! Mae'r ffrwyth yn aeddfedu!'

Roedd Ned yn ysu i neidio i'r drws a sefyll wyneb yn wyneb â pha bynnag elyn oedd y tu allan i'r drws, codi'r gwn a thanio, thanio, thanio ... wedi'r cwbwl, dim ond rhyw dri cam i ffwrdd oedd y sinach. Pwy oedd yna? O'Donnell?

Bu bron i Ned lamu mlaen. Ond roedd 'na lais bach yn rhywle yn ei ben yn ei atal, yn hoelio'i ddwy droed i'r ddaear.

Chwipiwyd corff Reeves tuag i fyny, ac ergydiodd yn erbyn ffrâm ucha'r drws. Roedd synau dychrynllyd yn dod o'i gorn gwddw. Nid sgrechian, nid gwichian, ond rhyw riddfan, rhyw nadu. Ac roedd 'na rywbeth arall yn llifo o'i geg o hefyd ...

Gwaed.

Plymiodd corff Reeves i'r llawr a tharo yn erbyn y ffrâm eto. Sbrenciodd y gwaed o'i wefusau. Rhoddodd un waedd ... gwaedd anobeithiol, gwaedd dyn sy'n gwybod bod ei fywyd ar ben, ac ar ben mewn ffordd erchyll.

Yna, mewn fflach, diflannodd Reeves ... ei waedd yn gwywo wrth iddo gael ei lusgo'n ddyfnach, ddyfnach, ddyfnach i'r fagddu.

Camodd Ned at y drws a syllu i gyfeiriad beth bynnag oedd wedi mynd â Reeves. Dim byd ond nos.

'O'Donnell?' gwaeddodd gyda gobaith iâr mewn confensiwn o lwynogod. 'Chdi sydd 'na'r Paddy diawl?'

Edrychodd Ned i lawr. Roedd ffrâm y drws, a'r gwair y tu allan, yn drwchus o waed.

Trodd Ned at y bachgen. Roedd o'n dal mewn llesmair. Rhoddodd Ned gic iddo a chaeodd y llanc ei geg gan gydio yn ei stumog.

'Reit,' meddai Ned, yn cythru am yr hogyn. 'Dwn i'm be sy'n digwydd, ond tydw i ddim am aros yn fan 'ma er mwyn ehangu fy ngwybodaeth. Rwyt ti a fi'n mynd, boi bach.'

'Gadwch lonydd i mi. Cha i byth y cyfle eto. Dim ond unwaith mewn bywyd ...'

Llusgodd Ned y bachgen ar ei draed. 'Be? Be wyt ti'n ddeud? Be wyt ti'n malu cachu?' Sgytiodd Ned y llanc. 'Be aeth â Reeves? Deud.'

'Ffrwyth y goedwig.'

'Ffrwyth y goedwig?'

'Gwyrthiau natur.'

'Be wyt ti'n malu cachu?'

'Unwaith bob haf.'

'Haf.'

'Geni newydd. Mae'r goedwig yn ffrwythlon ac mae ffrwyth y goedwig yn wyrthiol. Mi gewch chi flaguro, neu mi gewch chi bydru. Pwy sydd isio pydru?'

Tynhaodd Ned ei afael ar y bachgen. 'Reit. Dwi 'di cael llond bol. Yn dy flaen.'

Llusgodd Ned y bachgen ar ei ôl ac edrych o'i gwmpas. Roedd hi'n dywyll. Ni fedra fo weld fawr ddim. Roedd o'n chwysu, a'i galon o'n rasio. Roedd ei bledren yn llipa, ac roedd ganddo fo ofn gwlychu ei hun yn gyhoeddus. Herciodd, gan lusgo'r llanc. Pwyntiodd y gwn o'i flaen fel tortsh.

Mynd am y ceir oedd ei fwriad. Naid i mewn i un ohonyn nhw a gyrru fel y diawl yn ôl i Belffast. Doedd o ddim yn credu ym mwganod y bachgen – fo a'i wyrthiau, wir. Ond roedd Ned yn reit sicr bod pwy bynnag oedd wedi difa Reeves wedi difa'r dynion eraill hefyd. Dim ond gobeithio nad oedd y llofruddwyr wedi difrodi'r ceir.

Be dwi'n wynebu? meddyliodd wrth lusgo'r llanc ar ei ôl. Roedd llygaid Ned yn archwilio'r dirwedd. Prin y medrai weld yn bellach na'i drwyn, ond roedd o'n gorweithio'i lygaid, yn mynnu eu bod nhw'n craffu i'r fagddu a'i rybuddio fo'n reit handi os oedd yna ymosodwr.

Carlamai calon Ned. Roedd andros o syched arno. Llyfai ei wefusau drosodd a throsodd wrth lamu tua'r ceir. Aeth ton o ryddhad drwyddo pan welodd ffurfiau'r cerbydau.

'Jackson, McAllister, Hegman,' sibrydodd mor swnllyd ag y medrai.

Stopiodd a chraffu. Griddfanodd y bachgen. Edrychodd Ned dros ei ysgwydd ar y llanc. Roedd o'n fwdlyd, wedi ei lusgo bron ganllath. Trodd Ned yn ôl i gyfeiriad y ceir. Galwodd eto. 'Jackson, McAllister, ydach chi yna?'

Nac oeddan, yn amlwg. Neu, os oeddan nhw yno, doedd yr un ohonyn nhw mewn cyflwr i ateb.

Llyncodd Ned. Roedd ei gorn gwddw'n grasboeth. Anadlai'n drwm drwy'i drwyn a daeth rhyw arogl rhyfedd i'w ffroenau. Craffodd. Ogleuodd. Edrychodd o'i gwmpas fel tasa fo'n disgwyl gweld yr oglau ... oglau melys ... ffrwythau aeddfed ... ffrwythau, ond nid ... ffrwythau ... rhywbeth arall wedi ei blethu'n arogl melys ...

Cig? Cnawd? Ai dyna oedd o? Roedd Ned wedi arogli cig droeon – cig dynol gan fwyaf, a hwnnw wedi ei guro a'i drywanu, ei saethu, ei losgi, a'i falu.

'Aros yn fan 'na,' meddai Ned wrth y llanc.

Camodd Ned yn ei flaen gan anelu'r gwn, â'i nerfau'n dynn. Roedd drysau'r ceir ar agor, y dynion wedi ei heglu hi. Neu ...

Edrychodd ar y llawr. Roedd y ddaear yn garped o flodau mân o bob lliw.

Sisial o'r coed uwchlaw.

Chwipiodd ei sylw oddi ar y pridd ac i fyny i'r brigau. Penliniodd Ned ac anelu'r gwn i gyfeiriad y sŵn.

Sisial eto, yr ochor arall.

Trodd Ned eto. Crynodd. Ysgydwodd ei ben. Oedd 'na leisiau yn y sisial? Ffurf i'r sŵn? Roedd o ar bigau'r drain, yn chwys doman, a'r tensiwn yn ei dynnu a'i dynnu a'i dynnu ...

Sŵn eto ... ac yna ...

Daliodd Ned ei wynt. Syrthiodd tuag yn ôl a llithrodd y gwn o'i afael. Roedd ei lygaid wedi eu hoelio ar y ...

Un arall ...

Ac un arall ...

Yn disgyn o'r coed, yn CROGI o'r coed ar raffau. Tri, pedwar, pump ... chwech, rŵan – chwech ohonyn nhw: McAllister ... Reeves hefyd ... a Hegman ... y lleill. Eu cyrff yn waedlyd. Wedi cael eu ...

'Na ... na ... na ...' meddai Ned.

... eu blingo.

Llifai perfedd y dynion yn llwydlas o'u stumogau.

Roedd eu hymosodwyr wedi llarpio'r cwbwl lot, wedi plicio'r croen o'r cyhyrau, wedi hollti'r boliau a gwagio'r cynnwys.

Pa fath o ...

'Digon o ryfeddod, Ned,' meddai'r llais.

Am eiliad credai Ned mai un o'r cyrff a grogai o'r coed oedd yn siarad. Sganiodd ei lygaid y carcasau. Fe'u henwodd nhw i gyd yn ei ben. Ceisiodd adnabod y llais. Ond doedd y llais ddim yn perthyn i'r un o'r darnau cig oedd yn hongian yn y nos.

'Be wyt ti'n feddwl?' gofynnodd y llais eto.

Daeth Ned ato'i hun a chyrraedd am y gwn. Cythrodd yn yr arf a throi tuag at y llais. Rhewodd yn dalp o ddychryn ac ofn. Dechreuodd ysgwyd a chrynu. Blinciodd, yn ansicr o'r hyn oedd yn sefyll o'i flaen.

Yn ara deg bach cododd Ned ar ei draed, y gwn yn crynu yn ei ddwrn, y faril wedi ei hanelu at y creadur anhygoel a safai ddeg llath oddi wrtho yn y coed tywyll.

Crychodd Ned ei drwyn. Roedd 'na rywbeth cyfarwydd ynglŷn â'r wyneb oedd yn syllu arno. Ysgydwodd ei ben. Fe'i cywirodd ei hun: WYNEBAU oedd yn syllu arno fo. Dau wyneb. Yr UN wyneb. Efeilliaid. A'r ddau ben yn ymestyn o ddau gorn gwddw hir yn tyfu o un corff.

Wyneb ... wynebau ...

'O'Donnell?'

'Wel,' meddai'r creadur, 'dim cweit.'

Roedd gan y creadur O'Donnell ddau ben. Roedd ffurfiau'r wynebau'n debyg i wyneb O'Donnell, ond roedd y llygaid yn felyn ac yn filain, y trwynau'n fain, a'r gwefusau'n llydan, y dannedd yn finiog, a'r croen fel lledr brown. Roedd gan y creadur bedair braich, tri bys hir ar ben pob llaw, a gwinedd fel llafnau. Roedd y coesau hir yn plygu tuag yn ôl fel coesau ôl ceffyl.

Edrychodd Ned i fyny, ac i lawr, ac i fyny'r bwystfil, a deud, 'Be uffar ...?'

'Na, nefoedd.' Llais o'r tu ôl i Ned. Trodd, a rhoi gwaedd.

Roedd wyneb y llanc wedi ei osod mewn pen ar ffurf cranc, â chrafangau'n ymestyn o'r pen cranc. Gwenodd wyneb y bachgen ar Ned, a deud, 'Yli gwyrthiol ydan ni. Yli ar y creu sydd wedi digwydd yma heno. Mae'r goedwig yn blaguro.'

Fflapiodd y llanc-cranc ei adenydd wrth chwerthin am ben Ned.

'Be ddiawl ydach chi? Be sy'n digwydd?' gofynnodd Ned, yn trio'i orau glas i gadw'r panig llwyr o'i lais.

'Ffrwyth ydan ni, Lloyd,' meddai Dau-Ben-O'Donnell.

'Ffrwyth y goedwig hud,' meddai'r llanc-cranc. 'Mi gewch chi flaguro, neu mi gewch chi bydru. Be newch chi, Mr Lloyd?'

Hisiodd y coed, eu canghennau'n crynu, y dail yn sisial.

Daeth lleisiau côr o rywle: 'Ni yw ffrwyth y goedwig.'

'Blydi hel,' meddai Ned wrth i haid o fwystfilod ddisgyn o'r coed.

Edrychodd o'i gwmpas wrth i'w lygaid addasu i'r düwch, a gweld y cannoedd o greaduriaid fuo'n amlwg yn llechu yn yr uchelfannau'n dod i'r fei. Anadlai Ned ar ras. Prin y medrai gredu'r hyn oedd o'n 'i weld. Roedd y bwystfilod yn groes i natur, yn torri pob cyfraith naturiol. Amlffurf, amryliw, o'r cawr i'r corrach; roedd hi fel tasa natur wedi meddwi ac wedi taflu pob lliw a llun o bair bywyd ac wedi creu anhrefn – ac yna, caniatáu i'r anhrefn hwnnw ffynnu. Roedd y bwystfilod a oedd wedi magu adenydd yn eu defnyddio i godi uwchlaw'r olygfa. Yn eu mysg roedd y llanc-cranc. Hedfanodd ryw ddeg troedfedd uwchben Ned.

'Ydach chi am flaguro, Mr Lloyd?' gofynnodd y llanc-cranc.

'Dwn i'm,' meddai Ned, yn hel cymaint o hyder ag y medrai ei grafu oddi ar din ei drôns.

'Gadewch i ni benderfynu ar eich rhan.'

'Peidiwch â mynd i drafferth ar fy nghownt i …'

Glawiodd y petalau o'r brigau – miloedd ohonyn nhw, yn fân ac yn fregus, yn lliwiau na fedrai Lloyd eu henwi. Sleifiodd yr aroglau i'w ffroenau ac fe'i teimlodd ei hun yn ysgafnu, ei ben yn nofio.

Safai'r llanc-cranc o'i flaen, ac o gwmpas y llanc-cranc roedd gweddill ffrwyth y brigau.

'Maen nhw yma,' meddai'r bachgen. 'Duwiau'r coed. Duwiau sy'n rhoi genedigaeth i wyrthiau newydd. Dyma Eden unwaith eto. Ni yw ffrwyth y brigau. Blagurwch, Mr Lloyd. Crëwch eich hun o'r newydd.'

Dechreuodd Ned sgrechian.

Chwarddodd y creaduriaid.

Roedd y boen yn annioddefol. Ysai am ddengid o'r lle, rhedeg a sgrechian a deifio i bwll dŵr i bylu'r tân yn ei gyhyrau. Ond ni fedrai symud.

'Iesu Grist!' sgrechiodd.

Teimlodd ei esgyrn yn cracio, ei groen yn plicio, a'i gyhyrau'n plethu ac yn gweu drwy'i gilydd. Ffrwydrodd rhywbeth drwy'i sgalp, uwch ei glustiau. Er nad oedd yn gweld yr hyn oedd wedi blaguro, gwyddai (sut, nid oedd ganddo syniad) mai adenydd oeddan nhw.

Herciodd anadl Ned – y panig yn ffrydio drwyddo fo. Syllodd ar ei freichiau. Roeddan nhw wedi newid lliw. Roeddan nhw'n las ac yn gennog fel croen pysgodyn.

Roedd ei ddwylo – y dwylo oedd wedi ei wasanaethu'n driw drwy gydol ei yrfa fel arteithiwr – wedi diflannu ac yn eu lle roedd dwy big fel pig rhyw aderyn enfawr.

Teimlodd Ned ei asennau'n rhacsio. Sgyrnygodd yn erbyn y boen. Edrychodd i lawr. Ffrwydrodd braich o'i gesail chwith, ac un arall o'i gesail dde. Roedd y rhain hefyd yn las ac yn gennog, ac roedd pig aderyn ar bob garddwrn.

Syllodd Ned i lawr a dechrau sgrechian. Saethodd ei dafod melyn torchog o'i geg – ddwy droedfedd o'i geg – wrth iddo weld nad oedd ganddo goesau bellach. Roedd rhan isa'i gorff wedi'i thrawsnewid yn gorff neidr: neidr las, hir, drwchus oedd yn chwipio'n ôl am ddeugain llath.

Chwarddodd y creaduriaid.

Ac wrth i'r gwallgofrwydd lapio ymennydd Ned Lloyd, ymunodd yntau yn chwerthin ei lwyth newydd.

MR A MRS JONES

Braf ydi bod ymysg ffrindiau: chwerthin wrth iddyn nhw fynd drwy'u pethau; tynnu coes bob hyn a hyn; bod yn ysgwydd pan fydd pethau ar eu gwaetha. Mae pobol angen ffrindiau, ac mae'r wraig a finnau'n ffodus o gael faint fynnir ohonyn nhw, a'r rheini acw byth a beunydd.

Neithiwr, roedd Mr a Mrs Treharne o Rif Un draw, a'u stumogau nhw'n wag fel pwced a thwll ynddo. Nhw oedd y cynta i alw draw chwe wythnos yn ôl pan symudodd Mrs Jones a finnau i'r *cul-de-sac* hyfryd 'ma. Roeddan nhw'n groesawgar – 'galwch draw am banad', 'peidiwch chi â bod yn ddiarth', 'gobeithio na fyddwch chi'n cuddiad yn y tŷ 'cw drwy'r dydd' – ac yn gymwynasgar, fel y dylai cymdogion da fihafio, a dweud y gwir.

Ta waeth. Dyna lle roeddan nhw neithiwr o gwmpas y bwrdd bwyd, Mrs Jones a finnau'n parablu fel arfer, yn sôn am hyn, ac yn sôn am y llall. Yn sydyn, heb na rhybudd na dim, dyma Mrs Treharne yn syrthio oddi ar ei chadair fel doli glwt.

Ddaru Mr Treharne yr un dim. Anodd, wrth gwrs, a fynta yn y cyflwr oedd o. Ond mi ddwrdiodd Mrs Jones y dyn, beth bynnag. 'Mr Treharne, rhag ych cwilydd chi,' meddai, a gwên ar ei hwyneb, 'yn gadael ych gwraig ar lawr fatha rhyw gadach llestri budur.'

Syllodd Mr Treharne arni fel dyn gwallgo, fel tasa hi'n awgrymu ei fod yn rhowlio'n noeth ar garped o wydr mân. Roedd ei lygaid fel dwy bêl golff yn ei ben, ei geg ar agor a'i dafod yn crogi fel rhyw sliwan dros ei wefus.

Dyn rhyfedd, meddyliais ar y pryd, a phenderfynu mai'r peth gorau fyddai anwybyddu Mr Treharne a rhoi help llaw i'w wraig. Ac wrth gwrs, fel cymydog da, dyna wnes i; codi o'r gadair, cydio yn y wraig o dan ei cheseiliau, a'i gosod yn ôl yn y sedd.

Ddywedodd hi'r un gair, ond dwi'n siŵr ei bod hi'n ddiolchgar go iawn. Swil oedd hi, siŵr o fod; blin gyda'r gŵr am ei gadael hi ar y llawr, gan orfodi dyn diarth – mewn gwirionedd – i gyffwrdd ynddi. Tasa dyn arall yn cyffwrdd pen bys yn Mrs Jones, mi fyddwn i'n llifio'i ddwylo fo i ffwrdd.

Mae Mrs Jones a finnau'n briod ers deng mlynedd ar hugain bellach; chwech o blant, ond wedi cael madael ar y cwbwl lot erbyn hyn. Dwi'n swnio'n falch, yn tydw, yn falch o weld cefnau Mair ac Ifan a Sioned a Rhian a Bethan a Gwyn.

Pwy faga blant? Wel, Mrs Jones a finnau – a phob Mr a Mrs Jones arall, mi fedra i'ch sicrhau chi. O, digon gwir, maen nhw'n boen ac yn fyrdwn ar y gorau. Ond mae'r diodde i gyd yn dwyn ffrwyth yn y diwedd. Pan fo'r hadau'n blaguro'n flodau lliwgar, mae'r blynyddoedd o ddwrdio, o ffraeo, o ram-damio'n gwywo fel cyrff newynog.

Dwi'n cofio Mair ac Ifan yn rhedeg i ffwrdd, fel mae plant yn 'i wneud, a'r heddlu'n dod o hyd iddyn nhw mewn rhyw gwt gwair ar ffarm ddeng milltir i ffwrdd.

Roedd y ddau mewn dagrau wrth i'r plismyn eu martshio nhw'n ôl i'r tŷ, wrth eu boddau o fod adra'n saff wedi dau ddiwrnod mewn budreddi a ffieidd-dra. Fuo 'na ffraeo go hegar ar ôl i'r drws ffrynt gau, ond mewn gwirionedd roedd Mrs Jones a finnau ar i fyny o weld y ddau'n fyw ac yn iach.

Maen nhw wedi mynd rŵan, wrth gwrs.

Ond maen nhw'n dal yma go iawn.

Darnau ohonyn nhw, o leia.

Oherwydd ein swyddogaethau a'n cyfrifoldebau mae Mrs Jones a minnau'n gorfod codi pac yn gyson. Yn amlach na pheidio mae'r gadael yn adael brysiog: taflu pob dim mewn bagiau a bocsys a'u hyrddio nhw i gefn y fan fawr wen, troed ar y sbardun a gyrru'n ffyrnig tuag at fywyd newydd.

Rydan ni'n dod o hyd i wreiddiau ffres yn ddi-lol. Rydan ni'n weddol gyfoethog, dach chi'n gweld, ac felly'n medru fforddio mynd a dod fel y mynnwn ni. A dweud y gwir, does dim gofyn i'r un ohonon ni weithio ond mae'r gwaith yn bwysig i Mrs Jones a minnau, yn rhoi boddhad i'r ddau ohonon ni, y pleser o wasanaethu eraill.

Roeddan ni'n isel ein hysbryd wrth adael ein cartre diwetha. Mi fuo ni yno am bum mlynedd, a dod yn ffrindiau da efo'r cymdogion. Mor dda, mewn gwirionedd, fel bod pob un wan jac ohonyn nhw – pymtheg o ffrindiau triw – wedi llenwi'r tŷ a ninnau'n ei heglu hi heb gael siawns i ddweud hwyl fawr.

Welwn ni'r un ohonyn nhw eto, wrth gwrs.

'Ffoniwch', 'Sgwennwch lythyr', 'Galwch heibio' –

geiriau gwag, yntê. Mae pobol yn ffurfio perthnasau newydd ac mae'r hen rai'n cael eu golchi o'r gwythiennau fel gwaed gwenwynig. Mae peth ohonyn nhw'n aros, cofiwch chi, rhyw ddarnau mae rhywun yn medru eu casglu: atgofion am ddigwyddiad o bwys, rhyw fynegiant yn yr wynebau, rhyw ddiferyn ...

Na; ddoe ydi ddoe, ac mae heddiw'n ddechrau newydd, a fory heb ei greithio – tydw i'n ddwys, deudwch.

Beth bynnag, ar ras y daethon ni yma, a setlo'n syth ar ôl talu'r perchnogion ag arian (o ia, arian, a faint fynnir ohono fo). Ac felly, dyma ni ... a dyddiau prysur o'n blaenau.

Rydan ni wedi ennill tryst y cymdogion, cymaint felly nes i Mr a Mrs Thomas ofyn i ni ddweud wrth weddill y trigolion eu bod nhw wedi mynd ar wyliau hir.

Chafodd Mrs Jones a finnau ddim gwyliau ers tro byd – ein mis mêl, dwi'n credu, a hwnnw ond yn wythnos ym Mharis; rhy brysur, dach chi'n gweld. Mae'r ddau ohonon ni'n dweud a dweud y byddwn ni'n mynd dramor cyn bo hir – mis nesa, flwyddyn nesa, cyn bo hir.

Ond gwaith, dach chi'n gweld ... a ninnau mewn rhyw brifddinas heulog, iaith a phobol ddiarth, mi fyddai dechrau gweithio'n demtasiwn; mynd ati fel slecs a chreu trafferth, bownd o fod – ac mi fyddai codi pac a'i heglu hi o wlad dramor yn anoddach o beth coblyn.

Aros ydi'r ateb ... aros a gwneud y mwya o fywyd yn yr ynysoedd rhain.

Rŵan, be am Mr a Mrs Thomas?

Ar y dydd Sadwrn heulog hwnnw ryw bythefnos yn

ôl roedd Mrs Jones a finna'n crwydro'r *cul-de-sac*, yn cnocio'r drysau a chael croeso cynnes. Panad yma, panad fan 'cw, ac aeth naw y bore'n un y pnawn a digon i'w wneud.

'O, Mr a Mrs Thomas wedi mynd am wyliau?' synnai pawb. 'Dyna braf. Fuon nhw'm i ffwr' ers hydoedd. Gobeithio gawn ni i gyd gerdyn post.'

Prin y cân nhw'r cyfle, dybiwn i.

Aeth Mrs Jones a finna o gwmpas ein pethau dros y dyddiau nesa gan bicio i mewn i gartre Mr a Mrs Thomas bob hyn a hyn i glirio'r post ac agor ambell i lythyr ... wps! weithiau, rydan ni'n *rhy* fusneslyd. Goeliwch chi fyth, ond roedd Mr Thomas yn derbyn fideos anghynnes o Sweden. Pob mathau o fudreddi ... anifeiliaid, rhyw bethau felly. Digon i ypsetio rhywun, ond gan fod Mrs Jones a finna wedi'n bendithio â stumogau o ddur roedd hi'n hawdd iawn gwylio'r lluniau ffiaidd. A dweud y gwir, roedd yr holl sioe'n ddigon cyffrous a fuo'n rhaid inni dynnu amdanan a ... wel, fedrwch chi ddychmygu'r hyn sy'n digwydd tu ôl i lenni caeëdig, bownd o fod.

Roedd 'na faint fynnir o waith yn ein cartre bach clyd. Bu Mrs Jones wrthi fel caethferch rhyw fore'n llnau a chlirio er mwyn gwneud lle i westeion newydd. Treuliais inna oriau yn yr atig yn eistedd – 'Hen un diog dach chi, Mr Jones,' dwrdiodd y wraig – ymysg atgofion. Ar ôl y pleser hwnnw, mynd ati wedyn i bacio'r bocsys.

Roedd hi'n bryd codi pac drachefn ...

... a faint fynnir i'w wneud dros yr wythnosau nesa.

Dyma ni. Tu allan i'r drws mae 'na fan fawr wen, criw o ddynion yn cario'r bocsys o'r tŷ i'r cerbyd. Fedra i glywed ambell un yn cwyno am y drewdod. Ond be ŵyr y ffyliaid heb eu geni am werthfawrogi ac am wasanaethu. Does gan Philistiaid fel nhw mo'r gallu i wneud dim ond yr hyn maen nhw'n ei wneud. Chân nhw byth eu galw i weithredu ar ran grymoedd tu hwnt i'r dynol.

Yn gynnar iawn, tua chwech o'r gloch a'r awyr yn goch ac yn ifanc, aeth Mrs Jones a finna draw i gartre Mr a Mrs Thomas. Roeddan ni'n dawel fel llygod rhag ofn i rywun glywed ... ond pwy oedd ar ôl i glywed? Dim ond nerfusrwydd, dyna i gyd. Rhyw fymryn o densiwn a ninnau ar fin gadael paradwys arall.

'Cwpwl neis oeddan nhw,' meddai Mrs Jones.

'Digon o sioe,' meddwn innau.

Eisteddodd y ddau ohonon ni yn y gegin i fwynhau panad a thrafod y dyfodol.

'Lle'r awn i, cariad?' gofynnodd y wraig.

'Lle bynnag y bydd 'na bobol, y byddwn ninnau,' meddwn i.

'Da iawn, cariad, ond sgynnoch chi rhywle mewn golwg?'

Codais fy sgwyddau. 'Dim clem. I'r fan â ni, ac i lawr y lôn. Bownd o gyrraedd rhywle.'

Codais a rhoi'r gwpan yn y sinc. 'Be am fynd ati, fy siwgwr aur,' meddwn, a dyma Mrs Jones a finna'n dringo'r grisiau a mynd i'r stafell wely.

I ffroenau gwan byddai'r arogl yma'n arswydus, ond i ni roedd o'n dusw o flodau Eden. Roedd golau'r bore cynnar yn llifo drwy'r ffenest fawr, a'r awyr yn addo diwrnod buddiol a braf. Agorais un o'r cypyrddau mawr gwyn tra oedd y wraig yn estyn y bag chwaraeon oedd yn cuddio o dan y gwely. Tynnodd gêr sboncen Mr Thomas o'r bag a'i blygu'n daclus ar droed y gwely.

Gwthiais y dillad o'r neilltu a dyna lle'r oedd wyneb croesawgar Mr Thomas, yr hollt yn ei dalcen lle trywanwyd o â'r fwyell yn gleisiog ac yn llawn cynrhon. Tynnais y cyfaill oddi ar y bachyn oedd wedi ei blannu yng nghefn ei ben a'i daflu fel sach o datws dros fy ysgwydd. Roedd o'n ysgafn, wrth gwrs, gan i mi ei ddiberfeddu tra oedd o'n sgrechian mewn syndod ac yn ceisio'i orau glas i dynnu'r fwyell o'i ben. Gosodais y corff ar y gwely a rhoi cusan i Mrs Jones.

Tra oedd honno'n mynd ati, mi es i'n ôl i'r cwpwrdd i nôl Mrs Thomas. Gwenais wrth ddod wyneb yn wyneb â hi. Fe fu hi'n dlws ... unwaith. Syllais yn ddwfn i'w llygaid, a oedd wedi eu plycio o'i phen gan ewinedd miniog fy ngwraig. Rhoddais y carcas hwnnw ar y gwely hefyd, ac roedd Mrs Jones erbyn hyn wedi llifio braich Mr Thomas i ffwrdd wrth yr ysgwydd a'i rhoi yn y bag chwaraeon.

'Be wnawn ni o hon?' gofynnodd fy ngwraig wrth syllu ar gorff Mrs Thomas.

'Wn i,' meddwn, gan gydio yn un o asennau'r cymydog. Craciodd yr asgwrn wrth i mi dynnu a rhwygo. 'Be ddeudwch chi?' gofynnais gan ddal yr asgwrn yn fy llaw yn fuddugoliaethus.

Cymeradwyodd Mrs Jones.

Yr A55; teuluoedd yn rhuthro heibio yn eu ceir, yn heidio tua'r haul am benwythnos o ymlacio dros y Pasg.

Ac yn canu'n hapus yn y fan fawr wen, Mrs Jones a finnau yn syllu ar y môr glas wrth yrru heibio i Fae Colwyn.

'Ara deg, cariad,' meddai hithau, gan gyfeirio at yr arwydd bygythiol a ddywedai '50'. Gwgais, ac yna chwerthin, â Mrs Jones hefyd yn ymuno yn yr hwyl. Petaen nhw'n medru, mi fyddai gweddillion Mr a Mrs Thomas, Mr a Mrs Treharne a'r gweddill bownd o fod wedi rhannu'r miri efo'u cymdogion.

Mae 'na gartre newydd yn disgwyl amdanon ni ryw ddeugain milltir i ffwrdd, tŷ crand ar stad foethus. Mae yno ddigon o le i gadw'r geriach sydd yng nghefn y fan. Ac yn bwysicach na hynny, yn bwysicach na dim, faint fynnir o gymdogion gwych i gadw cwmpeini i ni ar nosweithiau tywyll.

Ella'ch bod chi'n un ohonyn nhw. Mi fyddai hynny'n werth chweil, yn byddai.

CROEN NEWYDD

Llithrai'r neidr ar hyd torso'r carcas. Roedd croen y sarff yn wyrdd, ac yn cris-croesi drosto yr oedd gwythiennau porffor. Syllai'r llygaid duon tuag i fyny ac roedd y geg sgarlad ar agor i arddangos dau ddant miniog a thafod fforchog binc.

Edmygai'r Ditectif Sarjant Mark Lewis y tatŵ. Tynnai'r gelfyddyd ar ganfas o gnawd ei sylw oddi ar yr olygfa ddychrynllyd. Roedd stafell fyw'r tŷ taclus wedi ei chwalu, y dodrefn wedi eu troi, sgrin y teledu wedi ei malurio, lluniau a cherfluniau wedi eu hyrddio ar draws ei gilydd.

A'r ddau gorff yn gelain yng nghanol y bryntni.

Penliniodd Lewis wrth ymyl y ferch. Deg oed. Gwallt melyn at ei sgwyddau. Llygaid mawr brown yn lledagored a thafod chwyddedig yn crogi dros ei gwefusau. Roedd arlliw gwyrdd ar groen ei hwyneb, yr un arlliw ag a oedd ar gnawd ei thad a orweddai'n garcas ychydig droedfeddi i ffwrdd. Tynnodd y ditectif y blanced dros wyneb y ferch ac ystumio i'r ddau baramedig fynd â'r corff i'r ambiwlans a arhosai'r tu allan.

Edrychodd Lewis ar ei watsh. Roedd hi'n hanner awr wedi hanner dydd, bron yn amser cinio, ond doedd dim awydd bwyd arno er iddo golli brecwast y bore hwnnw.

Wrthi'n gwisgo roedd o pan ganodd y ffôn. Y Ditectif Arolygydd Jane Hughes oedd ar y lein yn gorchymyn iddo fynd i'r cyfeiriad lle'r safai'r funud honno.

Roedd gwraig y tŷ wedi dychwelyd ar ôl noson ym mhle-a-ŵyr efo pwy-a-ŵyr ac wedi dod o hyd i'w gŵr a'i merch yn gyrff ar garped y stafell fyw.

Tipyn o strach fu cael synnwyr ganddi ond llwyddwyd i sicrhau'r cyfeiriad. Ac roedd yr heddlu wedi glanio o fewn deng munud. Ugain munud yn ddiweddarach cyrhaeddodd Lewis, ei stumog yn griddfan. Difarodd anwybyddu Sandra, a awgrymodd ei fod yn cnoi ar ddarn o dost, o leia, cyn gadael y tŷ. Ond doedd newyn ddim yn brathu'i stumog bellach – a'r meirw'n pylu'r awydd.

Edrychodd ar gorff Richard Hall unwaith eto. Dyn yn ei dridegau hwyr ydoedd, â mwstash bach yn cropian fel sliwan o dan ei drwyn, a'i wallt yn teneuo ar ei gorun. Roedd 'na fraster sylweddol o gwmpas ei stumog a dim hanes o gyhyrau ar y breichiau na'r sgwyddau na'r frest. Gweithiwr banc bach parchus. Dyn di-nod. Hen cyn ei amser, efo'i deulu bach cytûn a'i slipas am ei draed. Dyna oedd yn rhyfedd. Y slipas traddodiadol a'r tatŵ milain oedd yn ymestyn o bont ei ysgwydd at asgwrn y pelfis: gwrthgyferbyniad oedd yn pwnio synhwyrau ymchwiliadol Mark Lewis.

Daethpwyd â'r cariad i'r steshion y noson honno.

Roedd Nina Hall mewn andros o stad, wedi colli ei gŵr a'i merch fach, a bu'n rhaid i ddoctor roi tawelydd iddi. Ar hyn o bryd roedd Mrs Hall yn cael ei chysuro gan ei chwaer a'i theulu. Ac yn eistedd gyferbyn â'r Ditectif

Sarjant Mark Lewis y funud honno oedd y dyn ifanc a fu'n ei chysuro mewn modd gwahanol dros y misoedd dwytha.

Y chwaer ddywedodd wrth yr heddlu. Sibrwd y cwilydd yng nghlust Lewis pan aeth â Mrs Hall i dŷ ei chwaer yn gynharach.

'Fuo pethau ddim yn dda rhyngddyn nhw ers hydoedd,' meddai Wanda Roberts, a oedd ddwy flynedd yn hŷn na'i chwaer.

Er mai yng nghlydwch ei chartre y datgelodd Mrs Roberts y gyfrinach, edrychodd o'i chwmpas fel tasa ganddi ofn i'r muriau glywed y si a lledaenu'r drwg. Roedd ei llygaid yn goch wedi iddi rannu dagrau â'i chwaer.

'O diar,' cwynodd, 'diar, diar ... mae Nina wedi bod yn cael ...' Oedodd ac edrych ar y ditectif, cyn ychwanegu, 'Does 'na neb yn berffaith, nac oes, Sarjant.'

Karl Teale oedd ei enw. Roedd o'n saith ar hugain oed, ddeng mlynedd yn fengach na Mrs Hall. Gwenodd Lewis yn fewnol wrth feddwl sut y byddai Sandra'n disgrifio boi o'r fath, 'Handi a randi'.

Roedd Sandra'n chwareus, yn fflyrt ond yn driw, a byddai'n mwynhau gweld ei wraig yn tynnu rhyw feddwyn mewn tafarn yn gribau mân, yn ei demtio, yn sibrwd yn ei glust, yn cyffwrdd ei glun. Ond ffrae â gâi'r meddwyn tasa'i ddwylo fo'n crwydro i gyfeiriad corff Sandra. Gwyddai Lewis nad oedd y fflyrtio'n debyg o fynd ymhellach. Roeddan nhw mewn cariad, yn trystio'i gilydd, yn rhannu hwyl a direidi bywyd.

'Lle roeddach chi rhwng wyth neithiwr a naw y bore 'ma, Mr Teale?' gofynnodd Jane Hughes gan syllu i fyw llygaid gleision y dyn ifanc.

Gwenodd wên slei. '*Yn* Nina Hall,' meddai.

Gwelodd Lewis fod yr arolygydd wrth ei ymyl yn gwrido. Edrychodd y wraig ar y nodiadau o'i blaen.

'Be oedd eich barn chi o Richard Hall, Mr Teale?' holodd yr arolygydd gan edrych i fyw llygaid y dyn ifanc.

Rhedodd Teale ei law drwy ei wallt du trwchus a gwenu eto, yn lletach y tro hwn, gan arddangos rhesiad o ddannedd gwyn. Pwysodd ddwy benelin ar y bwrdd a phlethu ei fysedd.

'Roedd Richard Hall yn ddyn tila, yn ddyn gwan, yn fawr o ddyn, a deud y gwir,' meddai Teale.

O leia mae o'n onest, meddyliodd Lewis, gan droelli pensil rhwng ei fysedd. Syllodd ar Teale ac ochneidiodd yn fewnol. Meistrolodd Duw'r grefft o greu dyn pan gerfiodd o hwn ar ei ddelw ei hun. Nid Adda oedd y templed, ond Karl Teale. Roedd hen sliwan cenfigen yn llechu yn stumog y sarjant.

Aeth Teale yn ei flaen. 'Roedd Hall yn *amlwg* yn genfigennus ohona i, ond mi wrthododd o roi difôrs i Nina.'

'Roeddach chi a Nina'n bwriadu parhau â'r berthynas, felly?' gofynnodd Jane Hughes.

Chwarddodd Teale ac eistedd yn ôl yn ei sedd. O gysidro'i sefyllfa roedd o'n hynod ymlaciol, heb boen yn y byd. Dyn, meddyliodd Lewis, oedd yn gyffyrddus â'i hunan. Dyn oedd yn gwybod yn iawn ei fod o'n ddieuog.

Neu efallai ddyn oedd mor gyfarwydd â'r cyflwr hwn fel ei fod yn feistr ar ddweud celwydd: dyn euog.

'Roedd *Nina*'n bwriadu parhau â'r berthynas, Inspectyr Hughes, ond roeddwn i wedi cael llond bol.

Dwi'm yn ddyn sy'n setlo'n hawdd. Mynd a dŵad. Un ferch ar ôl y llall.' Plygodd yn ei flaen drachefn a syllu i fyw llygaid y wraig. 'Ti'n dallt be sgyn i, ledi Jane?'

Tagodd yr arolygydd a shifflo yn ei sedd.

Ochneidiodd Karl Teale. 'Ylwch, genod a hogia,' meddai, gan godi ei sgwyddau, 'doedd gyn i ddim i'w ddweud wrth Richard Hall a tasa fo wedi ymyrryd â mi, fydda fo wedi cael cweir. Ond nid fi laddodd Hall na'r hogan fach. Be dach chi'n feddwl ydw i?' Roedd y cwestiwn dwytha wedi ei ofyn efo nodyn o ffyrnigrwydd yn y llais.

'Pam y bydda dyn fel Richard Hall wedi cael tatŵ?' gofynnodd yr arolygydd.

Hyrddiwyd Teale oddi ar ei echel am eiliad. Cododd ei sgwyddau eto. 'Dwn i'm. Lot o bobol barchus yn paentio'u cyrff y dyddiau yma.' Yna, dychwelodd y wên. 'Neu efallai 'i fod o'n trio temtio Nina.'

'Be dach chi'n feddwl?' holodd Hughes.

Dechreuodd Teale ddatod botymau ei grys. Tynhaodd Lewis. Synhwyrodd fod yr arolygydd, hefyd, yn nerfus. Taflodd y dyn ei grys o'r neilltu ac ochneidiodd Jane Hughes.

Medrai Lewis ddallt pam y byddai merched yn mwynhau cwmni Karl Teale. Roedd ei gorff fel corff arwr Groegaidd, cyhyrau'i freichiau a'i frest yn llenwi'r croen lliw haul, a'i stumog fel grisiau i fyny at ei fron.

Trodd Teale ei gefn ar y ddau dditectif.

Shifflodd Hughes yn ei chadair. Aeth ias i lawr asgwrn cefn Lewis. Roedd cnawd cefn yr athletwr demtiodd Nina Hall o freichiau ei gŵr diddim wedi ei liwio'n drwsiadus.

Ystwythodd Teale gyhyrau ei gefn. Symudodd y rhyfelwr Samurai oedd wedi ei baentio i'w groen fel tasa gan y darlun ei fywyd ei hun.

Roedd hi'n hanner awr wedi naw ar Mark Lewis yn cyrraedd adre, ac yno'n disgwyl amdano yr oedd pob cysur yn y byd.

Fe'i cusanodd hi. Lapiodd hithau ei breichiau am ei wddw a gwthio'i gwefusau'n erbyn rhai ei gŵr. Tyrchiodd ei thafod i'w geg yn chwilio am ei chymar.

'Sut mae 'nitectif golygus i?'

'Wedi ymlâdd, aur y byd. Sut mae'r penmaen-mawr ers neithiwr?' gofynnodd Lewis.

'Gwell nag oedd o'r bore 'ma,' atebodd ei wraig.

Llithrodd o'i breichiau a mynd am y botel o win coch ar y bwrdd. Roedd dau wydr yno, un yn hanner llawn, y llall yn wag. Tolltodd Lewis y ddiod i'r gwydr gwag.

Lapiodd Sandra'i breichiau am ei ganol a gorffwys ei phen ar ganol ei gefn. Roedd hi'n ogleuo'n hyfryd, yn teimlo'n hyfryd – yn gynnes ac yn gysurus. Llithrodd y gwin i lawr ei gorn gwddw ac am y tro cynta ers oriau roedd Lewis wedi ei fodloni. Roedd ei fyd o yn un bodlon efo Sandra'n gwmni bywyd.

Bu'r ddau'n briod ers tair blynedd ac mewn cymaint o gariad â'i gilydd ag yr oeddan nhw chwe blynedd ynghynt pan fu iddyn nhw gyfarfod. Cwnstabl chwech-ar-hugain oed yn ymchwilio i gyfres o ladradau o swyddfeydd post oedd Lewis, a Sandra James, bedair blynedd yn fengach na'r ditectif, oedd swyddog cyhoeddusrwydd y swyddfa bost. Bu'r heddlu a'r gwasanaeth yn cydweithio nes dal y dyn. Bu Sandra a

Lewis yn cyd-fyw ers cyfarfod y diwrnod hwnnw.

Roedd Lewis wedi dringo'n sarjant o fewn dwy flynedd ac erbyn hyn yn edrych ymlaen at ddyrchafiad pellach. Gadawodd Sandra'r swyddfa bost ym mlwyddyn ei phriodas i fod yn ddirprwy gyfarwyddwraig cysylltiadau cyhoeddus cwmni ynni niwclear.

Gwagiodd Lewis y gwydr gwin. Eisteddai ar y soffa, wedi tynnu ei siaced a'i dei, a gorweddai Sandra ar draws ei gluniau'n gwylio ffilm ar y teledu. Mwythodd Lewis ei gwallt hir brown, a tholltodd wydriad arall iddo fo'i hun.

'Wyt ti'n iawn, wyt?' gofynnodd Sandra heb dynnu ei llygaid oddi ar y sgrin.

'Dwi'n iawn.'

'Yr hogan fach. Digalon.'

'Ydi. Digalon. Peth bach. Paid â meddwl am y peth.'

'Jyst poeni amdana chdi, ddyn lyfli,' meddai gan gofleidio'i ben-glin a rhwbio ochor ei phen ar ei glun.

Neidiodd Sandra ar ei heistedd, ei hwyneb yn goleuo. Bu bron i Lewis golli cynnwys y gwydr dros ei grys gwyn. 'Geshia be! Geshia!'

'Be?' chwarddodd Lewis wrth gydio yn y gwydr mewn pryd.

'Geshia, geshia, geshia,' swniai Sandra'n chwareus wrth glosio at ei gŵr.

'Fedra i'm geshio.'

'Mae Catrin 'di cael tatŵ a ...'

Disgynnodd y gwydr o law Lewis a gwaeddodd wrth i'r hylif wlychu defnydd ei drowsus ac oeri ei groen.

'Blydi hel!' rhegodd gan neidio ar ei draed.

Syllodd Sandra arno'n syfrdan. Roedd wyneb ei gŵr

yn welw, y gwaed wedi rhuthro o'r cnawd.

'Be sy? Wyt ti 'di dychryn?'

Edrychodd arni a dechrau dod ato'i hun. 'Dwi jyst 'di cael digon ar datŵs heddiw, dyna'r cwbwl.'

Roedd golwg bryderus yn llygaid Sandra, fel tasa hi wedi gwneud rhywbeth o'i le. Sylwodd Lewis ar yr edrychiad ac eistedd wrth ei hymyl. Cofleidiodd ei wraig, ei gên yn gorffwys ar ei ysgwydd.

'Sorri, aur y byd. Ddim am weld tatŵ arall yn fy myw, dyna i gyd,' meddai Lewis.

Crychodd Sandra'i thrwyn yn boenus a brathu ei gwefus nes i'r cnawd dorri a gwaedu.

Dyn bach crwn efo sbectol hanner lleuad yn crogi ar flaen ei drwyn bachog oedd y patholegydd. Roedd y gwallt du slic wedi ei gribo'n hir dros ei glustiau, a'i gorun moel yn dangos llafur gwaith. Rhwbiodd ei dalcen chwyslyd efo cadach cyn troi at y ddau gorff a orweddai ar fyrddau yng nghanol y labordy.

Pwysai Lewis ar y sinc, yn ddigon agos i'r tapiau dŵr tasa fo angen diod oer i drechu'r dwrdio yn ei stumog. Roedd arogl ddiheintyddol i'r labordy, a diolchai Lewis fod y patholegydd wedi sgwrio'r lle cyn iddo fo a Jane Hughes gyrraedd am naw y bore hwnnw. Ni fyddai wedi medru stumogi aroglau'r cyrff.

'Asffycsia,' meddai'r dyn bach crwn yn y gôt las wrth gamu tuag at gorff Richard Hall a orweddai'n noeth ar un o'r byrddau. 'Arwyddion o …' Rhoddodd y patholegydd ei fys a'i fawd o gwmpas ei gorn gwddw fel tasai am grogi ei hun, '… rwymo o gwmpas y bibell wynt, yma.' Gwyrodd yn ei flaen gan wthio'i sbectol i fyny ei drwyn.

'Arwyddion amlwg dros ben. Ond hefyd ...' meddai gan godi ei fys o flaen ei drwyn ac edrych i gyfeiriad Jane Hughes.

Gwyliodd Lewis o'r ochor arall i'r labordy wrth i'r un bys fynd yn ddau. Roedd hi'n ymddangos fel tasai'r patholegydd yn gwneud arwydd heddwch i gyfeiriad y ditectif arolygydd. Pam oedd o'n dynwared Churchill? meddyliodd Lewis.

Ond aeth y bysedd i lawr tuag at wddw carcas Richard Hall.

Ystwythodd Jane Hughes ei gwddw i weld. Camodd Hughes at y patholegydd. Penderfynodd Lewis wneud yr un peth, ac wrth iddo agosáu sleifiodd arogl y corff marw i'w ffroenau. Bu bron iddo ddychwelyd at ddiogelwch y sinc ond roedd ei chwilfrydedd wedi cael y gorau arno.

Gwelodd fod bysedd y patholegydd yn pwnio man ar groen Hall lle'r oedd dau friw bach, fel tasai'r bancwr wedi ei frathu. Roedd Lewis wedi gweld brathiadau o'r fath yn y ffilmiau arswyd dwl hynny.

Fampirod? meddyliodd. O, na. Edrychodd tua'r nenfwd gan chwerthin yn dawel.

'Neidr,' meddai'r patholegydd gan ddilyn ei fysedd ar hyd y sarff oedd wedi ei phaentio ar groen Richard Hall.

Dihangodd Lewis o'i freuddwydion. Crynodd. Roedd rhywun yn cerdded dros ei fedd.

'Neidr?' atseiniodd Jane Hughes.

'Mae'r ddau 'di cael brathiad. Yr un anafiadau,' meddai'r patholegydd gan bwyso'i ddwylo ar ochor y bwrdd lle gorweddai Richard Hall.

'Pa fath o neidr?' holodd yr arolygydd.

Ysgydwodd y patholegydd ei ben, tynnu ei sbectol, a'u glanhau ar lewys ei gôt las.

'Dwi 'di cael sgwrs efo bacteriolegydd. Mae effaith brathiad nadroedd gwenwynig yn wahanol. Mae'r gwenwynau i gyd yn brotinau cymhleth sy'n effeithio ar y nerfau drwy'r corff. Er enghraifft,' meddai'r patholegydd gan ymlwybro tuag at y sinc, 'mae brathiad gan rai nadroedd yn achosi gwaedlif yn y galon a'r sgyfaint.'

Roedd sŵn y dŵr yn llifo o'r tapiau'n cysgodi rhywfaint ar lais y patholegydd. Aeth yn ei flaen:

'Eraill, fel y cobra, yn lladd drwy atal anadlu. Mae'r symptomau'n cynnwys chwydd o amgylch yr anaf. Mae'r pwysau gwaed yn disgyn ac mae 'na boen,' meddai, gan atal y dŵr a throi'n ôl i wynebu'r ddau dditectif. 'Poen ddirdynnol. Heb ei drin, mae'r gwenwyn yn lladd o fewn hanner awr.'

'Be am y rhain?' gofynnodd Jane Hughes, gan gyfeirio at y ddau gorff.

'Mae'r rhain yn arddangos yr holl symptomau dwi 'di cyfeirio atyn nhw,' meddai. Tynnodd y gôt feddygol las a datgelu crys gwyn a thei oddi tani. Taflodd y gôt i'r llawr.

'Be laddodd Mr Hall a'i hogan fach?' gofynnodd Jane Hughes.

'Yn swyddogol?'

Nodiodd yr arolygydd.

'Yn swyddogol, asffycsia. Ond byddai gwenwyn mor gry wedi lladd y ddau o fewn munudau, ta waeth pa driniaeth oedd ar gael. I drin brathiad neidr, rhaid gwybod yn bendant pa *fath* o neidr sy'n gyfrifol.'

'A pha fath o neidr ydi hon?' gofynnodd Hughes eto.

Safai Lewis fel delw a syllu ar y tatŵ ar gorff Hall. Roedd hi'n troelli o'i ysgwydd heibio i'w fotwm bol, y llygaid yn fyw ac yn greulon, y dannedd yn rheibus.

'Andros o neidr,' meddai'r patholegydd gan daro siaced ddu am ei sgwyddau. 'Ac yn fwy diddorol byth i'r rhai gwyddonol yn ein mysg, neidr newydd sbon – yn ôl fy macteriolegydd.'

Roedd llygaid Lewis wedi eu hoelio ar y sarff yng nghroen Richard Hall.

* * *

Arferai Lewis rannu pob dim efo Sandra: pob cyfrinach, pob amheuaeth, pob ofn. Wfftiodd unwaith pan ddywedodd cyd-weithiwr oedd yn briod – ac yn hapus o fewn y briodas honno – ers dros chwarter canrif, 'Fedri di byth rannu pob dim, pob sibrwd bach sy'n llechu yn y llefydd tywyll.'

Ond wrth ddreifio am y steshion roedd Lewis yn sylwi fod gwirionedd yn y geiriau hynny. Y peth cynta ddaru'r ditectif ar ôl dengid i'r awyr iach oedd ffonio Sandra, gofyn a oedd hi'n iawn, dweud gymaint oedd o'n ei charu.

'Dwi'n iawn. Wyt ti'n iawn, siwgwr?' gofynnodd ei wraig o'i swyddfa. 'Sut mae pethau'n mynd?'

Dywedodd anwiredd. Dywedodd fod pob dim yn iawn. Roedd o'n ei gasáu ei hun am wneud y ffasiwn beth.

'Pob sw,' rhuodd Jane Hughes i mewn i'r ffôn symudol tra oedd Lewis yn dreifio drwy'r dre. 'Cyhoeddus, preifat, pob sw. A siopau. A'u cwsmeriaid nhw. PAWB!'

Edrychodd Lewis arni. Roedd ei hwyneb yn goch a'r chwys yn pefrio ar ei thalcen. Roedd hi ddeng mlynedd yn hŷn na'r sarjant, wedi dringo'r rhengoedd o fod yn gwnstabl troed ugain mlynedd ynghynt. Edmygai Lewis y wraig. Bu hi drwy ysgariad poenus bum mlynedd yn ôl, y gŵr yn cael perthynas efo'i ysgrifenyddes, ac yn byw efo'r ferch erbyn hyn. Roedd Jane Hughes, yn ei thro, wedi magu tri o blant ac wedi llwyddo i gael gyrfa lewyrchus; roedd uchelgais yn berwi yn ei gwythiennau o hyd.

Yn ei galon roedd Lewis yn gobeithio bod trywydd Hughes tuag at ddatrysiad yr achos hwn yn gywir. Ond roedd amheuaeth yn crawni yn ei stumog. Roedd ei feddyliau'n chwyrlïo, syniadau hurt yn gwrthdaro â'i resymeg, y ddwy ochor yn brwydro yn ei ymennydd nes codi cur yn ei ben.

Tra oedd gweddill heddweision y dre'n ddygn chwilio am nadroedd gwyllt, bwriadai Lewis fynd o gwmpas pethau mewn modd gwahanol. Ni feiddiai rannu'r llwybr oedd o am ei ddilyn efo neb. Wel, roedd o wedi methu rhannu efo Sandra – pwy oedd ar ôl?

Edrychodd Lewis ar ei watsh. Roedd hi'n hanner awr wedi saith, a'r dafarn yn wag heblaw amdano fo a dau lanc oedd yn chwarae pŵl. Roedd o newydd ffonio Sandra a dweud ei fod o'n gweithio. Doedd hynny ddim yn gelwydd, fe'i perswadiodd ei hun. Roedd hi wedi derbyn ers y dechrau bod swydd ei gŵr yn debyg o'i gadw o'r cartre. Tasa Lewis wedi chwilio'r byd, fyddai o byth wedi dod o hyd i gystal merch. Roedd o'n gwybod hynny. Ac ar gownt hynny roedd o'n brifo'r funud honno, y tensiwn yn rhwygo trwyddo wrth iddo fo sylweddoli nad oedd o'n trystio Sandra ddigon i rannu ei deimladau dyfna efo hi. Na, doedd hynny ddim yn wir, meddyliodd gan geisio'i gysuro'i hun: ofn dychryn aur ei fyd oedd ar Lewis. Dyna i gyd. Nodiodd iddo'i hun fel tasa fo'n siarad efo rhywun arall, yn cytuno efo dadl rhywun arall.

Rhwygodd y llais Lewis o'i synfyfyrio.

'Wyt ti'n fyddar, Mr Ditectif?' Roedd y dyn yn gwisgo crys silc du a throwsus gwyn, ei wallt du wedi ei frwsio'n ôl a'i wlychu gan ryw gemegyn neu'i gilydd. 'Potel o Budweiser,' ychwanegodd.

Safodd Lewis a chynnig ei law i'r newydd-ddyfodiad. Edrychodd hwnnw'n rhyfedd ar y ditectif ond derbyniodd y cynnig.

'Diolch am 'y ngweld i,' meddai Lewis ac ystumio i'r gŵr eistedd. Cododd Lewis a mynd at y bar.

Eisteddodd Karl Teale, a gwên lydan ar ei wyneb golygus.

'Sut fedra i dy helpu di, Lewis? Mae gyn i ddêt mewn hanner awr,' meddai Teale gan gymryd llymaid o'r cwrw a brynodd y sarjant iddo.

'Nina?' holodd y ditectif.

'Nina?!' ebychodd y llall gan dagu ar ei ddiod. 'Paid â bod yn ddwl. Mae honno wedi hen fynd. Ges i lond bol ar Mrs Hall.'

Basdad, meddyliodd Lewis. Mae'r ddynas wedi colli ei gŵr a'i phlentyn, a'r dyn oedd hi'n gobeithio treulio gweddill ei hoes yn ei gwmni. A doedd hwn ddim yn poeni'r mymryn lleia.

'Y pecyn emosiynol yn fwy na fedrwn i ddiodde,'

meddai Teale, y wên hy ar ei wefusau o hyd.

Dymunai Lewis ddyrnu'r wên.

'Lle ges di'r tatŵ?'

'Be, ffansïo paent yn dy waed, ditectif?'

'Isio gwybod.'

'Be wyt ti isio go iawn?' Clepiodd Teale y botel ar y bwrdd, ei wên yn diflannu a'i lygaid ar dân. 'Wyt ti 'di gofyn i mi dy gyfarfod di er mwyn i chdi gael gwbod hynny?'

Oedd, roedd hynny'n swnio'n ddwl, ond teimlai Lewis yn gynllwyniol ar hyn o bryd, yn amharod i rannu'r dryswch yn ei ben efo neb.

'Mae'n bosib y bydd yr wybodaeth honno'n ddefnyddiol yn yr ymchwiliad,' meddai Lewis yn swyddogol.

Anadlodd Teale a phlethu ei freichiau. 'Wyt ti'n meddwl fod Hall wedi cael tatŵ i drio cael sylw Nina, yn dwyt. Dyn tila fuo fo 'rioed. Peth dwl i' neud. Yn fan 'ma ...' anwesodd ei afl '... oedd Nina isio sylw, mêt.'

Yfodd Teale eto cyn gofyn, 'Be sgyn y tatŵ i'w wneud efo'u marwolaeth nhw?'

'Dwn i'm ar hyn o bryd.'

'Sgynnoch chi'm syniad, nac oes,' pryfociodd Teale.

'Mae 'na ambell i drywydd 'dan ni'n awyddus i'w dilyn.'

'Hwn yn un,' meddai, gan daro'i gefn yn ysgafn â'i fys canol.

Nodiodd Lewis a meddwl am y rhyfelwr Samurai oedd wedi ei dyllu i gnawd Teale. 'Lle ges di o? Dy Samurai di?'

Ochneidiodd Teale ac edrych ar ei watsh. 'Yli, mêt,

mae'n rhaid i mi fynd.' Safodd. 'Tyd i gwrdd â fi wrth y cloc fory am ddeg ac mi a'i â chdi yno.'

Nodiodd Lewis.

Cymerodd Teale un llymaid arall o'r botel. 'Cwrw sâl yn fan 'ma,' meddai cyn cerdded allan.

Roedd croen ei stumog ar dân. Lapiodd ei breichiau am ei chanol gan frwydro yn erbyn y dagrau. Ond roedd hynny'n amhosib o dan yr amgylchiadau. Roedd y boen yn waeth na'r un boen a brofodd Ceri Mather yn ei byw. Teimlai fel tasai rhywbeth yn ceisio rhwygo'i ffordd drwy ei chnawd.

Brathodd ei gwefus i nadu'r waedd. Roedd Mam a Dad i lawr grisiau a doedd hi ddim am eu rhybuddio nhw o'i diodde. Nid na fydden nhw'n cydymdeimlo. Ond byddai Dad – oedd yn ddoctor – yn gofyn am weld ei stumog. A doedd hi ddim am wneud hynny. Byddai ei rhieni'n gandryll. Roedd hi'n anadlu'n frysiog, ei chroen yn poeri chwys o'r holl fandyllau. Rowliodd ei chrys-T i fyny a syllu ar ei hanaf artistig. Dim ond £20 oedd y sgorpion du wedi'i gostio iddi – rhatach na'r arfer. Bu'n llechu'n dawel ar ei stumog am ddeg diwrnod bellach. Doedd yr anifail yn ddim mwy na thair modfedd ar ei hyd, ond roedd hi wedi sgrechian wrth i'r dyn barfog ei naddu yn ei chroen. Roedd nifer o'r genod yn yr ysgol wedi cael tatŵs yn ddiweddar: dolffin, rhosyn, calon – rhyw bethau dwl felly.

Ond roedd Ceri'n wahanol i'r merched unarbymtheg oed eraill. Metel trwm y saithdegau a'r wythdegau oedd ei phethau hi: Black Sabbath, Judas Priest ac, wrth gwrs, The Scorpions. Byddai'n ffraeo'n aml efo'i rhieni ynglŷn â'r 'sŵn aflafar 'na' wrth iddi chwarae'r CDs yn uchel. Cwynai Mam am ei steil gwisgo: lledr du, colur oeraidd, modrwyau a chlustlysau lu.

'Paid ti â meiddio cael tatŵ,' oedd rhybudd ei mam pan ddechreuodd Ceri ei ffad. ('Ffad' oedd o, yn ôl Mam. Dyna oedd hi'n 'i ddweud wrth gyfeillion parchus – 'ffad'.)

Er mwyn bod yn wahanol, roedd Ceri wedi mentro i barlwr gwahanol hefyd. Roedd y rheini a fentrodd gael tatŵ wedi mynd at un o ddau artist oedd yn y dre: llefydd glân, iachus, swyddogol, parchus. Oedd, roedd cael tatŵ'n barchus erbyn hyn, yn dderbyniol – pawb wrthi.

Ond, drwy ffrind i ffrind i ffrind, rhywun yn y giang metel trwm oedd yn nabod rhywun oedd yn nabod rhywun oedd yn nabod rhywun, roedd Ceri wedi dod o hyd i'r lle perffaith.

Aeth hi yno yng nghwmni ei chariad, Mic, oedd yn dair ar hugain ac yn arddangosfa o datŵs.

'Wyt ti am gael un efo fi?' gofynnodd iddo wrth ddringo'r grisiau drewllyd tuag at fflat yr artist stryd gefn.

'Gyn i hen ddigon, dwi'n meddwl,' meddai Mic.

Roedd y paentiwr croen yn byw ar stad fwya'r dre, stad ac iddi enw drwg: cyffuriau, tor-cyfraith yn rhemp, canolfan ASBOs y sir.

Roedd y grisiau'n drewi o biso a'r muriau wedi eu gorchuddio mewn graffiti ymosodol. Roeddan nhw wedi cnocio sawl gwaith ar ddrws y fflat cyn cael ateb. Aethant i mewn a steddodd Ceri drwy oes o boen wrth i'r nodwydd dyllu i'w chroen a phlannu pigmentau ynddo fo.

Gwingodd ar ei gwely, a rowlio'n belen o chwys. Pryderai iddi gael gwenwyn gwaed. Roedd Mic yn amheus o safonau iechyd y dyn, ond wfftiodd Ceri a chodi ei crys-T er mwyn caniatáu mynediad i'r nodwydd.

Ond efallai fod Mic yn iawn i boeni.

Roedd y boen yn fwy na fedra hi 'i ddiodde. Stryffagliodd ar ei thraed a mynd i lawr y grisiau. Roedd Dad yn darllen y *Daily Post* a Mam yn gwylio'r newyddion. Baglodd Ceri i'r stafell fyw.

'DAD!' udodd, a'r dagrau'n powlio hyd ei gruddiau. Roedd hi'n cydio'n ei stumog fel tasa hi'n ceisio cadw'r gynnwys rhag tollti ar y carped.

Taflodd Elfed Mather y papur o'r neilltu pan welodd ei ferch, a neidiodd ar ei draed.

Dychrynwyd Helen Mather gan ymateb sydyn ei gŵr.

'Ceri, be sy?' gofynnodd Mr Mather.

'Sorri,' criodd Ceri. 'Dwi 'di gneud rhywbeth ofnadwy.'

'Be ti 'di neud?' holodd Mam, ei llais yn oeraidd, ei gwedd yn llwch.

Cododd Ceri ei chrys-T gan swnian.

Ochneidiodd Mr Mather a gwthio'r sbectol hanner lleuad i fyny ei drwyn. 'Yr hogan wirion ...' dechreuodd, cyn stopio a gwyro i gael golwg fanylach ar y tatŵ.

Roedd o'n –

'Y GNAWAS BACH!' rhuodd Mrs Mather gan neidio ar ei thraed. 'Nes i dy rybuddio di'n do,' dwrdiodd gan bwyntio bys bygythiol i gyfeiriad Ceri. Llamodd Mrs Mather o'r stafell a mynd drwodd i'r gegin.

– symud.

Camodd Mr Mather yn nes a sylwi ar groen ei ferch.

Roedd yr ardal o gwmpas y sgorpion yn chwyddo ac yn disgyn, yn chwyddo ac yn disgyn. Gwaniodd ei bledren wrth i'r olygfa yn y labordy'n gynharach heddiw ddychwelyd i'w feddyliau:

Y DYN A'I FERCH!

GWENWYN!

Y NEIDR!

Na! Na!

Gwrthododd dderbyn beth oedd ei feddwl yn awgrymu.

Gwichiodd ei ferch wrth i'r croen o gwmpas y tatŵ agor fel blaguryn.

Ebychodd Elfed Mather wrth i'r sgorpion byw wibio o'r anaf. Ond trodd yr ebychiad yn waedd wrth i'r creadur lanio ar ei foch a'i bigo yn ei lygaid efo'r gynffon finiog. Baglodd yn ei ôl, a sgrechian ei ferch yn ei glustiau. Syrthiodd dros fraich y gadair a thrwy un llygad gwelodd ei wraig yn dychwelyd o'r gegin, ei hwyneb yn profi iddo fod y sefyllfa'n un arswydus.

O na!, meddyliodd wrth fethu dal ei wynt, a'i frest yn tynhau, Na! Na! Na!

Amhosib.

Roedd y llyfrau'n dweud. Ei facteriolegydd tlws wedi dweud wrtho yn y gwely neithiwr. Dweud pob dim wrtho am wenwynau wrth i'r ddau odinebu. Roedd dychryn Mather yn fwy oherwydd ei fod o'n nabod y symptomau, yn dallt yn iawn pa fath o boen oedd yn gysylltiedig â brathiad neidr, pry cop a sgorpion.

Ond fyddai brathiad sgorpion byth yn cymryd gafael mor gyflym â hyn?

Dwy awr, pedair awr, yn ôl ei facteriolegydd: sbasmau

yn y cyhyrau, poen yn y stumog.

Na! Na! Faint fynnir o amser i ddod o hyd i feddyginiaeth.

Nid fel hyn.

Gwagiodd ei bledren a llanwyd y stafell â drewdod dynol wrth i'w sffincter ei fradychu.

Ond erbyn hynny doedd naill ai Ceri Mather na'i mam yn poeni am oglau budur. Roeddan hwythau hefyd yn yr un cyflwr, a phanig yn cythru wrth iddyn nhw fethu anadlu.

Tri chorff yn strancio a thagu ar y carped drud.

Pum munud i farw.

Pum munud o boen ddychrynllyd.

Pum munud o ofni'r hyn oedd i ddod.

A phan ddaeth heddwch i stafell ffrynt cartre'r Matheriaid, sgrialodd y sgorpion du'n ôl i'w gartre clyd. Caeodd croen Ceri amdano fel petalau'n cau am flaguryn.

Sgytiwyd Mark Lewis gan y newyddion fod y patholegydd, Elfed Mather, a'i deulu wedi eu lladd. Ond daeth rhyw wefr drosto pan welodd o amgylchiadau'r drasiedi.

Roedd o wedi ceisio'i berswadio'i hun mai dylanwad yr *X-Files* oedd yn achosi i'w feddwl chwarae mig efo fo yn y modd yma. Roedd Sandra a fynta wrth eu boddau efo Mulder a Scully. Roedd y gyfres wedi hen ddod i ben ar y teledu, ond archebodd y cwpwl y naw cyfres ar DVD. Efallai fod ymchwilwyr yr FBI yn ei ddallu yn yr achos yma. Wedi'r cwbwl, y byd go iawn oedd hwn. Ond, a dweud y gwir, doedd byd go iawn Lewis ddim wedi bod yn haul i gyd yn ddiweddar.

Roedd o wedi sôn rhyfaint am yr achos wrth Sandra ar ôl cyrraedd adre'r noson cynt, ond heb ganiatáu iddi dreiddio i'w feddyliau. Fel arfer, roedd hi'n barod i wrando. Ond neithiwr roedd hi'n gwingo wrth iddo fo adrodd hanes ei ddiwrnod, yn enwedig pan soniodd am y tatŵ oedd ar dorso Richard Hall.

'Pwy fydda'n gneud y ffasiwn beth i'w corff?' gofynnodd Lewis.

Roedd y bwlch rhyngddynt wedi achosi iselder ysbryd ynddo. Ond dychwelodd y chwilfrydedd pan aeth i gartre Elfed Mather a gweld bol ei ferch, Ceri.

Dwrdiodd ei hun am gael cyffro o boen eraill. Ond, fel ditectif, gwyddai fod pob dafnyn o dystiolaeth yn gymorth i ddatrys dirgelwch. Ac roedd llun y sgorpion yng nghroen Ceri Mather yn ychwanegu at theorïau gwallgo Lewis. Theori? Na, nid dyna'r gair. Doedd ganddo fo 'run syniad sut na pham y bu farw'r pump. Yr unig beth oedd yn troelli ym mhen y ditectif oedd cant a mil o syniadau, yn plethu i'w gilydd i greu rhyw galeidosgop amryliw o wybodaeth.

Edrychodd Lewis ar ei watsh. Bron yn ddeg munud wedi deg. Roedd Teale yn hwyr. Eisteddai'r sarjant ar fainc o dan gloc y dre, ac roedd glaw mân yn yr awyr lwyd wrth i siopwyr fynd o gwmpas eu pethau.

Doedd manylion y marwolaethau ddim wedi eu datgelu i'r wasg. Yr unig beth a wyddai'r cyhoedd oedd fod pump o bobol wedi marw dan amgylchiadau amheus.

Roedd cynllun Jane Hughes wedi chwythu ei blwc: doedd 'na neb wedi colli neidr – neu doedd 'na neb yn barod i *gyfadde* iddyn nhw golli neidr, yn ôl yr arolygydd.

Sgwn i a oedd hi am chwilio am sgorpion a'i draed yn rhydd rŵan? meddyliodd Lewis.

'Dyma ni felly,' meddai Teale, a chôt felfaréd ddrud yn ei amddiffyn rhag y glaw.

'Rwyt ti'n hwyr,' meddai Lewis yn oeraidd, gan godi ar ei draed.

'Hei, lot o alw arna i.'

Dechreuodd y dynion gerdded.

'Lle 'dan ni'n mynd?'

'Ddim yn rhy bell. Be sydd? Dy draed di'n brifo?' holodd Teale.

Disgynnodd calon Lewis pan gyrhaeddodd y ddau y parlwr taclus oedd y drws nesa i siop Oxfam y dre. Gobeithiai gael ei arwain i ryw stryd gefn amheus lle'r oedd rhyw artist amheus yn chwistellu paent i gnawd efo'i nodwyddau gwenwynig. Ond roedd Bobbie's Tattoos And Body Piercing yn fusnes parchus. Roedd ganddo dystysgrifau, ac yn foi digon cyffredin, dau datŵ'n unig yn anharddu ei gorff – un ar bob braich.

'Fuo 'na rywun yma dros yr wythnosau dwytha'n gofyn am neidr ar ei frest neu sgorpion ar ei stumog?' holodd Lewis, gan edrych o gwmpas y siop.

Roedd y muriau calchwyn wedi eu gorchuddio gan gynlluniau gwahanol.

'Na,' meddai'r dyn yn bendant.

Syfrdanwyd Lewis gan yr ateb a throdd i wynebu'r tatŵydd. Disgwyliai Lewis iddo gwyno'i bod hi'n 'amhosib iddo fo gofio pawb a ddaw drwy'r drws 'na wir'.

'Dwi'n tynnu llun o bob tatŵ dwi'n greu,' esboniodd y dyn, ei wallt melyn wedi ei glymu mewn cynffon y tu ôl i'w ben. Plygodd tu ôl i'r cownter a dod ag albwm lluniau i olwg Lewis. Agorodd y llyfryn clawr coch. 'Dyma'r rhai dwi 'di neud dros y tair wythnos dwytha.'

Craffodd Lewis ar y tudalennau'n sydyn. Roedd y mwyafrif helaeth yn datŵs wedi eu darlunio ar freichiau. Dim arwydd o neidr fel honno a lithrai ar hyd torso Richard Hall. Dim arwydd o sgorpion du.

'Does 'na neb 'di gofyn am neidr, felly? O fan hyn i fan hyn,' meddai Lewis gan bwyntio o bont ei ysgwydd at ei belfis.

Ysgydwodd y tatŵydd ei ben. 'Dwi ddim yn gneud dwylo, na wynebau, na rhai o'r faint ddudoch chi ...'

Daeth sbarc i lygaid Lewis. Roedd o ar fin gofyn, Be am Teale a'r Samurai enfawr ar ei gefn?

' ... oni bai 'mod i'n nabod y person yn dda. Fatha'r *ladykiller* yma,' meddai'r dyn, yn gwenu i gyfeiriad Teale.

Trodd Teale oddi wrth y pared lle'r oedd o'n astudio'r cynlluniau a gwenu'n ôl. 'Hei, mae gyn bawb job o waith i' neud, Bob.'

'Be am y tatŵyr eraill?' gofynnodd Lewis.

Cododd Bob ei sgwyddau. 'SkinArt? Maen nhwythau'n gweithredu yn yr un modd.' Rhoddodd ei ddwylo ar y cownter. 'Ylwch sarjant, mae'r busnes tatŵs yn lân. *All above board*. Mae gyn i gwsmeriaid o bob math, o bob oed. Ddaeth 'na wraig saith deg un yma'r wythnos dwytha. Roedd hi newydd golli ei gŵr. Gafodd hi rosyn a'i enw fo ar ei braich chwith.'

'Ydi 'i chyfeiriad hi gyn ti?' holodd Teale yn wamalus.

'A dwyt ti'm yn gwybod am neb arall yn y dre 'ma sy'n ...' Edrychodd Lewis o gwmpas y stafell ac ychwanegu nodyn sarhaus i'w lais, '... cynnig y gwasanaeth 'ma.'

'Neb,' meddai Bob.

Canodd cloch y drws a throdd Lewis i weld y cwsmer. Roedd o'n nabod y dyn o rywle. Ysgydwodd ei ben.

'Helo, Bob,' meddai'r dyn mewn siwt a thei. Roedd o yn ei bedwardegau hwyr. Sylwodd y newydd-ddyfodiad ar Lewis a goleuodd ei wyneb. 'Sarjant Lewis. Ydach chi am ymuno â mi o dan y nodwydd fel petai?' gofynnodd y dyn gan gynnig ei law.

Ysgydwodd Lewis hi'n llipa. 'Dwi'm yn meddwl, Mr Richards.'

Cerddodd y ditectif o'r siop gan adael i Bob, Teale a'r cyfreithiwr, Sam Richards, drafod eu crwyn a'r lliwiau oedd yn gymysg efo'u gwaed.

Pwysodd ei thalcen ar fin y gyllell, a'r metel yn bygwth torri drwy ei chroen.

Eisteddai Sandra Lewis wrth fwrdd y gegin. Roedd hi wedi ffonio'r gwaith ar ôl i Mark fynd i'w gwaith a dweud wrthyn nhw ei bod hi'n symol.

Mi oedd hi. Nid yn gorfforol, er bod ei chalon yn torri.

Roedd wedi dweud anwiredd wrtho fo. Am y tro cynta ers iddyn nhw fod efo'i gilydd – a'r ddau wedi addo ers y cychwyn i fod yn gwbwl onest – roedd hi wedi celu ffeithiau.

Ac roedd hynny'n ei dinistrio.

Bwriadai ddweud wrtho'r noson o'r blaen.

Geshia be! Geshia be!

'Mae Catrin wedi cael tatŵ' oedd hi wedi dechrau 'i ddweud. Y syniad oedd sgwrsio am yr hyn a wnaeth ei chyfaill, malu awyr, chwerthin, ac yna codi ei sgert a dangos ei chlun iddo fo. Ond roedd o wedi difetha pob dim drwy sôn am y tatŵ ar gorff y dyn fuo farw.

Roedd ei gŵr yn ymddangos yn nerfus, a rhyw atgasedd ynddo tuag at y syniad o baentio cnawd am byth. Efallai nad oeddan nhw'n nabod ei gilydd cystal ag yr oedd y ddau'n ei gredu. Efallai fod 'na gyfrinachau a phryderon yn llechu yng nghysgodion eu calonnau.

Cododd ei phen oddi ar flaen y gyllell a rhwbio'r marc ar ei thalcen. Rhoddodd y gyllell ar y bwrdd.

Roedd hi wedi difaru wedyn. Difaru mynd allan efo Catrin y noson honno. Difaru mynd i'r parti gwirion 'na. Roeddan nhw wedi fflyrtian efo rhyw ddau foi amheus o'r stad ffiaidd honno ar gyrion y dre. Roedd Sandra wedi ei geni'n fflyrt ac roedd ei gŵr yn mwynhau hynny fel arfer. Ni fyddai byth yn cysidro mynd â phethau'n bellach. Ni fydda hi'n cysidro anffyddlondeb.

Ond efallai fod hyn yn rhyw fath o anffyddlondeb?

Doedd hi ddim wedi dweud wrtho am y parti. Byddai'n lloerig tasa fo'n gwybod iddi fynd i fan 'no, i'r stad. Roedd honno'n ardal annifyr, yn beryglus ar ôl iddi dywyllu. Ond mentrodd Catrin a hithau yno yng nghwmni'r dynion diarth. Buont yn yfed mewn fflat drewllyd mewn cwmni drewllyd am ryw awr cyn sleifio oddi yno heb i neb eu gweld.

Wrth iddyn nhw ddengid roedd Catrin wedi gweld y gair wedi ei grafu fel graffiti ar y drws:

TATTOOS.

Ac i mewn a nhw.

Roeddan nhw wedi meddwi ac mae pobol yn gwneud pethau dwl pan maen nhw wedi meddwi. Cofiai fod y fflat yn dywyll, yn drewi, ond roedd y dyn yn cynnig bargen. Fuo Sandra yng nghwmni Catrin sawl gwaith wrth i'w chyfaill sefyll y tu allan i Bobbie's Tattoos And Body Piercing neu SkinArt.

'Rhy ddrud,' cwynai Catrin, a rhedeg oddi yno'n chwerthin.

Ond y noson honno roedd cwrw a phris rhad wedi ei themtio, a Catrin yn ei thro wedi temtio Sandra.

Bu Sandra'n ffodus dros y deuddydd a aeth heibio. Roedd Mark yn canolbwyntio cymaint ar ei achos fel na sylweddolodd ar y newid yng nghnawd clun ei wraig; byddai'n dod i'r gwely ar ei hôl, ac roedd ar ei draed o'i blaen.

Ond gwyddai Sandra y byddai'n darganfod ei chyfrinach cyn bo hir. Gafaelodd yn y gyllell eto a chodi ei sgert dros ei chlun. Llithrodd lafn y twca o amgylch y ffurf ar y croen. Roedd ei llaw yn crynu. Aeth â'r gyllell yn gylch o amgylch y llun eto, ac eto, y pwysau ar y croen yn cynyddu gyda phob cylch.

Dechreuodd Sandra grio. Taflodd y gyllell ar draws y gegin a chladdu ei hwyneb yn ei dwylo. Roedd hi'n brifo drwyddi: yn brifo am iddi sylwi mai ffurf ar anffyddlondeb oedd hyn, oherwydd iddi roi'r ffasiwn ddelwedd ar ei chroen, oherwydd iddi fod yn rhy llwfr i rwygo'i chnawd a chael madael ar yr wyneb dieflig.

Roedd Lewis ar ei ffordd i'r dafarn pan rasiodd y car heddlu drwy'r stryd fawr. Gwichiodd y teiars wrth i'r gyrrwr stopio yn ei ymyl.

'Ydi'r CID am ddŵad i roid help llaw?' gofynnodd PC Jon Rolley, heddwas oedd ar draws yr un oed â'r ditectif. 'Tyd 'laen, Mark.'

Neidiodd i gefn y car a gwichiodd y teiars eto wrth i Rolley bwyso'r sbardun i'r llawr. 'Be sy'n digwydd?' gofynnodd Lewis yn ddigyffro.

'Y Paentiwr Croen,' meddai Rolley.

Aeth y geiriau fel mellten drwy gorff y ditectif.

Wedi gadael parlwr Bob, roedd wedi dychwelyd i'r orsaf yn isel ei ysbryd. Cysidrodd alw Sandra gan obeithio y byddai honno'n medru ei gysuro rhywfaint. Ond gwyddai Lewis y byddai'i wraig yn synhwyro'i iselder ac yn mynnu cael y gwir.

Roedd y Ditectif Arolygydd Jane Hughes yn bendant mai llofrudd cyfrwys oedd ar droed, rhyw aelod o sect eithafol oedd yn casáu tatŵs ac yn llofruddio pobol oedd yn caniatáu i eraill farcio'u cnawd. Dyna theori oedd hyd yn oed yn fwy hurt na'i syniad o!

Cymerodd arno ei fod o'n ffonio siopau anifeiliaid anwes i sicrhau nad oeddan nhw wedi colli naill ai neidr neu sgorpion yn ddiweddar. Ond, a dweud y gwir, credai Lewis, fel sawl un arall, fod y pum marwolaeth am barhau'n ddirgelion.

'Y Paentiwr Croen?' meddai, yn ceisio cuddio'i gyffro rhag Rolley a'r cwnstabl arall oedd yn y car.

'Galwad ryw ddau funud yn ôl,' meddai Rolley. 'Stŵr yn Uffern.'

Uffern – dyna oedd trigolion y dref yn galw'r stad, ac roedd o'n ddisgrifiad da.

'Ond pwy ydi'r Paentiwr Croen?'

'Dwn i'm, mêt. Jyst rhyw ddynas yn gweiddi'i enw fo. Deud fod 'na sgarmes yn ei fflat o. Beicar yn bygwth lladd y dyn.'

Ennill y blaen, dyna oedd bwriad Jon Rolley. Gwyddai Lewis fod y cwnstabl am y gorau i fod yn gynta i safle unrhyw sgarmes. Os oedd rhywun yn bygwth bywyd unigolyn, byddai heddlu arfog yn bendant yn brysio yno cyn hir. Ond roedd Rolley ar dân i gyrraedd cyn unrhyw las arall.

Rhuthrodd y car drwy'r strydoedd, a'r dydd yn prysur ddiflannu wrth i nos arall sleifio fel rhyw anifail i fwydo ar y goleuni. Roedd seirenau'r car yn udo, a'r goleuadau glas yn fflachio'n ffyrnig wrth iddyn nhw agosáu at y stad.

Crynodd Lewis wrth weld y tyrau tywyll ar ganfas yr awyr lwyd. Roedd pedwar tŵr o fflatiau ar y stad, a'r rheini wedi eu codi yn y chwedegau ar ddarn o wastrafftir. Yn cysylltu'r pedwar tŵr yr oedd rhesi o adnoddau angenrheidiol i unrhyw gymuned: swyddfa bost, siop Spar, siop *fish and chips*, golchdy, clwb yfed, a neuadd gymuned.

Y tu hwnt i'r pedwar tyfiant concrit safai adeilad arall ar sgwaryn o dir gwyrdd oedd wedi ei amgylchynu gan ffens uchel: yr ysgol gynradd a adeiladwyd yn yr un cyfnod. Roedd honno, fel y tyrau, bron yn adfail erbyn hyn. Pwy fagai blant mewn lle fel hyn? meddyliodd Lewis. Roedd breuddwydion y cynllunwyr tre'n deilchion.

Parciodd Rolley'r car o flaen y tŵr cynta a neidiodd y tri dyn o'r car. Rhedodd y plismyn i fyny'r grisiau am y trydydd llawr lle'r oedd y stŵr i gyd. Sylwodd Lewis ar y graffiti oedd yn patrymu'r muriau. Rheibiwyd ei ffroenau gan arogl piso ac alcohol.

Ar y teras y tu allan i'r fflatiau roedd criw o bobol

wedi ymgynnull, merched a phlant gan fwyaf, ond yn eu mysg ambell i ddyn yn annog ac yn herio.

Brwydrodd y tri heddwas eu ffordd drwy'r môr o gnawd, gan weiddi, 'POLÎS! POLÎS!' a bygwth arestio unrhyw un a fyddai'n atal eu llwybr.

Lewis oedd y cynta i dorri drwy'r dorf. Safodd yn stond wrth weld y dyn mawr hir-walltog yn hyrddio'i ysgwydd gadarn yn erbyn drws un o'r fflatiau. Roedd ganddo bastwn yn ei law.

'Gad fi mewn, y basdad! Gad fi mewn! Mi ladda i di'r diawl!' rhuai'r dyn ifanc.

Clywodd Lewis y pren yn cracio wrth i bwysau'r ymosodwr brofi'n fwy na fedrai'r drws ei ddiodde. Roedd y ditectif ar fin neidio ar gefn y beicar solat pan falodd y drws yn swnllyd, a llyncwyd y dyn gan y fflat.

Roedd Rolley a'r cwnstabl arall wrth ysgwydd Lewis.

'Cadwch y rhein yn ôl,' meddai Lewis gan gyfeirio at y dyrfa oedd yn symud yn ei blaen i weld y tywallt gwaed oedd yn bownd o ddod.

Islaw, roedd mwy o heddlu'n cyrraedd, seirenau'n sgrechian, goleuadau glas yn fflachio.

'Yn ôl! Yn ôl! Yn ôl!' mynnodd Rolley wrth estyn ei bastwn a dechrau gwthio'r dyrfa.

Sugnodd Lewis aer i'w sgyfaint a chamu yn ei flaen. Roedd o'n anwybyddu sŵn y dyrfa'r tu cefn iddo fo, yn anwybyddu'r seirenau oedd yn hollti'r awyr. Craffodd i mewn i'r fflat. Rheibiwyd ei synhwyrau gan yr arogl clòs. Ni fedrai weld drwy'r mur o dywyllwch oedd yn llenwi'r fflat. Doedd 'na ddim sŵn.

Camodd i'r düwch. 'Helô?' Dyna beth gwirion i'w ddweud, meddyliodd. 'Heddlu,' meddai wedyn.

Rhoddodd ei law o'i flaen a gorffwys ei gledr ar y pared tamp. Chwiliodd am switsh.

Yng nghornel ei lygaid gwelodd fflam. Edrychodd y ditectif o'i gwmpas. Cannwyll yn cael ei goleuo gan leitar. Un arall ac un arall. A ffurf yn ymddangos yn y tywyllwch oren. Ac yna cannwyll eto, ac eto, ac eto.

Syllodd Lewis ar y dyn a safai'n edrych arno o'r stafell arall. Diffoddodd y dyn y leitar a'i roi'n ôl ym mhoced ei gôt hir ddu.

'Wyt tithau wedi dŵad i greu drygioni hefyd?' gofynnodd y dyn, ei lais yn isel ac yn fygythiol.

'Ditectif Sarjant Mark Lewis,' meddai wrth y dieithryn. 'Lle mae o?'

'Pwy?' holodd y dyn, yn dal i sefyll yng ngolau'r canhwyllau a losgai yn y stafell arall. Medrai Lewis weld cysgodion yn dawnsio o gwmpas y dyn.

'Pwy? Y dyn falodd ych drws chi.'

'O, hwn,' meddai'r dyn.

Daeth pendro dros Lewis. Baglodd yn ei ôl. Bygythiai ei stumog ruthro i fyny'r lôn goch a phatrymu carped llychlyd y fflat.

Cydiai'r dyn yng ngwallt trwchus y beicar. Roedd llygaid hwnnw'n llydan, ei geg ar siâp 'O', a gwythiennau'r gwddw oedd wedi ei hacio o'r corff yn amlwg.

Gwegiodd pen-gliniau Lewis. Chwarddodd y dyn arall a chamu drwodd i ymuno â Lewis yn y düwch. Roedd pen y beicar yn ei law o hyd, a gwaed yn dripian o'r gwddw darniog.

'Isio hwn?' Taflodd y dyn y pen i gyfeiriad Lewis.

Sgrialodd Lewis wrth i'r belen waedlyd lanio ar ei lin.

Dallwyd y ditectif am eiliad gan olau cryf.

Daeth llygaid y sarjant i arfer â'r golau oedd yn boddi'r stafell a syllodd i lawr i lygaid meirw'r beicar. Ebychodd a gwthio'r pen o'r neilltu, ei berfedd yn rhewllyd a'i groen yn binnau mân.

Chwarddai'r dyn arall o hyd. Syllodd Lewis arno fo. Roedd yn foel, ond tyfai'r gwallt yn drwchus o ochrau ei ben a llifo wedyn dros ei sgwyddau. Gorchuddiwyd ei ên a'i geg gan farf drwchus. Gwisgai'r dyn gôt hir ddu a throwsus du, a thrwy'r hollt yn y gôt medrai Lewis weld brest a stumog y dieithryn. Roedd yno datŵ enfawr.

Synhwyrodd y dyn fod llygaid y ditectif yn syllu ar y darlun yn ei groen. Chwipiodd ei gôt ar agor.

Daliodd Lewis ei wynt wrth iddo fo stryffaglio ar ei draed.

'Wyt ti'n lecio fy nghelf i, copar?'

Syllai'r sgerbwd yn fygythiol o dorso'r Paentiwr Croen. Roedd esgyrn gwyn y creadur wedi eu gorchuddio gan arfwisg hynafol. Daliai'r sgerbwd gleddyf enfawr yn ei law esgyrnog. Roedd llafn y cleddyf yn goch o waed.

Edrychodd Lewis o'i gwmpas. Roedd braw yn brathu i'w nerfau, a chwiliai am ddihangfa. Roedd y dyn yn sefyll yn rhy agos at y drws i Lewis ruthro heibio iddo.

Wrth syllu o'i gwmpas rhewodd Lewis. Gorchuddid y muriau gan ddarluniau o bob math: creaduriaid rheibus, anifeiliaid mytholegol, bwystfilod arswydus, diafoliaid, angylion, ellyllon, i gyd wedi eu paentio ar y pared. Ac yn eu mysg roedd neidr oedd yn efaill i'r honno welsai'r ditectif ar dorso Richard Hall. Gwelodd Lewis sgorpion du 'run ffunud â hwnnw oedd wedi ei baentio ar stumog Ceri Mather.

Syllodd Lewis ar y Paentiwr Croen.

Aeth y ditectif i'w boced ac estyn am ffôn, ei lygaid wedi eu hoelio ar y dyn.

'Paid â bod yn ffŵl, copar.'

'Mae 'na blismyn ym mhobman. Paid â gneud dim byd dwl.'

'Dwl? Ydi hyn yn ddwl?' Lledodd y dyn ei gôt eto.

Berwai ei groen. Caeodd y dyn ei lygaid. Sgyrnygodd. Dechreuodd croen y torso hollti, a stribedi sgarlad ymddangos ar y cnawd fatha lonydd ar fap.

Ni fedrai Lewis symud. Ar yr un llaw roedd o'n ysu i ddengid; ar y llall, roedd o'n ysu i weld.

Ebychodd y Paentiwr Croen wrth i'w gnawd dorri, a sŵn fel defnydd yn hollti yn oeri gwaed Lewis.

Rhwygodd ei dorso ar agor, gan ledu fel drysau eglwys. Baglodd Lewis yn ei ôl, yn awyddus i fod mor bell ag oedd yn bosib o'r hyn oedd yn digwydd.

O ganol esgyrn ac organau mewnol y Paentiwr Croen, ymddangosodd penglog erchyll. Agorodd y benglog ei geg a gwichian ar Lewis.

Syrthiodd y Paentiwr Croen ar ei ben-gliniau, ei gorff yn sbasmau a chwys yn cymysgu efo'r gwaed.

Trodd Lewis ei ben o'r neilltu wrth i aroglau'r organau mewnol ffrwydro i'w ffroenau. Brwydrai yn erbyn yr awydd i gyfogi. Caeodd ei lygaid, a chlywodd sŵn crenshian a sugno.

Agorodd ei lygaid. Trodd yn ara deg i gyfeiriad y sioe waedlyd.

Camodd y sgerbwd arfog tuag ato, â'i gleddyf yn chwibanu drwy'r awyr.

Ciledrychodd Lewis ar y Paentiwr Croen. Roedd o

wedi ei hollti ar agor. Ond, yn groes i natur, roedd o'n dal yn fyw. Powliodd y chwys, pistylliodd y gwaed, gwenodd y Paentiwr.

Sut oedd hynny'n bosib yn sgil y dinistr a ddioddefodd yn ystod geni'r rhyfelwr sgerbydol?

'Deud helô, copar,' meddai'r Paentiwr mewn llais crebachlyd. 'Amser marw wedi cyrraedd. Amser diodde fel y lleill.'

'Chdi sy'n gyfrifol,' meddai Lewis yn frysiog, ag un llygad ar y rhyfelwr o esgyrn oedd ddim ond bum cam i ffwrdd erbyn hyn.

'Dwi'n derbyn cyfrifoldeb am fy nghelfyddyd, yndw, ond nid am y modd y mae pobol yn ymateb i'r gelfyddyd honno.'

'BLYDI HEL!'

Trodd Lewis rownd i gyfeiriad y llais a regodd.

Safai Rolley yn nrws y fflat a dau blismon arall y tu ôl iddo.

Wynebodd y sgerbwd y tresmaswyr.

'Dos o'ma Rolley!' rhybuddiodd Lewis.

Rhy hwyr.

Roedd cleddyf y rhyfelwr marw wedi llithro drwy asennau Rolley a'i grys gwyn yn troi'n goch. Syllodd Rolley ar y llafn â dau lygad fel peli golff.

Hyrddiodd Lewis ei hun i gyfeiriad y sgerbwd.

Trodd y sgerbwd arfog i wynebu ei ymosodwr. Ond cyn iddo fedru tynnu'r cleddyf o garcas y cwnstabl roedd ysgwydd Lewis wedi hyrddio i'w asennau noeth.

Gwthiwyd y creadur yn erbyn wal.

'NA!' udodd y Paentiwr Croen, yn dal ar ei liniau.

Rhuthrodd un o'r plismyn ymlaen a chydio yn esgyrn

braich y sgerbwd. Rhewodd y PC am eiliad, ei wedd yn wyn a dychryn yn ei lygaid. Digon o amser i'r rhyfelwr ymateb. Ymbalfalodd yn y cwdyn ar ei glun a chwipio cyllell fer ohono. Trywanodd y llafn i wddw'r cwnstabl.

Caeodd Lewis ei lygaid wrth lusgo'r cleddyf o gorff Rolley. Clywodd y sŵn slwtsh wrth i'r llafn lithro o'r cig.

Trodd mewn pryd i weld y sgerbwd yn codi a llamu tuag ato, a'r gyllell waedlyd yn ei fysedd esgyrnog.

Er mai gan Lewis oedd yr arf mwya, camodd yn ei ôl. Doedd o ddim yn hen law ar gleddyfau, wedi'r cwbwl. Roedd y trydydd plisman wedi sgrialu – i alw am gymorth, gobeithiai Lewis.

Lledodd camau'r rhyfelwr erchyll a swingiodd Lewis y cleddyf.

Cododd ei elyn y gyllell ac aeth CLANG! drwy'r stafell wrth i fetel daro ar fetel. Daeth â'r cleddyf mewn cylch eto, a'r tro hwn cyrcydodd y sgerbwd.

Collodd Lewis ei gydbwysedd.

Rhuthrodd y sgerbwd yn ei flaen.

Sgrechiodd y ditectif wrth i'r gyllell finiog drywanu cnawd ei glun. Roedd y boen fel sioc drydan drwyddo.

Greddf yn unig a ddaeth â'r cleddyf yn ôl i gyfeiriad ei anafwr. Trawodd y llafn y sgerbwd yn ei asennau a chlywodd Lewis y crac wrth i'r esgyrn falu.

Gwaeddai'r Paentiwr Croen wrth wylio'r sgarmes.

Ceisiodd y sgerbwd sefyll, ond roedd tair o'i asennau wedi eu hollti. Cafodd nerth o rywle: un peth oedd yn bwysig i'r tatŵ byw – lladd.

Gwyrodd ymlaen efo'r gyllell gan ei hanelu am stumog Lewis, ond roedd y sarjant o gwmpas ei bethau.

Daeth y cleddyf i lawr fel bwyell ar benglog y

sgerbwd. Holltodd y pen. Am eiliad rhewodd y creadur yn ei le.

Daeth gwich arswydus o enau'r Paentiwr Croen.

Syrthiodd y sgerbwd i'r llawr, ei gorff yn malurio.

Roedd y dyn o ble daethai'r rhyfelwr yn sbasmu'n ffyrnig ac yn sgrechian mewn poen. Syllodd y Paentiwr yn wallgo ar y ditectif. 'BASDAD!' gwichiodd. Cydiodd yn ei dorso rhwygedig a cheisio'i roi at ei gilydd unwaith eto. Ond roedd yr anaf yn farwol a'r esgyrn fyddai'n llenwi'r hollt yn deilchion.

Syrthiodd yn ei flaen a tharo'r llawr.

Ni fedrai Lewis dynnu ei lygaid oddi ar y Paentiwr. Roedd chwys yn gorchuddio'i gorff, a'r anaf yn ei goes yn plycio'n boenus.

Ni sylwodd ar yr heddlu'n rhuthro drwy'r drws. Ni sylwodd wrth i blisman geisio dadblethu ei fysedd oddi ar garn y cleddyf. Ni sylwodd fod esgyrn y rhyfelwr yn mudlosgi.

Ni ddarganfuwyd pwy oedd y Paentiwr Croen. Roedd wedi ymddangos o nunlle wythnosau ynghynt, yn ôl trigolion cyfagos, a sefydlu ei fusnes annaearol yn y fflat.

Enw'r dyn ifanc gwallt hir a gollodd ei ben – yn llythrennol – oedd Mic Barry. Cariad Ceri Mather. Dywedodd mêts Mic wrth yr heddlu fod y bachgen yn bendant mai'r dyn afiach hwnnw ar y stad oedd wedi gwenwyno'i anwylyd. Ac roedd o'n mynd i ddial.

Treuliodd Mark Lewis dri diwrnod yn yr ysbyty'n derbyn triniaeth am yr anaf i'w glun. Ond byddai'n cymryd mwy na thri diwrnod iddo fo ddod ato'i hun yn feddyliol.

Treuliodd Sandra gyfnodau hir yn eistedd wrth ei wely, ond ddywedwyd fawr ddim. Ni fedrai Lewis gyfleu'r hyn a welsai yn y fflat a doedd o ddim yn teimlo fel rhannu'r hunlle.

Roedd hithau'n ddagreuol ac wedi gwaelu dros y dyddiau dwytha, ei hwyneb yn llwydaidd ac yn guchiog mewn mannau.

Wrth yrru am adre'r noson y rhyddhawyd Lewis o'r ysbyty roedd Sandra'n dynn drwyddi, yn crio'n dawel bob hyn a hyn. Ond ni sylwai Lewis. Roedd o'n swrth, heb ddod ato'i hun yn iawn, yn dychwelyd yn ei feddyliau i'r fflat ac yn ail-fyw'r hyn a welsai.

Ni ddywedodd y naill air wrth y llall.

Yn y tŷ taflodd Sandra oriadau'r car ar y bwrdd a thynnu ei chôt.

Disgynnodd Lewis ar y soffa a rhwbio'i glun boenus.

Roedd Sandra yn y gegin yn tollti gwydriad mawr o win coch iddi hi ei hun. Gwyddai ble fuodd ei gŵr y noson honno – yr union gyfeiriad. Roedd y papurau newydd wedi datgelu hynny. Roedd hi wedi clywed briwsion o'r stori gan rai o'i gyd-weithwyr a ddaeth i fwrw golwg arno yn yr ysbyty.

Taflodd y gwin i lawr ei chorn gwddw a llenwi'r gwydr eilwaith.

Beth yn union oedd trosedd y dyn a baentiodd ei chlun, ni wyddai Sandra. Ond o ymateb ei gŵr roedd erchyllterau wedi eu profi yn y fflat.

A oedd 'na wenwyn yn ei chroen?

Roedd 'na wenwyn yng nghroen Ceri Mather heb ddowt, ei chariad wedi mynd i ddial ar y dyn a greithiodd ei stumog hi.

Yfodd y gwin. Teimlodd yn benwan. Rhoddodd y gwydr yn y sinc a cherdded drwodd i'r stafell fyw.

Eisteddai Lewis fel doli glwt ar y soffa.

'Mark,' meddai Sandra, yn sefyll o'i flaen. 'Fues i yno. Fues i yn y fflat 'na.'

Cododd Lewis ei ben a syllu ar ei wraig. Roedd hi'n crio a'i chorff yn crynu.

Datsipiodd Sandra ei sgert a gadael i'r dilledyn syrthio i'r llawr. Cododd ei blows at ei stumog.

Dechreuodd Lewis ebychu'n afreolaidd a thynnu'r gwallt o'i ben.

Syllodd yn lloerig ar y darlun o'r Diafol oedd wedi ei grafu i groen clun ei wraig.

ISLAW

Holltwyd y ddaear a daeth uffern drwy'r craciau.

Roedd drewdod yn dod o'r ddraen, dach chi'n gweld. Y math o ddrewdod sy'n gwneud i rywun grychu ei drwyn a chymryd cam tuag yn ôl fel tasai'r drewdod wedi taflu dwrn. Y math o ddrewdod sy'n codi cyfog a throi stumog.

Cwynodd y trigolion lleol am y drewdod 'ma, ond er iddyn nhw godi twrw roedd y cyngor yn llipa. Gwadodd yr awdurdod lleol bod 'na ddrewdod, i ddechrau. Ond danfonodd rhyw wag (nid W.A.G.) lond berfa o'r sothach oedd wedi hel yn y ddraen i swyddfa'r prif weithredwr. Danfonodd y prif weithredwr ryw glerc dwy a dimai draw at y ddraen i weld sut y medrai'r cyngor osgoi'r gwaith ac arbed arian.

Ond roedd 'na dro bach yn y stori: y cyngor oedd wedi achosi'r drewdod yn y lle cynta.

Wedi ei pharcio ar y stryd nesa, roedd 'na fan felen. Fan felen oedd yn eiddo i'r cyngor. Roedd y cyngor wedi bod yn tyllu'r lôn. Wedi bod yn sgytio'r stryd i gyd hefo'u dril. Pwrpas y gwaith oedd rhoi wyneb newydd ar y lôn, ac er mwyn rhoi wyneb newydd mae gofyn plicio'r hen groen. Plicio a chrafu a morthwylio nes oedd y croen yn cracio ac yn disgyn oddi ar yr wyneb i ddatgelu ... wel, i ddatgelu be oedd islaw.

Ac mae 'na fywyd, wrth gwrs, o dan yr epidermis marw. Wedi'r cwbwl, mae bywyd yn mynnu bod. Dangosodd Darwin hynny. Mi fydd bywyd fyw, beth bynnag a fydd.

Ac roedd 'na fywyd islaw'r strydoedd 'ma, islaw wyneb y ddaear: gwythiennau anweledig yn boddi yn y stwff, a'r gwythiennau anweledig 'ma'n nofio'r bywyd o le i le, yn pontio'r tywyllwch trwchus, yn hollti pridd a chraig i drosglwyddo'r bywyd i'r mannau lle'r oedd bywyd yn mynnu bod.

A sut y bu i griw'r cyngor ddod ar draws y bywyd 'ma?

Craciodd eu hollti a'u tyllu a'u trywanu y ffin greigiog fu'n fur bythol rhwng yr uwchben a'r islaw, rhyngddon ni ac uffern. Roedd y rhiniog wedi sefyll am filiynau o flynyddoedd. Ond roedd un glec efo min y dril wedi danfon hollt drwy'r ddaear. Un glec yn y man penodol.

Amhosib? Wel, dyna ni. Mi ddigwyddodd o.

Rhwygodd yr hollt drwy'r rhiniog hynafol, gan gracio'r strata. Fel edau i gychwyn, edau aeth yn hirach, hirach, hirach trwy graig y byd. Trwy graig y byd i'r ochor arall lle mae 'na dwneli sydd wedi cydredeg yn gudd hefo'r twneli rydan ni wedi eu tyllu dros y canrifoedd.

Ac o'r twneli'r hynny y daethon nhw.

Y pethau heb enw.

Epil ac iddi elfennau dynol, ac awydd dynol, a natur ddynol. Epil greulon, farus, hunanol. Epil sydd yn mynnu byw a magu a bwydo.

Ac o'r ddraen lle'r oedd y drewdod y daethon nhw.

Roedd y clerc yn ei siwt M&S a rheolwr gwaith mewn pâr o welingtons yn trafod y ddraen hefo'r dyn oedd wedi danfon llond berfa o'r drewdod i swyddfa'r prif weithredwr.

Ffrwydrodd clawr y ddraen i'r awyr, a daeth cynffon o gachu yn ei sgil.

Tawelodd y dwrdio a syllodd y tri dyn ar y ffynnon o fudreddi. Roeddan nhw wedi eu syfrdanu gymaint fel na chafodd yr un ohonyn nhw gyfle i osgoi'r glaw budur a drewllyd oedd yn tollti'n ddidrugaredd ... a druan o'r clerc yn ei siwt M&S, ond dyna mae rywun yn ei gael am syllu efo'i geg yn llydan agored.

Roedd y tri'n cwyno ac yn baglu pan syrthiodd clawr y ddraen yn glec ar ben y rheolwr gwaith. Holltwyd ei benglog ac asgwrn ei gefn; disgynnodd yn gadach i'r pafin budur, a'r budreddi'n glawio arno. Fedra fo ddim symud ei goesau, a dechreuodd swnian.

Roedd y clerc bach yn tagu, tagu, tagu, ei ben yn ysgafn a'i stumog yn gandryll fod y fath ffieidd-dra wedi ei gyrraedd. Mi ddaru'r stumog wneud be mae pob stumog gwerth ei halen yn ei wneud: hyrddio'r cachu am i fyny.

Wrth chwydu, herciodd y clerc am y ddraen oedd wedi rhoi'r gorau i boeri baw. Disgynnodd coes chwith y clerc i'r twll. Mi gafodd o andros o ergyd yn ei geilliau, a malwyd ei goes dde gan fod honno wedi plygu ar ongl chwithig wrth i'r goes arall blymio i'r ddraen. Gwichiodd y clerc wrth i'w geilliau danio a'i esgyrn gracio.

Roedd y dyn oedd wedi danfon y baw at y prif weithredwr ar ei liniau'n trio'i orau glas i rwbio'r sothach o'i lygaid. Roedd ganddo fo a'i fêts o'r cyngor gynulleidfa erbyn hyn: trigolion oedd wedi sleifio o'u tai i dystio i'r halibalŵ. Byddai'n well tasan nhw wedi aros tu ôl i ddrysau caeedig. Byddai hynny wedi ymestyn eu bywydau ryw fymryn. Ond dim ond mymryn.

Dechreuodd y clerc hefo un goes yn y ddraen a'r llall wedi ei thorri'n giaidd sgrechian a sgytio. Rhuthrodd dau ddyn at y creadur druan a dechrau'i lusgo fo o'r ddraen.

A dyma 'na andros o rwyg ac andros o sgrech.

A dyma'r ddau ddyn ddaeth i gynorthwyo yn syrthio ar eu tinau, a'r clerc yn eu dilyn.

Ac yn dilyn y clerc daeth cynffon o waed lle bu ei goes chwith.

Roedd y clerc yn marw ar y pafin drewllyd. Gorweddai wrth ymyl y rheolwr gwaith oedd yn crynu ac yn crio am na fedra fo symud dim o'i gorff a oedd yn is na'i frest.

Erbyn hyn roedd pawb yn sgrechian, rhai'n sgrialu, eraill yn ffonio 999, a neb, mewn gwirionedd, yn sylwi ar yr anghenfil a gripiodd o'r ddraen.

Llaw i gychwyn: tri bys a bawd, y rheini'n hir ac yn wyrdd, ac ar ben bob bys ewin miniog melyn. Braich wedyn, honno'n hir, a'i chroen fel lledr. Ac yna'r pen: clustiau miniog, llygaid melyn llydan, dau dwll yn ei ffroenau, ceg faleisus yn llawn dannedd miniog.

Edrychodd y creadur o gwmpas y byd newydd 'ma. Gwelodd epil y byd newydd. Cawsai flas ar yr epil yn barod (roedd gweddillion coes y clerc – darnau o gnawd, mymryn o waed – ar ddannedd a gwefus y creadur). Sylwodd y creadur fod yr epil yn dila, yn llipa, yn hawdd i'w hela.

A dyma'r creadur – ar i fyny yn ei fyd newydd – yn rhuo.

Dyna pryd wnaeth pobol sylwi arno fo go iawn. Dyna pryd wnaeth pobol gael braw go iawn. Dyna pryd y dechreuodd pobol redeg am eu bywydau. Dyna pryd y neidiodd y creadur o'r ddraen a charlamu (gan ddefnyddio'i freichiau hir, gan nad oedd ganddo fo goesau) ar ôl sglyfaeth ffres. Dyna pryd y dechreuodd y creaduriaid 'ma sydd heb enw lifo o'r ddraen a boddi'r byd.

Dwsinau, cannoedd, miloedd, miliynau ... o'r ddraen lle'r oedd y drewdod.

Ac felly, dros gyfnod o ryw ddeg diwrnod, pythefnos efallai, mi ledaenodd y pethau dienw 'ma ar draws y wlad i gyd, bron.

Yna, daeth sôn bod creaduriaid tebyg wedi poeri o'r pridd yn India ... Awstralia ... Brasil ... Canada ... America ... Yr Almaen ... a mwy a mwy a mwy o wledydd.

O'r pridd y daethon nhw. O bridd y ddaear i fwydo ac i fagu.

Credai'r arbenigwyr fod y crac yn y graig wedi hollti'r ddaear ac wedi agor drws i fyd gwahanol. Wel, ta waeth. Does 'na'm fawr o arbenigwyr ar ôl bellach. Does 'na fawr o neb arall ar ôl, chwaith.

Efallai mai fi ydi'r dwytha.

Dwi heb weld neb dynol ers wythnosau.

Dreifio adre o'r shifft nos oeddwn i pan welis i hoel y pethau hyll 'ma am y tro cynta. Wel, mymryn mwy na hoel, a deud y gwir: haid ohonyn nhw yn hytrach na hoel.

Roeddan nhw ym mhobman. Yn bla dros y dre. Y trigolion mewn panig, yn sgrechian ac yn sgrialu wrth i'r bwystfilod 'ma'u hela nhw a'u dal nhw a'u ... wel ... eu bwyta nhw.

Gyrrais fel dyn gwallgo. Mi driodd ambell un neidio ar y fan, ond roeddwn i'n mynd ar ormod o sbîd. Roedd braw wedi cythru ynof fi, go iawn.

Un peth oedd ar fy meddwl i: Mari a'r plant.

Roeddwn i'n crio ac yn begian ar ba bynnag fath o dduw oedd wedi caniatáu'r ffasiwn uffern ar y ddaear. Roeddwn i'n crynu ac yn chwysu ac yn parablu wrth i mi droi'r gornel i'r stryd lle buo fi a Mari fyw ers deng mlynedd.

Ac ar ôl troi'r gornel, mi ddechreuais i sgrechian. Doedd 'na ddim hanes o'r tŷ. Roedd o wedi ei foddi dan fôr o'r bwystfilod 'ma. Heidiai eu cyrff hyll dros y concrit a'r pren a'r llechi oeddwn i wedi galw'n gartre tan yn ddiweddar. Roeddwn i wedi rhewi, fy nyrnau'n wyn wrth wasgu'r llyw, fy nghorn gwddw'n sych ar ôl y sgrechian.

Ac wedyn, o'r goedwig o fwystfilod, Mari ...

Mi ffrwydrodd hi o'u canol nhw, ei dillad wedi eu rhwygo, cudynnau o waed hyd ei hwyneb. Rhuthrodd at y fan, a gwich ddychrynllyd yn dengid o'i chorn gwddw. Dwn i'm a oedd hi'n gwybod mai fi, ei gŵr, oedd yn y fan. Ond dwi'n falch na chafodd hi'r cyfle i wybod ar gownt y ffaith i mi droi'n gachgi.

Dwi'n addo, ar fy llw, na fedrwn i ddim symud. Roeddwn i'n teimlo fel tasa fy mreichiau i wedi troi'n dalpiau o glai, ac mi oedd fy nghoesau i'n drwm fel plwm.

Taflodd Mari ei hun yn erbyn ffenest flaen y fan. Heidiodd y creaduriaid ar ei hôl. Mewn chwinciad roedd 'na ddau neu dri ar ei chefn hi, eu dannedd wedi suddo i'w chnawd.

O fewn dim diflannodd o dan gyfnas o ellyllon, yr unig beth ohoni oedd i'w weld oedd ei braich chwith, wedi estyn tuag at i fyny fel tasa hi'n cyrraedd am rywbeth oedd yn rhy uchel.

A'r unig beth fedrwn ni ei weld ar y llaw chwith honno oedd y fodrwy briodas lithrais am ei bys ddegawd yn ôl gan addo'i chadw hi'n saff.

Yn hytrach na'i chadw hi'n saff, mi adewais i Mari yng nghoflaid eraill.

Taniais yr injan, troi'r llyw, a'i heglu hi. Roeddwn i'n dengid o'm heuogrwydd ac oddi wrth ddannedd miniog y creaduriaid oedd yn bwyta Mari.

A dyna fo ...

Does 'na neb arall ar ôl, dwi'n eitha siŵr o hynny.

Dwi wedi bod ar ben yr Wyddfa ers pythefnos. Mi fedra i weld am filltiroedd. Yr unig beth sydd i'w weld ydi gwyrdd. Mae'r gwyrdd hwnnw'n symud, fel tasa fo'n fyw, yn fyw o gynrhon, yn fyw o ellyllon.

Wrth gwrs, *mae'r* gwyrdd yn fyw ...

Dyna dwi'n weld, dyna i gyd sydd ar ôl: y pethau erchyll hynny ffrwydrodd o'r ddaear.

Mae'r byd wedi boddi bron i gyd, bownd o fod. Efallai fod 'na ambell i begwn, fatha hwn, lle nad ydi'r bwystfilod wedi mentro. Ond maen nhw'n dod, peidiwch chi â phoeni, maen nhw'n bownd o ddod.

A dyma nhw, sbiwch ...

Maen nhw'n dringo. Maen nhw'n sgrialu i fyny'r llethrau, fel afalans tuag yn ôl.

Dwi'n cachu fy hun. Fedra i ddim dychmygu pa mor

ddioddefol ydi cael fy mwyta'n fyw. Ond mae o'n brofiad y bydda i wedi ei rannu efo'r mwyafrif llethol o boblogaeth yr hen ddaear 'ma.

Dwi'n crynu wrth sgwennu. Mae'n sgrifen i'n flêr. Mae hi'n oer. Mae'u sŵn nhw yn fy nghlustiau i ac mae o'n sŵn sy'n uwch ac yn uwch bob eiliad.

Dwn i'm a oes 'na rywun arall. Dwi'n gobeithio bod 'na. Os oes 'na rywun yn weddill, os ydach chi'n darllen hwn ac wedi goroesi, mi fydd yn rhaid i chi ail-lunio'r byd.

Cymrwch ofal, da chi.

Cysidrwch be sydd islaw.

O, Iesu ... dyma nhw ... maen nhw ...

Y LLWCH

'Peidiwch, da chi, ag ysgwyd llaw â'r un ohonyn nhw.'

Astudiodd Glyn Garvey'r dogfennau ar y ddesg. Heb dynnu ei olwg oddi ar y ffurflenni, gofynnodd, 'Dyna ddeudodd o?'

'Ia. Yr union eiriau,' meddai Hollis, ac ailadrodd y rhybudd drachefn. 'Peidiwch, da chi, ag ysgwyd llaw â'r un ohonyn nhw.'

Cododd Garvey ei sgwyddau ac ysgwyd ei ben. 'Be maen nhw'n gyboli, Hollis? Maen nhw'n trio'u gorau glas i roi stop ar y datblygiad 'ma, yn tydyn.'

Gwthiodd ei gadair yn ei hôl; crafodd traed honno ar y llawr, â'i sŵn yn peri i Hollis sgyrnygu. Edrychodd Garvey ar Hollis a dweud, 'Rydan ni wedi torri'n boliau i neud pethau'n hwylus iddyn nhw.' Ysgydwodd Garvey ei ben fel dyn oedd wedi cyrraedd pen ei dennyn. Edrychodd ar y darlun oedd ar wal y swyddfa: delwedd artist o'r hyn oedd ganddo fo mewn golwg ar gyfer gwastrafftir Pant Awen – parc busnes fyddai'n bownd o ddenu diwydiant, yn fân a mawr, y lleol, y cenedlaethol a'r rhyngwladol.

Breuddwyd Garvey er pan oedd yn blentyn, breuddwyd Garvey ers iddo grwydro'r dirwedd ddeugain mlynedd ynghynt yn ei drowsus cwta: creu rhywbeth o werth i roi gwaith i'w dad di-waith.

Torrai calon y Garvey ifanc bob dydd wrth weld ei dad yn diogi yn ei gadair freichiau: potel o whisgi'n cael gwagio'n ara deg, pacedi o sigaréts yn cael eu smocio.

Roedd John Garvey wedi colli ei swydd – a'i hunan-barch – pan gaewyd y chwarel. Fel llawer un oedd wedi dibynnu ar y llwch i'w gynnal drwy gydol ei oes, bu diweithdra'n ergyd hegar i Mr Garvey.

Yn ddeg oed, roedd Glyn wedi sefyll ar wastrafftir Pant Awen ac wedi addo achub ei dad oddi ar lwybr dinistr. Yn anffodus, roedd deg braidd yn ifanc i fod yn ddyn busnes a datblygwr tir llwyddiannus. Bu'n rhaid i Glyn wylio'i dad yn pydru'n ddim o beth. A bu John Garvey farw o gancr y stumog pan oedd o'n dri deg wyth oed.

Syllodd Garvey ar argraff yr arlunydd, a'i feddwl yn dychwelyd i'r presennol.

'Maen nhw'n boen yn y tin, Hollis, poen yn y tin,' meddai.

'Ydyn, Mr Garvey,' cytunodd y cyfreithiwr.

'Pwy ydi'r dyn 'ma, felly? Hwn ddaeth efo'r rhybudd?'

'Mae o yn y dderbynfa, Mr Garvey, ac mae o'n awyddus i'ch gweld chi. Mae 'na olwg ar y naw arno fo.'

'Golwg?'

'Golwg ar y naw. Fatha tramp. Dyn mewn oed.'

'Dyn lleol?'

'Medda fo. Taeru y byddwch chi'n ei nabod o.'

Ysgydwodd Garvey ei ben yn ddi-fynadd. 'Dwn i'm wir,' meddai, wrtho'i hun yn hytrach nag wrth Hollis.

Roedd y sefyllfa'n dweud arno fo, yn fyrdwn ers misoedd bellach – ers iddo fo ddychwelyd o Saudi Arabia naw mis ynghynt i gychwyn ar brosiect Pant Awen, mewn gwirionedd. 'Waeth i mi 'i weld o ddim,' meddai wrth Hollis. 'Does gyn i'm byd i'w golli.'

Ysgydwodd Hollis ei ben yn llesmeiriol. Syllodd ar y darlun o freuddwyd Garvey ar y pared. Dywedodd y cyfreithiwr, 'deunaw cartrefle ydi Pant Awen. Welwch chi mo'r lle ar fap gan mai 'mond mymryn o le ydi o. Teipiwch enw'r lle yn Google a chewch ddim byd ond gwybodaeth am gais cynllunio Garvey Development Ltd. Ac maen nhw'n gneud y ffashiwn ffys.'

'Fasa'n well gyn i beidio coelio, Mr Garvey, ond coelio sy raid i mi, mae gyn i ofn – a chredwch chi fi, Mr Garvey, dwi ofn am fy mywyd,' meddai Ned Owen.

'Ofn be?' holodd Garvey. 'Lol ydi hyn i gyd, Mr Owen. Dwn i'm be ar y ddaear a'ch perswadiodd chi i ddŵad yma heddiw. Tasach chi heb fod yn gyfaill i Nhad –'

'Mi fasach chi wedi'n erlid i o'ma, Mr Garvey?'

Eisteddodd Garvey'n ôl yn ei gadair a phlethu ei fysedd dros ei stumog swmpus. 'Go debyg.' Syllodd ar yr hen ŵr a disgwyl iddo ymateb. Brigyn o ddyn oedd Ned Owen, ei wallt yn lliw llechen, a chroen ei wyneb yn felyn ac yn graciau fel wyneb y garreg y buo fo, a thad Glyn Garvey, yn gweithio arni am flynyddoedd.

'Co' plentyn, bownd o fod, sgynnoch chi o'r chwarel yn cau, Mr Garvey.'

Nodiodd Garvey. Roedd o'n ymwybodol fod rhywbeth trawiadol wedi digwydd ym mywyd y teulu, a'r gymuned.

'Ydach chi'n cofio'ch tad yn sôn am y dynion ddaeth i'r chwarel?'

Gwyrodd Garvey'n ei flaen a gosod ei ddwy benelin ar y ddesg. 'Mr Owen, prin y medra i gofio Nhad yn sobor. Fedra i ddim yn fy myw gofio manylion ei barablu digalon o – ac mae hynny'n torri fy nghalon i, Mr Owen, yn ei hollti hi, a dyna pam dwi'n dymuno cynnig rhywbeth o werth i'r gymuned 'ma: er cof am fy nhad, er cof am y dynion hynny i gyd – chi yn eu mysg nhw – a gollodd eu bywoliaeth, a'u bywydau, pan gaewyd y chwarel. Mae'r parc am gael ei godi ar dir yr hen chwarel. Dwi ddim yn dallt pam na fedar y bobol leol gefnogi'r cynllun.'

'Y felltith.'

'Be?' gofynnodd Garvey, gan grychu'i dalcen.

Ysgydwodd yr hen ŵr ei ben. 'Mr Garvey, peidiwch â gwadu. Tydach chi'n gneud dim ond gwadu.'

'Gwadu? Ylwch ddyn, does gyn i'm clem am yr hyn ydach chi'n mwydro'n ei gylch, dim clem.'

'Mi rydach chi wedi cau'ch meddwl i bethau. Os cofiwch chi'n ôl – cofio go iawn – i'r adeg oeddach chi'n blentyn, mi ddaw pethau'n ôl.'

'Be ddaw yn ôl, Mr Owen?'

Gwyrodd Ned Owen yn ei flaen fel tasa fo ar fin datgelu cyfrinach. 'Mae Pant Awen ar dir hynafol, ar dir sanctaidd. Mae 'na bethau yn y llwch, o dan y llechi, na fedar dyn ddygymod â nhw, Mr Garvey. Mae'r wybodaeth honno'n byrlymu drwyddon ni'r bobol sy'n gynhenid i'r Pant. Mae o'n fyw ynon ni, Mr Garvey. Ond yn yr oes sydd ohoni – oes y compiwter, oes y sateleit, oes y ffôn symudol ac e-bost ac iPods, beth bynnag ar wyneb daear Duw hollalluog ydi'r rheini – yn yr oes yma, mae'r gallu, yr awydd, y parchedig ofn, i gredu mewn pethau wedi pylu, wedi cael eu difetha a'u troi'n adloniant ysgafn.' Ysgydwodd ei ben eto. 'Mae 'na bethau dyrys a dychrynllyd ym Mhant Awen, Mr Garvey. Mi fyddan nhw'n felltith ar eich cynllun chi, ac yn felltith ar eich bywyd chi. Mi wnân nhw'ch difetha chi, Mr Garvey. Fel y gwnaethon nhw ddifetha Michael O'Hare pan wrthododd o gau'r chwarel a gadael eu tir nhw.'

Doedd gan Glyn Garvey fawr o amser i gofio'r gorffennol. Roedd o'n ddyn prysur; er iddo fo bwyso a mesur geiriau dwl Mr Owen, roedd gofyn iddo fo ffeilio'r stori ffansi am dri o'r gloch y pnawn pan ddaeth Hollis i'r swyddfa efo dau gynghorydd barus: Peter Morgan ac Edward Ellis, aelodau o'r pwyllgor cynllunio – dau oedd wedi'u bwydo'u hunan ar ddaioni'r gyfundrefn lywodraeth leol am dros drigain mlynedd rhyngddyn nhw. Morgan, efo'i fochau coch a'i ddrewdod o chwys, oedd y geg fawr; Ellis, ei wallt taclus yn britho, sbectol ffrâm aur yn gorffwys ar flaen ei drwyn main, yn gwrando a nodio a rhwbio'i ddwylo a chroesi'i goesau.

Roedd Garvey'n gwneud ei orau glas i wrando. Ni sylwodd y cynghorwyr ar ei synfyfyrio, ond roedd Hollis – a eisteddai yng nghefn y swyddfa'n cymryd nodiadau – yn bwrw golwg amheus ar y dyn busnes bob hyn a hyn.

Ond gwrando fuo'n rhaid.

Ar ôl i Morgan ac Ellis gael eu perswadio y bydden nhw, wrth gwrs, yn elwa o'r parc busnes, fe wnaeth y dynion i gyd ysgwyd dwylo a dweud hwyl fawr. Roedd gweld cefn y cynghorwyr yn rhyddhad i Garvey.

'Ydach chi'n iawn?' gofynnodd Hollis, wedi sylwi ar ddiflastod Garvey yn ystod y cyfarfod.

'Go lew, Gareth, go lew,' meddai Garvey wrth dollti whisgi iddo fo'i hun o'r botel roedd o'n ei chuddiad yn y cwpwrdd ffeilio. Cododd y gwpan i gyfeiriad Hollis, ond ysgydwodd y cyfreithiwr ei ben.

Daeth Hollis i eistedd yn y gadair lle bu tin Peter Morgan. 'Be sy?'

'Dwn i'm. Yr hen Ned Owen 'na. Yn chwarae ar fy meddwl i.'

Manylodd Garvey ar y cyfarfod rhyngddo a Ned Owen, ac ar ddiwedd ei adroddiad sylwodd ar Hollis yn ysgwyd ei ben a gwenu.

'Rwtsh, dyna wyt ti'n feddwl?' holodd Garvey.

'Wel, be mae dyn i fod i' feddwl? Hen ŵr, y meddwl yn mynd, y rheswm yn pydru ... dwi'n synnu'ch bod chi wedi cytuno i' weld o.'

'Mi fuo fo'n gweithio efo fy nhad yn y chwarel. Does gen i'm co' ohono fo. Er ... ifanc oeddwn i ... mi faswn i'n bownd o gofio taswn i ond yn ...'

'Lol ydi hyn, Mr Garvey,' meddai Hollis, gan dorri ar ei draws. 'Nid materion ysbrydol a chrefyddol ydi'n maes i, ond rhaid i mi'ch atgoffa chi fod y cynllun ar gyfer y parc busnes yn gyfreithiol sownd – hynny sy'n bwysig. Apelio at eich sentimentaliaeth chi mae Ned Owen.'

'Dwn i'm, Gareth, dwn i'm ... gawn ni weld.'

Safodd Hollis. 'Peidiwch â gadael i hyn ddylanwadu ar y dyfodol, Mr Garvey. Cofiwch, er cof am eich tad a'r gweithwyr rydach chi'n bwrw mlaen efo datblygiad Pant Awen. Anghofiwch y lol 'ma.'

Nodiodd Garvey, ond crwydrai ei feddyliau. Roedd o

awydd bod adre; awydd llonydd; awydd mynd ar daith.

Crefftiodd Edward Ellis wên ffals ar ei wyneb, gwên i blesio'r plebs: i roi'r argraff ei fod yn parchu eu safbwynt, yn fodlon gwrando'u barn, yn barod i leisio'u hofnau.

Cynhaliwyd y cyfarfod yng nghartre Bryn a Siân Howard. Roedd Bryn Howard yn enedigol o Bant Awen, ei wreiddiau'n ddwfn ym mhridd y pentre a hanes ei deulu ynghlwm â'r chwarel. Bu ei daid, Ifan Jones, yn hollti llechi efo tad Glyn Garvey.

Pregethai Howard, 'Mi faswn ni wrth fy modd yn croesawu diwydiant newydd i Bant Awen, diwydiant fyddai'n annog ein hieuenctid i aros yn yr ardal. Ond tydi parc busnes fydd yn ddim byd ond cytiau chwys i'r bobol leol yn dda i ddim.'

Roedd 'na gymeradwyo. 'Clywch, clywch,' meddai ambell un, gan gytuno efo'r prifathro ifanc oedd wedi hawlio'r llawr (peth hawdd ydi hawlio llawr mewn cyfarfod a hwnnw'n cael ei gynnal yn eich stafell fyw chi'ch hun, meddyliodd Edward Ellis) am hanner awr.

'A pheth arall,' meddai Howard, 'mi fydda'r ffasiwn strwythur yn anharddu'r dirwedd, yn maeddu'r gwyrddni sydd wedi'n hamgylchynu ni yma ers canrifoedd, ers i'n cyndeidiau ni, bum mil o flynyddoedd yn ôl, dorri'r coed a chlirio'r tir ar gyfer amaethyddiaeth. Ac mi fydd o'n bownd o ddifetha'r chwarel. Y llechi. Yr hanes.'

Tagodd Ellis a sefyll ar ei draed. Dyna ddigon ar y ffiasgo 'ma, meddyliodd. 'Mae'n bryd i ni symud ymlaen o ddyddiau'r amaethwr cynhenid, tydach chi ddim yn meddwl, Mr Howard?'

'Y Cynghorydd Ellis, mi gewch chi'ch cyfle. Nid cyfarfod cyhoeddus ydi hwn, ond cyfarfod o'r trigolion lleol ...' Pwysleisiodd Howard y gair *lleol*; cynrychioli'r ward drws nesa oedd Ellis, '... sy'n gwrthwynebu'r cynllun anllad 'ma.'

Gwenodd y Cynghorydd Ellis yn dila ac eistedd.

Aeth y swnyn yn ei flaen. 'Mi 'dan ni'n ddiolchgar i chi am alw draw i ateb cwestiynau, Mr Ellis, a dwi'n siŵr y bydd 'na faint fynnir o gyfle i chi ar y diwedd i ddadlau o blaid y Behemoth 'ma.'

'Clywch, clywch,' meddai'r trigolion.

'Be am i rywun siarad y gwir?' meddai llais o ben pella'r stafell fyw. Gwyrodd pob llygad tuag at y siaradwr. Trodd Ellis a chrychu'i drwyn. Safai brigyn o ddyn wrth y ffenest. Roedd o mewn cysgod, ac ni fedra Ellis weld ei wyneb, ond edrychai'r gŵr fel tasa fo bron mor hynafol â'r chwarel.

Aeth yr hen ddyn yn ei flaen, 'Dwi wedi rhybuddio Glyn Garvey heddiw, hogyn John Garvey, mab y Pant. Un ohonon ni. Trio achub y dyn, dyna'r cwbwl. Trio nadu'r blydi pethau 'na rhag cael eu crafangau ynddo fo, ei ddifetha fo.' Roedd llais yr hen ddyn yn grynedig ac yn byrlymu o emosiwn. 'Ydach chi am weld un arall yn diodde? Yn cael ei ddifa? Yn mynd i'r llwch? Ydach chi am eistedd yn ôl, claddu'ch pennau yn y pridd, a gwadu, gwadu, gwadu?'

Edrychodd Ellis o'i gwmpas a syllu ar Bryn Howard. Oedd 'na rywun yn mynd i ymateb? meddyliodd. Be oedd y parablu 'ma? Roedd 'na eiliad o dawelwch. Plygodd rhai eu pennau fel tasen nhw'n dweud pader.

Tynnodd Howard wynt i'w sgyfaint. Sythodd a lledu ei sgwyddau. Roedd hi'n ymddangos i Ellis fel pe bai'r gŵr ifanc ar lwyfan ac yn paratoi araith.

'Tydan ni ddim yn gwadu, Mr Owen. Ond mae'n well gynnon ni beidio sôn. Rydan ni yn y flwyddyn 2007. Dwi ddim yn barod i gredu be oedd fy nghyndeidiau i'n 'i gredu. Dwi ddim yn barod i blygu i rymoedd anweledig. Dwi'n bwriadu rhoi fy ffydd mewn gweithredodd sifil, gweithredodd gwleidyddol. Dwi'n credu y medrwn ni roi taw ar y cynllun 'ma – a hynny drwy ddulliau democrataidd, nid dulliau goruwchnaturiol.'

Aeth su drwy'r gynulleidfa. Nodiodd ambell un a throi cefn ar yr hen ddyn yn y cysgod.

'Iawn,' meddai'r hen ŵr. 'Gwae chi.'

Clywodd Edward Ellis y drws yn agor ac yna yn clepian ar gau. Gwenodd iddo'i hun: mae'r pentre 'ma'n dwl-al. Roeddan nhw'n ofergoelus yma. Roeddan nhw'n credu yn y goruwchnaturiol. Fe glywsai Ellis chwedlau lleol dros y blynyddoedd; roedd 'na sôn am ysbrydion a mellithion a rwtsh o'r fath. Ond pwy oedd y credu'r ffasiwn lol?

Tuchanodd Ellis: trigolion Pant Awen, yn amlwg. Bydd Mr Glyn Garvey wrth ei fodd yn clywed bod ei elynion yn wallgo.

'Esgusodwch fi,' meddai Bryn Howard. 'Siân, fedri di …'

Cyn gorffen ei frawddeg, camodd Howard o'r stafell. Roedd o'n amlwg wedi cael sgytiad. Da o beth, meddyliodd Ellis: y prif gwynwr, arweinydd yr ymgyrch i wrthwynebu cynllun Garvey, yn cael ei ddylanwadu gan straeon bwci-bo.

* * *

Camodd Bryn i'r gegin a phwyso'r switsh, ond ni ddaeth y golau mlaen. Pwysodd eto, ac eto, ond aros mewn tywyllwch ddaru'r gegin. A sylwodd Bryn yn sydyn fod hwn yn dywyllwch dwfn. Aeth ias drwy'i berfedd.

'Does 'na ddim goleuni yma,' meddai'r llais.

Daliodd Bryn ei wynt. Hwn oedd y llais mwyaf dychrynllyd a glywsai yn ei fyw. Llais i oeri'r gwaed. Llais o'r pydew. Llais i wneud i'r ddaear grynu. Un llais oedd yn swnio fel mil o leisiau.

Tolltodd Bryn ei anadl allan o'i sgyfaint a sugno gwynt arall. Ebychodd wrth i'r drewdod gyrraedd ei ffroenau. Roedd fel pe bai rhywbeth marw'n pydru yn y gegin. Crychodd ei drwyn a chulhau ei lygaid i drio gweld yn well i'r fagddu. Ond roedd y düwch yn drwchus fel plwm.

'Paid ag edrych yn rhy fanwl, Bryn,' meddai'r llais. 'Dwyt ti ddim isio gweld pob dim.'

'Be … be dach chi isio?'

'Am dy longyfarch di. Dy berfformiad gwych. Digon o sioe. Drysu'r gelynion. Eu twyllo nhw, a'u camarwain nhw. Rwyt ti cystal â dy deidiau, Bryn.'

Roedd pobol yn dal i sgwrsio y tu allan i'r tŷ, a'r hen ddyn yn loetran yr ochor arall i'r stryd.

'Mr Owen,' meddai Edward Ellis, yn croesi ato.

'Ewch o'ma,' meddai'r gŵr hynafol.

Gwenodd Ellis a swagro. 'Wel, wel, Mr Owen, does dim gofyn i chi fod yn annifyr, nac oes.'

'Mi dach chi'n cefnogi'r blydi cynllun.'

'Ydw. Dwi'n credu bod y cynllun yn llesol i'r ardal. Ac yn enwedig i Bant Awen.'

'Pa fusnes ydi Pant Awen i chi? Blydi cynghorydd.'

'Mae'r sir i gyd yn fusnes i mi, Mr Owen. Rydwi'n gynghorydd. Ac yn cynrychioli'r ward drws nesa, cofiwch chi. Bydd fy etholwyr innau hefyd yn elwa o barc busnes.'

'Cadwch chi'ch trwyn o'n busnes ni.'

'Ysgwydwch law efo fi, Mr Owen,' meddai Ellis, gan gynnig ei law i'r hen foi. Doedd ganddo fo ddim syniad pam; rhywbeth yng nghefn ei ben o'n deud wrtho am ddangos cwrteisi. Syllodd yr hen foi ar y llaw. Lledodd llygaid y creadur ac edrychai fel tasai wedi gweld bwgan. 'Tydach chi ddim yn swil?' meddai Ellis.

Gafaelodd yr hen ddyn yn llaw Ellis. Roedd ei gnawd yn oer ac yn llaith, a sgyrnygodd Ellis gan wasgu mymryn bach. Buasai'n medru cracio esgyrn bysedd yr hen ŵr tasai'n dymuno. Gwingodd yr hen ddyn.

'Dyna fo,' meddai Ellis. 'Dim drwg wedi'i neud.'

Trodd Mr Owen ar ei sawdwl a'i heglu hi i lawr y lôn.

Ffŵl ofergoelus, meddyliodd Ellis, yn mân chwerthin wrth gerdded at ei gar.

O fewn canllath, roedd Ned Owen mewn poen, a'i esgyrn fel tasen nhw ar fin cracio. Anadlodd yn drwm a phlygu'i ben. Hen boenau. Hen ddiodde. Ond roedd yn rhaid diodde, er mai gorffwys oedd o'n 'i ddymuno: gorffwys hir, bythol. Ciledrychodd dros ei ysgwydd. Roedd y fintai'n mynd ar ei ffordd. Doedd ganddo fo ddim awydd mynd i gael cymorth ganddyn nhw, beth bynnag.

'Mr Owen.'

Trodd i gyfeiriad y llais. Crychodd ei drwyn a chulhau ei lygaid. Ond ni fedrai adnabod yr wyneb oedd yn plygu allan o ffenest y car ar ochor arall y lôn.

'Pwy sy 'na?' gofynnodd, ei wynt yn fyr.

'Gareth Hollis. Cyfreithiwr Glyn Garvey. Mi ddaru ni gyfarfod heddiw. Ydach chi'n iawn? Fedra i helpu? Gadwch i mi roi lifft adra i chi.'

Oedodd Mr Owen. Be oedd hwn isio, 'dwch? Pam oedd cyfreithiwr Garvey o gwmpas heno?

Agorodd Hollis ddrws y car a dweud, 'Dowch 'laen, Mr Owen.'

Edrychodd yntau yn ôl i gyfeiriad y tŷ. Roedd pawb wedi mynd am adra. Neb o gwmpas. Neb i' weld. Edrychodd i gyfeiriad Hollis yn y car. Pam lai, meddyliodd, pa ddrwg fedar blydi cyfreithiwr wneud i mi?

Chafodd Glyn Garvey fawr o drafferth i ddod o hyd i wybodaeth am Michael O'Hare a chwarel Pant Awen ar y We.

Agorodd O'Hare y chwarel yn y pumdegau. Roedd o yn ei ugeiniau cynnar. Methodd y Cymry lleol weld y cyfle am fusnes. Yr estron O'Hare ddaeth i'r ardal i fanteisio ar yr adnoddau naturiol. Byrlymai'r chwarel o lechi. Trysor naturiol yn aros, yn disgwyl pwy bynnag oedd â mymryn o antur o'i gwmpas. Synnodd fod y trigolion lleol heb gyffwrdd pen bys yn y llechi.

Gwyddel oedd O'Hare. Heglodd hi o'r ysgol yn bedair ar ddeg. Gwnaeth ei ffortiwn drwy agor chwareli yng ngorllewin Iwerddon. Croesi ar y fferi o Ddulyn i Gaergybi oedd o pan glywodd am Bant Awen, meddan nhw. Fuo fo fawr o dro yn cythru yn y cyfle. Roedd o'n farus am lwyddiant mewn economi a diwylliant newydd. Hwyliodd ei wraig ifanc a'u dau fab i ogledd Cymru, codi tŷ a sefydlu'r busnes.

Ond buan y trodd pethau'n chwerw.

Darllenodd Garvey bytiau o bapurau newydd y cyfnod ar y We. Adroddodd y wasg leol am sawl trasiedi yn y chwarel: hanner dwsin yn cael eu hanafu, a dau'n marw, mewn ffrwydriad; un arall yn colli ei fywyd pan syrthiodd talp o graig arno fo a'i wasgu'n grempog; dau neu dri wedi cael damweiniau wrth ddreifio lorïau o'r chwarel.

Bu diflaniadau hefyd: rheolwyr, gan fwya – mêts i O'Hare oedd wedi croesi'r môr i erlid y gweithwyr lleol. Patrick Sean Doherty, 43 oed, wedi diflannu ar ôl gadael cyfarfod yng nghartre O'Hare; John Sheehan, 30 oed, wedi mynd i'r pedwar gwynt; Jimmy Sheehan, 35 oed, heb adael ôl traed; ac Eamonn Flaherty, 27 oed, hwnnw hefyd wedi mynd i rywle heb adael na siw na miw.

Roedd Garvey wedi colli gafael ar yr amser pan ddaeth ar draws erthygl oedd yn adrodd hanes cau'r chwarel. Awgrymai'r erthygl – a ymddangosodd yn yr *Herald Cymraeg* ym mis Medi 1964 – fod O'Hare wedi dychwelyd i Iwerddon heb ddweud gair wrth neb. Doedd 'na neb lleol yn barod i gymryd yr awenau, felly fe gaewyd y chwarel.

Crychodd Garvey ei drwyn. Crafodd ei dalcen, ac agor ei geg wrth i'r blinder lifo drosto fo'n donnau. Edrychodd ar ei watsh. 'Nefi blŵ,' meddai wrth weld ei bod hi newydd droi un y bore. Sylwodd ei fod o'n eistedd yn nhywyllwch ei stydi, a'r unig olau'n llifo o sgrin y compiwter. Ta waeth, meddyliodd. Mae'n nos Wener. Mi ga i orffwys bore fory. Ystwythodd, a mynd ati unwaith eto i dyrchio.

Teimlai'n rhwystredig ynglŷn â'r stori yn y papur newydd. Roedd diffyg manylder bob amser yn cynddeiriogi Garvey. Mi fuo gofyn iddo fod yn fanwl drwy gydol ei yrfa. Châi o ddim gadael tyllau mawr mewn cais cynllunio, er enghraifft, a gobeithio y byddai cynghorwyr (pethau twp ar y gorau) yn dadansoddi'r hyn oedd o'n ddeud. Manylder, manylder, manylder, oedd y mantra. Biti garw na fyddai golygydd y papur newydd wedi mynnu'r ffasiwn fanylder gan ei ohebydd.

'Mae'n debyg fod Mr Sheehan wedi dychwelyd i wlad ei febyd, oherwydd ni wnaeth neb ateb y drws yng nghartre'r Gwyddel ers wythnosau,' meddai'r papur.

Ysgydwodd Garvey ei ben. Dyfalu hynny oedd y gohebydd. Doedd ganddo fo ddim tystiolaeth i brofi bod O'Hare wedi croesi'r dŵr. Mae hyn yn bwysig, meddyliodd Garvey. Rhaid i mi gael gwybod, a tydi'r blydi riportar dwy a dimai 'ma ddim wedi gneud ei job.

Gwnaeth Garvey sŵn diamynedd. Meddyliodd am funud. Edrychodd ar enwau'r dynion oedd wedi diflannu. Nododd eu henwau ar ddarn o bapur, ac aeth i dudalen chwilio Google ar y cyfrifiadur. Teipiodd yr enwau, un ar ôl y llall, a chwilio.

Dim byd. Syllodd ar yr enwau eto. Meddyliodd. Teipiodd eto: James Sheehan, yn hytrach na Jimmy Sheehan. Rhag ofn, dyna'i gyd. Ymddangosodd y canlyniadau ar y sgrin. Eisteddodd Garvey'n ôl yn ei gadair, a rhedeg ei law drwy'i wallt. 'Blydi hel,' meddai, wedi'i syfrdanu gan yr hyn oedd o'i flaen.

Cafodd lifft gan Gareth Hollis. Cyfreithiwr, cnaf, coc oen go iawn. Ond ta waeth, meddyliodd Ned Owen wrth swatio yn ei dwll, mi fydd y cownt wedi ei setlo cyn bo hir.

Diferai'r dŵr – drip, drip, drip – o'r nenfwd a gwyliodd Mr Owen bob sblash, un ar ôl y llall. Medrai ogleuo'r pridd oedd yn ei amgylchynu, ogleuo'r lleithder a'r llwch, ogleuo'r haen ar ben haen ar ben haen o garcasau, ogleuo'r lobsgows oedd yn sisial ar y stof yn y gornel. Roedd awydd bwyd arno fo, ond roedd o wedi swatio, yn gyffyrddus ac yn gynnes o dan y blancedi.

Roedd y dyn annifyr, Hollis, wedi rhoi braw iddo fo i gychwyn, ond setlodd tawelwch ar eu taith. Cipedrychai ar Hollis bob hyn a hyn. Roedd gwên ar wyneb y cyfreithiwr a chodai hyn fwganod ar Mr Owen. Roedd ei nerfau ar dân. Dyna syndod, a fynta wedi byw ymysg bwganod am … wel, ormod o amser i gyfri.

Â'i stumog yn corddi, â'i galon yn carlamu, dioddefodd Mr Owen y tawelwch am chwarter awr go dda. Agorodd ei geg i siarad. Ond – fel tasa fo'n fwriadol dorri ar draws ei gyd-deithiwr – dywedodd Hollis, 'Rhaid i chi roi'r gorau i'r malu cachu 'ma, Mr Owen.'

'B… be?'

'Mae Mr Garvey'n trio'i orau glas i wella pethau ym Mhant Awen. Mae 'na ddigonedd yn gwrthwynebu'r cynlluniau 'ma heb i chi styrio.'

'Sty… styrio?'

'Ia. Styrio.'

'Ylwch …'

'Na,' meddai Hollis yn finiog, a gwasgu ar y brêc. Hyrddiwyd Mr Owen yn ei flaen a brathodd y gwregys diogelwch i'w ysgwydd. Trawodd gefn ei ben yn erbyn y sêt wrth gael ei chwipio'n ôl. Daeth ato'i hun, ysgwyd ei ben, rhwbio'i ysgwydd, a gweld wyneb digon blin Hollis yn syllu arno fo. Aeth y cyfreithiwr yn ei flaen, 'Ylwch chi am funud bach. Mae'r datblygiad yma'n bownd o drawsnewid Pant Awen, a'r sir i gyd, o ran hynny. Mae hi'n ddigon o gybôl delio efo'r gwrthwynebiadau synhwyrol, ond pan fo 'na lol fel hyn yn cael ei sbowtio, wel ...'

'Wel, be?'

'Wel,' meddai'r cyfreithiwr, yn culhau ei lygaid a gwyro'n nes at Mr Owen, 'mae gofyn sathru arno fo, yn does.'

Am ychydig eiliadau syllodd y dynion i lygaid ei gilydd. Yna, fel cwmwl du'n clirio i ddatgelu haul swil, gwenodd Hollis yn llydan ac yn gyfeillgar, a deud mewn llais croesawus, 'Reit. Well i ni fynd â chi adre, Mr Owen.'

'Dwi'n iawn yn fan 'ma,' meddai Mr Owen, yn cythru am handlen y drws. Roedd y drws wedi'i gloi.

'Rhoswch,' meddai'r cyfreithiwr, ond roedd Mr Owen yn benderfynol o ddengid o'r car a'i gladdu ei hun yn ei dwll. Clywodd glic, a dyma'r drws yn agor. Mi fasai wedi syrthio o'r car oni bai fod Hollis wedi cythru yn ei lawes.

'Cymrwch ofal, Mr Owen.'

'Dwi'n iawn. Gadwch i mi fynd, rŵan.'

Gollyngodd Hollis ei afael ar gôt Mr Owen. 'Dyna ni. Ond cyn i chi fynd ...'

'Be? Be sy?'

Cynigiodd Hollis ei law. Edrychodd Mr Owen ar y llaw, yna i wyneb y cyfreithiwr eto. Roedd y dyn ifanc yn gwenu, hen wên hy; gwên dyn sy'n gwybod pob dim, gwên bowld. 'Deud hwyl fawr ar delerau da, Mr Owen, dyna'r cwbwl.'

'Chithau wedi 'mygwth i?'

'Ddaru mi 'mo'ch bygwth chi. Rhybudd cyfeillgar, dyna'i gyd,' meddai Hollis, ac yna, â'r llaw yn cael ei chynnig o hyd, 'dowch 'laen. Ysgwydwch law efo fi. Does 'na'm drwg mewn ysgwyd llaw, nac oes.'

Doedd hi ddim yn fwriad ganddo ysgwyd llaw efo Gareth Hollis, ond dyna ddaru o.

Wrth swatio dan y blancedi ac ogleuo'r lobsgows a'r meirw, y llwch a'r lleithder, wrth wrando ar ddrip-dripian y dŵr, pryderodd ynglŷn â'r penderfyniad. Caeodd ei lygaid ac ail-fyw'r foment: y fo'n syllu ar ei law ei hun ar ôl ei chynnig; llaw Hollis, fatha rhaw, yn dod yn agosach; ei fysedd cul, crebachlyd fel tasan nhw'n begian arno i beidio â'u danfon nhw i wasgfa farwol y gledr solat oedd yn sleidio tuag atyn nhw; y boen wrth i fysedd Hollis gau a gwasgu am ei law; y gwres a'r gwlybni ar gledr y cyfreithiwr; y drwg i gyd yn llifo drwy fandyllau'r llaw – y bysedd, y bawd a'r gledr – ac yn rasio i gorff y llall, yn hadu, yn gwenwyno, yn bridio; a'r modd y bu iddo gipio'i law o grafangau Hollis a rhoi hwyth i ddrws y car, baglu o'r car a hercian i lawr y lôn ...

Llanast, meddyliodd Mr Owen. Llanast a halibalŵ ...

Swatiodd, a griddfan yn dawel wrth i gwsg ei fwytho, ac yn sgil cwsg daeth y breuddwydion, a'r rheini'n cludo negeseuon, y negeseuon oedd wedi styrbio Mr Owen drwy gydol ei oes ...

'Dwi'n ffonio Doctor Vale.'

'N... na... na, dwi'n iawn – ooooooo!'

'Dwyt ti ddim o bell ffordd,' meddai Awen Ellis, yn sgrialu o'r gwely. 'Edward, mae 'na andros o olwg arna chdi. Rwyt ti'n llwyd ar y naw, 'sti. Ac yn chwys doman, hefyd.'

Roedd yr ystum ar wep ei gŵr yn gneud i'w wyneb edrych fel consertina. Gwingai yn y gwely, a'i freichiau wedi eu lapio am ei ganol.

'Ewadd, 'sti ... dwi – 'rioed yn fy myw, Awen – 'rioed wedi teimlo cyn waethed.'

'Reit,' meddai Awen, a martshio allan o'r stafell wely.

Stompiodd i lawr y grisiau at y ffôn, a griddfan Edward o hyd o fewn clyw. Caeodd ei llygaid a brathu'i gwefus. Roedd ei ddiodde'n ddychrynllyd ac yn rhoi braw iddi. Gorau po gynta y bydda'r doctor yn dŵad, a danfon ei gŵr i'r sbyty. Chwiliodd am rif y syrjeri, deialu, a rhegi ('blydi hel', ond roedd 'blydi hel' yn eithafol i Awen Ellis) wrth i'r llais mecanyddol ddeud: 'Mae'r syrjeri ar gau tan wyth y bore fory. Os yw'r achos yn un brys, ffoniwch 999. Os am wybodaeth gyffredinol, ffoniwch ...'

Slamiodd y ffôn i lawr, ei godi eto, ac roedd hi ar fin deialu 999 pan gafodd ei rhewi i'r fan a'r lle gan sgrech ei gŵr.

Rasiodd Awen i fyny'r grisiau a'i hyrddio'i hun drwy ddrws y stafell wely. Dechreuodd ddeud enw'i gŵr ond safodd yn stond ac yn dawel, ei cheg ar agor a'i llygaid – yn trio amgyffred yr hyn oeddan nhw'n 'i weld – yn llydan.

Roedd Edward Ellis ar ei liniau ar y gwely, y chwys yn powlio, ei groen fel lludw ac yn dechrau cracio – edrychai ei wyneb fel tasa fo wedi ei greu o ... lechen.

Roedd ei lygaid wedi chwyddo'n goch yn ei ben, a'i dafod hefyd wedi dyblu'i maint; roedd honno'n biws ac yn drwchus fel sliwan yn ei geg. Roedd ei freichiau ar led a'i ben i fyny. Anadlai'n drwm, gan sugno aer i'w sgyfaint fel dyn oedd yn cael ei fygu.

Dechreuodd y mwg godi o'i groen, fel tasa fo ar dân.

Prin y medrai Awen anadlu, ond llwyddodd i hisian rhyw bwt o weddi. 'O Iesu Gogoniant.'

Edrychodd Edward arni hi. Doedd hi erioed wedi gweld y ffasiwn edrychiad ar wyneb ei gŵr, ac roeddan nhw'n nabod ei gilydd ers dros ddeugain mlynedd.

Udodd Edward ryw sŵn annaearol. Diferai'r dagrau i lawr ei fochau. Syrthiodd Awen ar ei gliniau o'i flaen, a dechrau crio.

'O, Edward. Be sy'n digwydd i ti?'

Dechreuodd Edward Ellis sgytio. Glafoeriodd a diferodd y poer dros ei ên. Gwlychodd ei drowsus pyjamas, a drewdod ei biso'n trochi ffroenau Awen.

'O... o... o... Awen bach! Mae o'n ... o... brifooooooo ...'

Sgrechiodd Awen. Ni fedrai ddychmygu Edward yn y ffasiwn boen. Roedd ei gnawd yn llwyd ac yn gwaethygu. Mygai ei gorff fel tasa fo'n berwi.

'Edward!' Syrthiodd yn ei blaen, a chythru ynddo. Gwichiodd Edward wrth i'w dwylo ei gofleidio a ffrwydrodd yn llwch yn ei breichiau. Gorchuddiwyd Awen Ellis yng ngweddillion ei gŵr. Syllodd arni ei hun. Roedd hi'n llychlyd. Ac ar lawr wrth ei phen-glin roedd trowsus pyjamas Edward, yn llwch ac yn biso i gyd. Dechreuodd Awen sgrechian a sgrechian a sgrechian ...

* * *

Prin y cafodd Garvey ddwy awr o gwsg. Roedd o allan o'r tŷ ac yn y car am hanner awr wedi pump. Syllodd i fyny i awyr oedd yn bla o liwiau, yn binc ac yn goch ac yn las. Taniodd yr injan a llywio'r car i lawr y cowt llydan oedd yn arwain o'r tŷ, a'r giatiau trydan yn agor o'i flaen.

Awr a hanner yn ddiweddarach roedd o'n parcio o flaen y cartre preswyl: talp o goncrit gwyn yn sefyll ar ei ben ei hun mewn tair acer o gae a oedd wedi ei amgylchynu gan goedwig.

Roedd caos lliwiau'r bore bach wedi llifo'n las di-dor, a gorfododd yr haul i Garvey dynnu'i gôt hanner ffordd drwy'r daith. Doedd o ddim mo'i hangen hi wedi cyrraedd, chwaith. Tynnodd ei ffôn a'r waled o'r boced a gadael y siaced ar sedd gefn y car.

Wrth iddo gerdded i fyny'r llwybr tuag at y drws ffrynt gadawodd Garvey i'w lygaid grwydro dros y ffenestri niferus. Roeddan nhw i gyd yn dywyll. Aeth rhyw ias drwyddo fo. Teimlai fod llygaid ym mhob ffenest yn ei wylio. Ceisiodd ddyfalu ym mha stafell y bu James – neu Jimmy – Sheehan yn byw ynddi ers dros ddeugain mlynedd.

Rhyfedd fod dyn oedd wedi diflannu yn 1964 wedi bod yn rhan o syndicet enillodd £500,000 ar y loteri bron i ddeugain mlynedd yn ddiweddarach. Chwarae teg i'r We, meddyliodd Garvey. Llun ohono fo, a'r cwbwl. Be uffar oedd criw o hen gojars am neud efo hanner miliwn?

Camodd drwy ddrws yr adeilad a daeth aroglau hen bobol i'w ffroenau. Crychodd ei drwyn a throi at y ddesg dderbyn. Roedd gwraig ganol oed mewn iwnifform las yn eistedd tu ôl i'r ddesg.

'Fedra i'ch helpu chi?' gofynnodd.

'Medrwch,' meddai Garvey. 'Dwi yma i weld Mr James Sheehan.'

Daliodd Garvey ei wynt pan welodd o James Sheehan. Eisteddai'r creadur mewn cadair olwyn. Doedd o'n ddim o beth, a chroen ei wyneb yn crogi oddi ar ei esgyrn fel dilledyn oedd ddau faint yn rhy fawr iddo. Roedd llygaid y claf wedi hanner cau, a chudyn o boer yn hongian o'i wefusau. Llwch o wallt gwyn oedd ar ei ben, ond roedd 'na flew faint fynnir yn tyfu o glustiau'r adfail. Crynai Mr Sheehan er ei fod wedi'i lapio mewn cardigan goch. Roedd ei ddwylo wedi'u claddu at y benelin o dan blanced werdd oedd yn gorchuddio'i goesau.

Ogleuai Garvey'r blynyddoedd: peli camffor, powdwr talcwm, piso. Crychodd ei drwyn, ciledrych ar yr ofalwraig ifanc a gwenu'n llipa arni hi. Roedd stafell Mr Sheehan yn syllu dros y dirwedd. Gosodwyd gwely sengl mewn un cornel, ac roedd 'na gwpwrdd tal yno hefyd. Ac mae'r toiled drwy'r drws acw, bownd o fod, meddyliodd Garvey. Syllodd ar y ferch eto. Pitïodd y greadures, hithau'n gorfod sychu tin y sach yma o esgyrn, mae'n debyg.

'Ydach chi am i mi adael llonydd i chi?' gofynnodd y ferch.

'Does 'na'm rhaid i chi ...'

Torrodd y ferch ar draws Garvey, pwyntio i gyfeiriad

bwrdd crwn wrth ymyl ffenest Ffrengig, a deud, 'Mi fydda i'n fan 'cw.'

Gadawodd Garvey i'r ferch fynd at ei chylchgronau a'i phaned. Yna, gwyrodd yn ei flaen. Llanwyd ei ffroenau'n fwy byth gan yr aroglau oedd wedi pryfocio'i drwyn ers iddo fo eistedd gyferbyn â Mr Sheehan.

'Mr Sheehan?'

Crynodd yr hen ŵr.

'Mr Sheehan?' meddai Garvey unwaith eto.

Roedd yr hen ŵr yn dal i grynu.

Ochneidiodd Garvey. 'Glyn Garvey ydi'n enw i, Mr Sheehan. Dwi'n dŵad o Bant Awen – '

Llonyddodd yr hen ŵr ac agor ei lygaid yn llydan. Sythodd yn ei gadair olwyn.

Cafodd Garvey fraw, a sythodd yntau hefyd. 'Ewadd,' meddai. 'Mr Sheehan, ydach chi'n ...'

'Pant ... Awen.'

Roedd llais y creadur fel tasa fo newydd ei atgyfodi o arch: adfail llychlyd oedd wedi ei ddifetha gan y canrifoedd, oedd heb ei ddefnyddio ers hydoedd.

'Pant ... Awen,' meddai eto, fel tasa fo'n dŵad i arfer siarad eto.

Ciledrychodd Garvey i gyfeiriad yr ofalwraig. Roedd ei thrwyn mewn copi o *Heat*, a doedd ganddi fawr o ddiddordeb yn ei chlaf.

'Ia,' meddai Garvey, yn gwyro i gyfeiriad Sheehan unwaith eto. 'Fi sydd bia'r chwarel oedd bia Michael O'Hare ...'

Tynnodd Mr Sheehan aer i'w sgyfaint: rhyw wich fel clawr hen gist yn agor. Syllodd i fyw llygaid Garvey. Codai brest yr hen ŵr i fyny ac i lawr, i fyny ac i lawr.

Dechreuodd Garvey chwysu. 'Ydach chi'n iawn?', gofynnodd gan ddechrau codi o'i sedd i chwilio am gymorth a dengid rhag y dyn 'ma.

Ysgydwodd Mr Sheehan ei ben, ac awgrymu y dylai Garvey oedi.

Plygodd Garvey'n agosach fyth at yr hen ŵr. Roedd y drewdod yn codi cyfog arno fo, ond roedd o'n benderfynol. 'Be sy, Mr Sheehan?'

Pwysodd Mr Sheehan yn ei flaen. Roedd 'na straen ar ei wyneb. Cleciodd ei esgyrn. Daeth wyneb yn wyneb efo Garvey. Bu ond y dim i Garvey chwydu wrth i ddrewdod yr hen ddyn fynd ati go iawn i dresmasu ar ei ffroenau.

'Gwerthwch,' meddai'r hen ddyn, ei lais yn ddim ond sibrwd. 'Gwerthwch y chwarel. Heglwch hi o Bant Awen. Trowch eich cefn. Ddaw 'na ddim ond gwallgofrwydd a … diodde … a … a … llwch. Peidiwch â'u herio nhw.'

Sythodd Garvey yn ei sedd. 'Herio pwy? Pwy sy'n cael eu herio? Y trigolion, y bobol leol?'

Ysgydwodd Mr Sheehan ei ben fel athro oedd wedi methu dro ar ôl tro wrth drio cael disgybl twp i ddeall ffaith syml.

'Gwallgofrwydd a diodde a llwch,' meddai Mr Sheehan.

Safai Gareth Hollis ar ymyl pydew'r chwarel gan sgyrnygu ar y ddelwedd: y bythynnod, y llechi llac, ambell i fwrthwl a chŷn bownd o fod, peiriannau …

Ac esgyrn, efallai?

Eneidiau, hefyd?

Y dynion gollodd eu bywydau wrth chwysu ar y

garreg las: oeddan nhw wedi gadael mymryn ohonyn nhw'u hunain yn llwch y chwarel?

Y llwch: treiddiodd i'w ffroenau. Crychodd ei drwyn, a thisian. Edrychodd allan eto dros y chwarel. Mymryn o beth oedd hi. Er hynny, roedd 'na haen o lechi, faint fynnir i neud bywoliaeth. Ond O'Hare oedd y cynta, a'r ola, i fentro. Rhyfedd. Roedd Penrhyn, cefnder mawr Pant Awen, wedi'i chwarelu ers y 18fed ganrif – a chyn hynny, bownd o fod. Ond doedd 'na ddim hanes o waith yma.

Crynodd Hollis ac edrych o'i gwmpas fel tasa fo wedi synhwyro rhywbeth. Ond doedd 'na neb na dim yno. Gwastrafftir fflat. Caeau'n felyn. Coed noeth. Anheddau Pant Awen yn dotio'r pellter.

Roedd y tir 'ma mor agored. Cymaint o botensial. Perffaith ar gyfer adeiladu parc busnes, neu stad o dai crand. Dim ond i'r trigolion twp ddŵad atynt eu hunain a deffro o'r trwmgwsg oedd yn eu cadw nhw'n dlawd.

Beth oedd eu haru nhw?

Doedd 'na'm sail economaidd i wrthwynebu'r cynllun. Yr unig sail oedd y chwedlau hurt 'ma, fatha rwdlan Ned Owen.

Ond roedd o wedi sortio Ned Owen. Wedi codi braw ar y styriwr diawl. Ac wedi ysgwyd llaw efo fo.

Be ddywedodd o'r dwrnod hwnnw yn y swyddfa? 'Peidiwch, da chi, ag ysgwyd llaw â'r un ohonyn nhw.'

Doedd yr hen Mr Owen ddim yn un am ysgwyd llaw, nac oedd. Tybiai Hollis fod yr hen ddyn yn cysylltu'r ystum ag anlwc neu felltith. Rhyw ofergoel wirion bost. Felly, i drechu'r creadur yn seicolegol, cynigiodd Hollis ysgwyd llaw efo fo.

Y ffŵl gwirion. Lol ganoloesol. Malu awyr goruwchnaturiol.

Gwenodd Hollis a chwerthin.

'Ysgwyd llaw,' meddai Hollis wrth neb o gwbwl, ei lais yn cael ei gludo ar draws y chwarel ac yn ôl, a'i daflu a'i daflu a'i daflu nes iddo wanio a gwywo a marw a syrthio i fysg y llwch a'r llechi a'r ysbrydion.

Stopiodd Hollis chwerthin. Teimlodd rhywbeth yn cropian ar ei wegil. Chwysodd dan ei geseiliau. Crynodd. Aeth pinnau mân drwy'i law dde. Daliodd y llaw i fyny, syllu arni hi, ac ysgwyd y bysedd i drio dŵad â mymryn o gylchrediad yn ôl i'w gymalau.

Crychodd ei drwyn a'i dalcen. Rhyw deimlad rhyfedd, meddyliodd.

Roedd Garvey ar frys i gyrraedd adra. Powliai'r chwys o'i dalcen, drwy'i wallt, o dan ei geseiliau. Carlamai'r wybodaeth drwy'i feddwl fel ceffyl gwyllt, heb ffrwyn, heb swmbwl yn yr asennau i'w harafu.

Doedd hyn ddim yn bosib. Roedd hyn yn gwbwl wallgo. Anwiredd. Chwedl. Paranoia. Cynllwyn. Oedd pentrefwyr Pant Awen wedi dŵad at ei gilydd, wedi penderfynu na fyddai parc busnes Garvey'n cael ei ddatblygu, ac wedi llunio rhyw gynllun dieflig i'w ddifetha? Cynllun oedd yn cynnwys hud a lledrith, triciau parlwr; cynllun oedd mor gyfrwys fel bod James Sheehan – neu rywun yn dynwared James Sheehan – yn rhan ohono?

Roedd andros o syched ar Garvey. Llyfai ei wefusau drosodd a throsodd. Llyncodd a llyncodd, ond doedd ganddo fo fawr o boer ar ôl erbyn hyn i wlychu'r corn gwddw. Herciodd ei feddwl yn ôl i'r cyfarfod efo James Sheehan. Roedd yr hen ddyn wedi syrthio i lewyg.

Rhoddodd y ferch ben aur ei chylchgrawn ar y bwrdd, a chroesi at y ddau. Penliniodd wrth ymyl Mr Sheehan a rhoi ei llaw ar ei dalcen.

'Ydi o'n iawn?' gofynnodd Garvey.

'Mae o'n iawn. Mymryn o straen, dyna'r cwbwl.' Safodd y ferch a thynnu cadair at ochor cadair olwyn Mr Sheehan. Eisteddodd yr hogan. 'Wyddoch chi amdanyn nhw, felly.'

Edrychodd Garvey arni, a chrychu'i dalcen. 'Mae'n ddrwg gen i?'

'Am y felltith. Yr ysbrydion.'

Ysgydwodd ei ben a syllu ar Mr Sheehan. Gwyrai'r hen ddyn ei ben. Roedd ei lygaid ynghau. Anadlai'n drwm fel tasa fo'n cysgu.

'Mae o'n daid i mi, Mr Garvey. Mi wn i bob dim.'

Liz Sheehan oedd ei henw. Hi oedd merch hynaf mab James Sheehan. Ar ôl i'r brodyr Sheehan ddiflannu, dychwelodd eu teuluoedd i'r Iwerddon.

'Pan welodd Dad yr hanes fod Taid yn fyw ac wedi ennill y loteri, mi ddaethon ni draw. Mae Dad yn feddwyn, 'chi. A Mam yn gnawas, braidd. Ar ôl y pres oeddan nhw. Doedd gen i ddim diddordeb. Roeddwn i isio cyfarfod fy nhaid.' Edrychodd Liz ar yr hen ŵr. 'Tydi o heb ddeud fawr ddim er pan ddiflannodd ei frawd. Roedd pawb yn meddwl ei fod o'n wallgo i gychwyn. Ond pan ddaethon ni fel teulu draw, mi ddechreuais i siarad hefo fo. Aeth Mam a Dad yn ôl i Werddon ar ôl clywed bod Taid wedi prynu lle iddo fo'i hun am oes yma.' Syllodd drwy'r ffenest ar y tir llydan oedd yn ymestyn am filltiroedd. 'Rydw i wedi aros, ac yn bwriadu aros.'

Nodiodd Garvey. Esboniodd ei gynlluniau ar gyfer y chwarel a soniodd am ymweliad Ned Owen â'r swyddfa.

'A dyma fo'n deud ...'

Torrodd Liz ar ei draws, 'Peidiwch, da chi, ag ysgwyd llaw â'r un ohonyn nhw.'

Nodiodd Garvey'n ara deg. Stryffagliodd rhyw sŵn o'i gorn gwddw, sŵn fatha: 'Ia ... dyna ... ia ...'

'Ydach chi wedi ysgwyd llaw efo rhywun diarth?'

Chwiliodd Garvey'n frysiog drwy'i feddyliau. Roedd ei galon yn rasio, ac roedd hi'n ddigon anodd canolbwyntio. Ond, wedi meddwl, fedra fo ddim cofio ysgwyd llaw efo neb o bwys.

'Ond ... be sydd o'i le mewn ysgwyd llaw?' holodd Garvey. 'Be 'di'r lol 'ma?'

Daeth Mr Sheehan ato'i hun, a deud, 'Nid lol oedd gwylio fy mrawd yn troi'n llwch o flaen fy llygaid i, Mr Garvey.'

'Hen, hen dduwiau. Duwiau cyn Duw,' meddai Liz.

Syrthiodd Mr Sheehan i gysgu. Awgrymodd Liz y dylai hithau a Garvey fynd allan i'r ardd, a gadael i'r hen ŵr orffwys. Eisteddodd y ddau ar fainc oedd yn cynnig golygfeydd o gaeau a bryniau a choedwigoedd.

Syllai Liz tua'r gorwel, a sigarét rhwng ei bysedd.

'Ydach chi o ddifri?' holodd Garvey.

'Ydw, duwiau cyn Duw. Dyna sut yr esboniodd Taid i mi.' A dyma hi'n ailadrodd eto, 'Hen, hen dduwiau. Duwiau cyn Duw.'

Crychodd Garvey'i drwyn. Roedd hi'n anodd iddo fo dderbyn y ffasiwn gyboli. 'Beth sydd o'i le mewn ysgwyd llaw?'

'Dyna'r felltith: yr ysgwyd llaw. Peidiwch ag ysgwyd llaw efo neb,' meddai Liz gan sugno ar ei sigarét unwaith eto. 'Dyma mae Taid yn 'i ddeud: roedd y chwarel yn fan addoli i hen grefydd, crefydd y Celtiaid, neu hyd yn oed y bobol oedd yno cyn y Celtiaid. Mae pwy bynnag sy'n maeddu'r tir sanctaidd – neu'n bygwth maeddu'r tir – yn diodde. Maen nhw'n cael eu melltithio.'

'Yn cael eu melltithio,' meddai Garvey, yn trio'i orau glas i ffeilio'r wybodaeth yn drefnus a rhesymegol: tasg amhosib, gan nad oedd trefn na rheswm i'r hyn oedd Liz yn ei ddatgelu.

'Ia. Roedd gan y duwiau was bach dynol, rhywun oedd wedi pechu ... wel, yn y dechreuad, bownd o fod – yn y dechreuad cyn i amser ddechrau ... rhywun oedd yn byw'n lleol, rhyw dlotyn o'r ogof agosa.' Tynnodd Liz fwg y sigarét i'w sgyfaint. 'Cosb hwn oedd mai fo oedd i gludo'r felltith ...'

'Cludo'r felltith?'

'... drwy gydol amser.'

'Be?'

'Melltith y cludwr, yn ôl y chwedlau a ballu, oedd ei fod o'n anfarwol.'

'Yn anfarwol,' meddai Garvey fel eco.

'Ac ar ôl iddo fo ysgwyd llaw, trosglwyddo'r felltith, mae'r dioddefwr yn ... troi'n llwch,' meddai Liz.

'Fel y gwnaeth John Sheehan.'

Roedd James Sheehan wedi esbonio sut y bu i'w frawd John droi'n llwch o flaen ei lygaid: 'Welis i 'rioed ddyn mewn cymaint o boen. Roedd ei gnawd o'n welw, yn llwydaidd, fel llechen. Glafoeriodd, wyddoch chi, a daeth cwmwl o fwg yn ohono fo. Ac yna ... PWFF! ...

llwch ... lludw ... wedi mynd.'

Roedd James Sheehan wedi colli'i bwyll ar ôl y digwyddiad. Taerodd iddo weld John yn troi'n llwch. Doedd Michael O'Hare a'r gweddill ddim isio gwybod. Stori fwganod, oedd hi – ofergoeliaeth. Tra oedd James Sheehan yn tynnu'i wallt o'i ben, galwodd Michael yr awdurdodau. Cludwyd James i ysbyty meddwl; diflannodd o'r byd.

Gofynnodd Liz eto, 'Ydach chi'n sicr nad ydach chi wedi ysgwyd llaw efo rhywun na ddylach chi, Mr Garvey?'

Meddyliodd am ychydig eiliadau. Teimlai ei bledren fel tasa hi'n llawn o ddŵr oer. Crynai ei goesau. Roedd ofn yn gortyn tyn am ei berfedd. 'Na, dim i mi gofio.'

'Cofiwch, Mr Garvey, maen nhw dwyllodrus.'

'Be dach chi'n feddwl?'

'Yr hen dduwiau. A'u gwas bach, y cludwr. Maen nhw'n dwyllodrus. Yn gwisgo masgiau. Yn cymryd arnynt eu bod nhw'n un peth ... yn cogio ac yn deud anwiredd.' Aeth Liz i'w phoced, estyn y paced sigaréts, tanio ffag arall a sugno'r mwg i'w sgyfaint. 'Triwch ddod o hyd i'r cludwr, Mr Garvey. Mae o yn eich mysg chi. Mae o wedi dangos ei hun. A'r peryg ydi ei fod o'n agos atoch chi.'

Roedd cysgodion y pnawn yn cropian dros Bant Awen.

Eisteddai Bryn Howard ar y wal garreg oedd yn rhedeg gyferbyn â'r afon. Gwrandawodd ar y dŵr yn llifo a meddwl sawl cenhedlaeth o'i gyndeidiau fu'n eistedd yn fan 'ma'n mesur llif yr afon. Dwsinau, bownd o fod. Roedd o wedi medru hel ei achau i'r 13eg ganrif. Ac roedd ei waed yn dew yn y pridd 'ma, ei enw'n fyw yn y llwch – o'r cyfnod y crwydrodd Gruffydd ab Deiniol y caeau 'ma hyd at ei farwolaeth yn 1273.

'Ac roedd hwnnw'n gachgi hefyd,' meddai'r llais.

Caeodd Bryn ei lygaid. Doedd hi ddim yn syndod iddo fo glywed y llais. Roedd wedi bod yn aros yma am awr bellach, yn gwybod yn iawn y byddai'r cludwr yn dod. A doedd hi ddim yn syndod, chwaith, fod yr ymwelydd wedi darllen meddyliau Bryn ac wedi gweld i'w atgofion.

Parciodd Garvey'r car yn flêr, ag un olwyn yn mathru rhesiad o rosys i'r pridd. Cythrai'r panig ynddo fatha genau llew. Roedd o'n chwys doman, ac wedi bod felly drwy gydol y ras am adre. Prin y medrai anadlu. Roedd o'n crynu cymaint fel y cafodd drafferth yn rhoi'r goriad yn y clo i agor y drws ffrynt.

Brasgamodd Garvey i fyny'r grisiau, a geiriau Ned Owen yn eco yn ei ben: *'Mi rydach chi wedi cau'ch meddwl i bethau.'*

Tynnodd yr ystol i lawr, dringo i fyny, rhoi hwyth i glawr yr atig o'r neilltu, a'i wthio'i hun i fyny i'r tywyllwch. Cyrhaeddodd am y switsh a boddi'r atig mewn goleuni. Roedd y lle'n drewi'n hen, yn llychlyd; gwe pry cop yn dew; peli bach o gachu llygod ym mhobman.

Cafodd Garvey hyd i'r cês o dan doman o ddillad tamp. Rhoddodd y cês ar y bwrdd yn y stafell fyw a'i agor yn ara deg – fel tasai arno fo ofn yr hyn oedd am neidio allan. Ond doedd 'na ddim byd ond twmpath o hen luniau du a gwyn.

Dechreuodd Garvey dyrchio. Crafodd drwy'r lluniau fel ci yn tyllu twll i gladdu asgwrn. Taflodd rai ohonyn nhw o'r neilltu. Cyn bo hir roedd y carped yn drwch o atgofion: teulu, cyfeillion, cyfoedion wedi eu gwasgaru o gwmpas y stafell fyw – degawdau o wynebau, rhai'n gyfarwydd, eraill wedi eu hanghofio. Ac ymhlith hafoc y lluniau, eisteddai Garvey'n syn, yn syllu ar y ffotograff roedd o'n cydio ynddo rhwng ei fys a'i fawd.

Na, meddyliodd. Na, na, na, mae hyn yn amhosib.

Dau ddyn a bachgen ifanc oedd yn y llun. Safai'r tri mewn cegin, ac roedd Garvey'n gwybod mai yn y pumdegau, ryw ben, y tynnwyd y llun.

Y tri: tad Garvey; Garvey ei hun yn fymryn o lanc; a hen ŵr, brigyn o ddyn, ei wallt o'n lliw llechen, a chroen ei wyneb yn felyn ac yn graciau fel wyneb y garreg y bu ef, a thad Glyn Garvey, yn gweithio arni hi am flynyddoedd.

'Hen bryd i mi godi pac, Bryn. Fel y cododd Gruffydd ab Deiniol ei bac yn 1273. A Meurig Goch yn 539. A Mabon o'i flaen, 195 o flynyddoedd cyn geni'r Iddew hwnnw ym Methlehem. Ac yn y blaen ... ac yn y blaen ... ac yn y blaen ... ac ...'

'Iawn,' meddai Bryn gan rwbio'i ddwylo, 'dyna ddigon.' Roedd o'n chwys doman dail, ac roedd ganddo fo andros o gur yn ei ben.

'Wn i'n iawn sut wyt ti'n teimlo, Bryn,' meddai'r cludwr. 'Yli, dwi 'di teimlo felly ers 734 o flynyddoedd, washi bach. Dwi'n chwithig, yn flin, yn groes efo pawb a phopeth – gan eu cynnwys *nhw*, Bryn. Gas gyn i *nhw*.'

Griddfanodd y ddaear, fel tasa 'na ddaeargryn wedi deffro yn nyfnderoedd y pridd. Gwingodd Bryn.

'Dyna nhw,' meddai'r cludwr. 'Dwrdio mawr eto. Be

wnân nhw, dŵad? Maen nhw wedi fy melltithio i, yn tydyn. Be sy waeth na gorfod byw am bron i wyth can mlynedd? Maen nhw'n mynd i'n lladd i rŵan. Fy nifa i ar ôl i mi basio'r byrdwn 'ma yn ei flaen.'

'Pam ni? Pam ein llinach ni?'

'Nefi blŵ, dwn i'm. Mae hynny'n rhy bell yn ôl i neb gofio. Rhywun wedi pechu, bownd o fod. Heb aberthu, heb weddïo, heb ... pwy â ŵyr, Bryn? Duwiau ydyn nhw. Maen nhw'n cael gneud fel y mynnon nhw.'

'Meurig Goch ... Mabon ... mae hynny'n bellach nag mae hi'n bosib i rywun hel ei achau.'

'O, ydi. Mi wnes di'n reit dda i gyrraedd Gruffydd ab Deiniol. Y diawl yn cogio bod yn ewyrth i mi. Fynta'n hen, hen, hen daid i mi sawl gwaith, go iawn. A'r cythraul yn fy newis i, wedyn, i gymryd y baich. I fod yn was bach iddyn nhw. I wasanaethu. I gludo'r felltith. I wasgaru'r llwch.'

'Dwi'm isio byw am byth.'

'Dwi'm yn gweld dim bai arna chdi. Ond tydi o ddim cweit "am byth", yli.'

'Be am Siân? Be digwyddith pan fydd hi'n heneiddio? Finna ... fel hyn.'

'Ia. Mae hynny'n bownd o greu trafferth. Ond felly mae hi, Bryn. Does gyn ti'm dewis. Mae o yn dy waed di ers dy eni: chdi 'di'r cludwr nesa. Mi fyddi di'n gwasanaethu am 734 o flynyddoedd. Paid â gofyn pam – sgyn i'm syniad. Ond dyna fo. Felly mae hi. Fyddi di ddim yn heneiddio ar ôl heddiw. Rwyt ti'n lwcus, cofia.'

'Lwcus?' meddai Bryn, yn troi i wynebu'r llall am y tro cynta.

'Ia. Mi wyt ti'n ifanc ac yn drwsiadus. Ches i mo 'newis tan o'n i – wel, yli,' meddai'r dyn, yn agor ei freichiau a dangos ei henaint. 'Ro'n i yn fy chwedegau. Fel hyn. Ac fel hyn y bu rhaid i mi aros. Roedd hynny'n hen iawn yn y 13eg ganrif, cofia. Ro'n i'n chwerw. Mi ddylian nhw fod wedi 'newis i pan o'n i'n fengach. Ond be mae dyn i' neud? Dwi 'di cwyno a swnian ...' Ysgydwodd ei ben.

'Be ddigwyddith taswn i'n gwrthod?'

Twt-twtiodd y cludwr. 'Wel, Siân fyddai'n diodde gynta. Diodde'n ddychrynllyd. Ac wedyn yr hogia ...'

'Iawn! Dyna ddigon.' Plygodd Bryn ei ben. Caeodd ei lygaid a rhoi hwyth i'r ddelwedd frawychus o'i ben: Siân a'r hogia'n cael eu malurio a'u dinistrio gan rymoedd anweledig. Agorodd ei lygaid eto. Roeddan nhw'n giaidd, yn dyfrio.

Dywedodd y cludwr, 'Duwiau ydyn nhw, Bryn. Mae duwiau'n frwnt. Mae yn eu natur nhw i fod yn frwnt, yn giaidd. Wyt ti wedi darllen y Beibl yn ddiweddar?'

Teimlodd Bryn bwysau canrifoedd yn syrthio ar ei sgwyddau. 'Be sy'n digwydd rŵan?'

'Dwi wedi cwbwlhau'r dasg. Mae pawb sydd wedi bygwth y chwarel wedi cael eu cyffwrdd. Maen nhw wedi eu melltithio. Joban honno wedi'i sortio.' Tagodd yr hen ddyn. Gwegiodd. Sadiodd ei hun yn erbyn y wal. 'Ewadd. Maen nhw'n dechrau 'nifa i, dwi'n meddwl. Beth bynnag. Mi awn ni draw at y chwarel, mi fydd y ddaear yn agor, mi ddo'n nhw o'r dyfnderoedd, fy mwrw i i'r llwch, dy ordeinio di â gwaed ein cyndeidiau ... fawr o ddefod, un ddigon gynnil. Does na'm gofyn gneud gormod o sioe, nac oes.'

Camodd y dyn i gyfeiriad Bryn a gofyn, 'Wyt ti'n barod?'

Oedodd Bryn. Edrychodd dros ysgwydd y cludwr i gyfeiriad Pant Awen, yr anheddau'n ddim mwy na bocsys matsys yn y pellter. Roedd y tristwch yn ei stumog yn drwm. Meddyliodd am Siân a'r hogia, a'r boen a fyddai'n bownd o ddod o'u gweld nhw'n heneiddio, yn marw, a fynta'n dal yn ifanc yr olwg ar ôl heddiw. Meddyliodd am y newid fydda'n dod dros y saith can mlynedd a mwy y byddai'n gwasanaethu'r hen dduwiau: twyllo a melltithio'u gelynion, amddiffyn a thrin eu tiroedd. Llifodd y dagrau.

'Dyna chdi, washi,' meddai'r cludwr, gan roi ei law ar ysgwydd Bryn. 'Crio'n da i ddim. Wyt ti'n barod?'

Nodiodd Bryn.

'Awn ni, ta,' meddai Ned Owen, ac arwain Bryn i gyfeiriad y chwarel.

Sgrechiodd Hollis a chydiodd yn ei arddwrn de. Roedd ei fraich fel tasa hi ar dân, a phoen yn gwibio o'r ysgwydd i'r bysedd, y boen waetha brofodd Hollis yn ei fyw. Teimlai fod ei ben ar fin ffrwydro a'i galon ar fin chwalu'n deilchion.

Rhedodd i fyny ac i lawr y platfform. Roedd y teithwyr eraill wedi dengid i'r caffi oedd yn cynnig paned ar fore oer. Gwasgai'r teithwyr eu trwynau yn erbyn y ffenestri i gael golwg ar y gwallgofddyn.

Roedd 'na blisman a dau gard ar y platfform. Roeddan nhw'n trio tawelu Hollis, ond roedd y creadur wedi colli ei ben. Rasiai i fyny ac i lawr yn sgrechian nerth ei ben. Disgynnodd ar ei liniau, cau ei lygaid, sgyrnygu fel anifail, a sgrechian,

'Helpwch fi! Helpwch fi! Helpwch fi!'

Clywodd gorn y trên. Trodd i gyfeiriad y sŵn. Gwelodd y plisman yn agosáu yn ara deg.

'Syr,' meddai'r plisman. 'Dowch rŵan. Gadwch i ni'ch helpu chi.'

Roedd y boen yn annioddefol.

Llithrodd y trên o'r twnnel. Roedd hi'n mynd ar sbîd, a dim bwriad o stopio yn y steshion yma.

Neidiodd Hollis i lawr ar y trac.

'Na,' gwaeddodd y plisman, yn rasio i gyfeiriad Hollis.

Arhosodd Hollis i'r trên ei daro. Roedd drewdod y trên yn ei ffroenau ac fe'i byddarwyd gan gorn swnllyd y peiriant. Gwaniodd ei bledren wrth i'r ddaear grynu, wrth i'r trên frysio.

'Na, na!' gwaeddodd y plisman uwch chwyrnu'r trên.

Trodd Hollis i ffwrdd, cau ei lygaid a gweiddi 'Naaaaaaaa!' wrth i'r trên ruo tuag ato, a gwich y brêcs yn rhwygo'r awyr. Pisodd yn ei drowsus. Roedd y sŵn yn fyddarol. Gwibiodd y boen drwyddo fo fel tân drwy afon o betrol. Teimlodd ei hun yn crynu, ac yn gwanio, ac yn malu ... yn malu o'r tu mewn ...

Ni ddaeth y gwasanaethau brys o hyd i ddarn na diferyn o Hollis. Crafasant eu pennau, crychasant eu trwynau, ond doedd 'na ddim esboniad. Taerodd y rhai a dystiodd i'r ddamwain fod y dyn wedi troi'n llwch eiliadau cyn i'r trên ei daro. Ond doedd 'na neb yn barod i gredu hynny.

'Mi wnân nhw'ch difetha chi, Mr Garvey. Fel y gwnaethon nhw ddifetha Michael O'Hare pan wrthododd o gau'r chwarel a gadael eu tir nhw.'

Dyna ddywedodd Ned Owen; dyna ddywedodd y

dyn oedd yn y llun hefo Garvey a thad Garvey; dyna ddywedodd y dyn oedd yn edrych yr un ffunud heddiw ag yr oedd o hanner canrif ynghynt.

Mi wnân nhw'ch difetha chi, Mr Garvey ...

A be ddywedodd Liz: *'Yr hen dduwiau. A'u gwas bach, y cludwr. Maen nhw'n dwyllodrus. Yn gwisgo masgiau. Yn cymryd arno'u bod nhw'n un peth ... yn cogio ac yn deud anwiredd.'*

Rhwbiodd Garvey ei law drwy'i wallt a stwffio'r llun i'w boced.

Edrychodd ar ei law a dal ei wynt.

Na!

'O, na,' meddai. 'O, na.'

Symudodd ei fysedd yn ôl a blaen, a theimlo'r pinnau mân yn ei arddwrn.

'Be sy'n digwydd i mi?'

Roedd yn rhaid iddo fo ddod o hyd i Ned Owen, y gwas bach, y twyllwr, y celwyddgi. Y cludwr. Trodd Garvey a baglu dros y cês. Syrthiodd i fysg y lluniau oedd yn carpedu'r llawr. Roedd Ned Owen wedi difetha pawb: Sheehan, O'Hare ... pawb. Roedd y dynion lleol oedd wedi meiddio gweithio yn y chwarel – gweithio i estroniaid oedd yn maeddu'r tir sanctaidd – wedi diodde hefyd: y damweiniau, salwch ... cancr ei dad.

Teimlodd boen fel torri asgwrn yn ei fraich dde a chydiodd ynddi.

'O, na, o na.'

Edrychodd ar ei law.

'Peidiwch, da chi, ag ysgwyd llaw â'r un ohonyn nhw.'

'Basdad!' meddai Garvey, yn cofio geiriau Ned Owen.

Rhegodd eto, ac eto ac eto, wrth i'r boen drydanu

drwyddo. Syllodd ar ei law. Damniodd ei hun am ysgwyd llaw efo Ned Owen, ac anghofio ei fod wedi gneud am nad oedd Ned Owen yn cyfri.

Roedd ei fysedd yn llwyd, yn cracio, yn ...

Udodd Garvey wrth i'w law droi'n llwch ... ac yna'i fraich ... ac yna'i ysgwydd ... a bu farw'n boenus.

Ddeng mlynedd yn ddiweddarach, a Glyn Garvey wedi ei anghofio, daeth cwmni o'r enw Hartshall & Cooper Homes i Bant Awen – neu 'Pants-eye-when' fel y gelwid y pentre gan Saeson y cwmni. Eu bwriad oedd prynu'r chwarel a datblygu cartrefi crand ar y tir.

'Mae'r *natives* yn bownd o godi twrw,' meddai Robert Hartsall, prif weithredwr Hartshall & Cooper, mewn cyfarfod cudd efo'i fuddsoddwyr. 'Ond mae Hartshall & Cooper yn ennill y dydd bob tro, ac mi enillwn ni'r dydd yn 'Pants-eye-when'. Ymhen tair blynedd mi fydd 'na ddau gant o gartrefi newydd sbond ar safle'r hen chwarel.'

'Oes ganddoch chi gynghreiriad ymysg y bobl leol, Mr Hartshall?' holodd gwraig yn y gynulleidfa.

'Oes yn wir. Mae'r Aelod Seneddol lleol yn ŵr ifanc gyda gweledigaeth. Mae o wedi'n rhybuddio ni y bydd 'na wrthwynebiad lleol, ond wedi addo y bydd o'n gweithio ar ein rhan ni. Mae o'n gefnogol i'r cynllun.'

'Ydach chi'n ei drystio fo?' holodd un o'r buddsoddwyr eraill.

'Ydw,' meddai Hartsall, 'dwi'n trystio Bryn Howard. Mi rydan ni'n dallt ein gilydd. Mi rydan ni'n ddynion gonest, y ddau ohonon ni. Mi rydan ni wedi selio'n cydweithrediad drwy ysgwyd llaw.'

LLYWODRAETHWCH AR BOPETH BYW SY'N YMLUSGO AR Y DDAEAR

Bwydai'r pridd ar garcas Lewis Puw. Llifai'r gwaed o'i friwiau, a chael ei sugno i'r ddaear; tolltai'r hylif i'r tir gan ei ffrwythloni, a ffrwythloni'r holl greaduriaid oedd yn llechu yno.

Corff marw Lewis Puw oedd duw, yn creu byd newydd, yn creu dydd a nos, bore a hwyr, y ffurfafen a'r dyfroedd islaw, a thir sych – tir lle trigai ei wyrthiau gorau: y bwystfilod gwyllt, yr anifeiliaid, yr holl ymlusgiaid.

A'r noson honno, â chorff Lewis Puw yn cychwyn ar y broses o bydru, daeth glaw fel na welwyd ei debyg ers tro byd. Y nefoedd yn lledu ei llifddorau a thollti moroedd paradwys dros y ddaear. Byddai Noa a'i arch wedi elwa ar y ffasiwn noson wrth i geir nofio fel cychod hyd strydoedd y trefi, wrth i gartrefi gael eu boddi a thrigolion hwylio ar ddodrefn i chwilio am dir sych.

Wrth wylio'r dymestl rhegodd Colin y grymoedd oedd yn gyfrifol am ganiatáu'r fath ddilyw. Pwysai'r bachgen deunaw oed ar silff ffenest y stafell fyw yn gwylio'r glaw yn poeri o'r cymylau duon.

Roedd stad Bryn Brenin – fel yr awgrymai'r enw – ar

dir uchel, ac wedi osgoi llid y storm.

Pan graciodd y cymylau, roedd Colin i lawr yn y dre yn chwarae snwcer efo'r hogiau. Bwriadent fynd i hela'r noson honno: dwyn car a rasio drwy'r strydoedd; chwilio am gopar oedd am ras rownd y dre. Ond roedd y storm wedi rhoi'r farwol i fistimanars. Rasiodd Colin ac Alan, ei frawd pymtheg oed, drwy'r tonnau, drwy'r glaw oedd yn peltio o'r nos. Ffrwydrodd y llifogydd wrth i'w traed lusgo drwy'r dyfroedd.

Doedd 'na ddim bysys; roedd y cerbydau'n garcasau o gwmpas y dre a'r dyfroedd – oedd yn codi a chodi a chodi wrth i'r hogia ddengid am adre – wedi cnoi i'r injans a lladd y rhwydwaith. A chan nad oedd pocedi'r hogiau'n byrlymu o bres – wedi gwario'r arian a wnaethpwyd o werthu'r stereo a'r teledu symudol oedd wedi eu dwyn o sied yr hen arddwr, Lewis Puw, y pnawn hwnnw – ni fedrent fforddio tacsi.

Rhegodd Colin eto wrth i'r glaw bistyllio o'r fagddu. Noson sâl i sleifio. Roedd pawb yn eu cartrefi. Y ffenestri wedi'u cau. Dim gobaith cael llonydd i dorri i mewn i dŷ gwag a stripio'r lle fel y stripiodd o Karen pnawn 'ma ar ôl dwyn oddi ar yr hen ddyn.

Roedd y gweir fu'n rhaid iddo fo 'i rhoid i'r hen foi'n gymaint o gweir fel bod Colin wedi cynnal min yr holl ffordd i fflat cyngor Karen. Wedi cuddiad y gêr yn y twll dan grisiau, cau ceg Alan efo spliff a *four-pack*, llusgodd Colin ei gariad i'r stafell wely, a honno'n giglan yn wirion – ac yn griddfan am fwy a mwy a mwy wrth iddo fo wagio'i dyndra i'w chroth.

Wrth ei heglu hi o'r alotment, a chorff yr hen foi'n gwaedu, gwyddai Colin ei fod o wedi lladd am y tro cynta. Roedd Alan wedi cadarnhau hynny ar ôl teimlo am guriad calon. Aeth rhyw drydan drwy Colin, o'i geilliau, i'w stumog, i'w ben, ac yn ôl i'w lwynau.

Os dyna oedd mwrdwr yn ei fagu, mi fydda fo'n mwrdro eto. Ac roedd o'n ysu i ddweud wrth yr hogiau. Heno, a hwythau'n rhuo drwy'r strydoedd yng nghar rhywun arall. Ond dyna hi'n law: dim dwyn car, dim datgan grym.

'Sgyn ti dôp, y cont?'

Trodd Colin o'r sgrin deledu, â sŵn y dyrfa wrth i'r ddau baffiwr bannu ei gilydd yn byrlymu drwy'r stafell fyw.

'Nag oes, reit,' meddai, gan ddychwelyd ei sylw at y bocsio.

'Lle mae'r llall?' Suddodd y wraig i gadair freichiau a chythru yn y can o lager a safai ar y fraich. Ysgydwodd y can. Roedd o'n wag. Taflodd y can i ben arall y stafell. 'Does 'na'm cwrw yn y tŷ 'ma chwaith?'

'Ti 'di yfad oi gyd heddiw.'

'Hei!' bygythiodd y wraig, â'i bys esgyrnog wedi ei anelu fel bwa i gyfeiriad Colin. 'Cau hi, iawn.'

'Cau hi dy hun, reit!'

'Tyd â ffag i mi'r diawl.'

'Pryna dy ffags dy hun,' meddai Colin, gan gydio yn y paced oedd ar y llawr wrth ei droed.

'Sgyn i'm pres, diawl!'

'Ges di sosial heddiw, 'ndo. A taw. Dwi'n sbio ar y ffeit.'

'Gei di ffeit,' meddai'r wraig gan godi o'i chadair a rhoi swadan i Colin. Cythrodd yn ei law a gwasgu nes iddo ollwng y paced sigaréts. Cydiodd y wraig yn y pecyn a dychwelyd i'w chadair. Taniodd sigarét efo matshen a stwffio'r bocs i boced ei jîns.

'Ast,' cwynodd Colin gan rwbio'i foch.

'Taw!' Chwythodd y wraig gudyn o fwg i'w gyfeiriad. 'Dwi isio cash am y rheina.'

'Sgyn i'm cash, diawl. Oedd raid i mi siopio, yn doedd, gwario'r sosial i'n cadw ni mewn cwrw, chditha'n gneud dim ond diogi drwy'r dydd. Ges di bres am stwff yr hen ddyn?'

Nodiodd Colin.

'Wel?'

'Es i ac Alan i brynu Playstation.'

'Aaaa'r cont gwirion!' Cythrodd y wraig mewn papur newydd a'i hyrddio i gyfeiriad Colin. 'A lle mae hwnnw?'

'Fyny grisiau.'

'Reit! Pan fydd y blydi glaw 'ma 'di stopio, gewch chi'ch dau fynd â'r Playstation i Jack. Gewch chi'r pres i brynu *weed* a chwrw. Ffwcsyn!'

Trodd Colin ei sylw oddi ar y dyrnu ar y teledu, a rhythu ar y wraig. 'Na! Dwi isio'r Playstation ... rwbath i' neud mewn tywydd fatha heno.'

'Dwyt ti'm yn iwshio'r peth heno?'

'Mae Alan yn chwarae efo fo.'

'Tro dwytha. Dach chi'ch dau mynd â'r blydi thing i Jack ar ôl iddi stopio piso bwrw.'

'O, Mam!'

Drymiai'r glaw yn erbyn ffenest llofft Alan. Ond roedd o'n rhy brysur i sylwi. Roedd ei lygaid wedi eu hoelio ar din Lara Croft wrth iddo'i thywys drwy ddirgelion a pheryglon *Tomb Raider Legend*.

Rhuthrodd dau flaidd o hollt yn y creigiau. Pwysodd Alan y triongl ar y teclyn a wasgai yn ei ddwylo, ac aeth Lara i'r cwdyn ar ei chefn a chydio mewn pistolau. Pwysodd Alan y botymau. Taniodd Lara i gyfeiriad y bleiddiaid a ffrwydrodd yr anifeiliaid yn sgarlad.

Taflodd Alan y teclyn o'r neilltu a rhewodd Lara, â'i gynnau'n barod, ar y sgrin. O nunlle, rhuodd dau flaidd arall. Ni symudodd Lara ac fe'i rheibiwyd hi gan y creaduriaid.

GAME OVER.

Disgynnodd Alan ar y gwely ac ymestyn ei ddwylo uwch ei ben.

Dyna pa mor hawdd oedd lladd.

Cropiodd rhyw ias drwyddo.

Ond dim ond gêm oedd hon.

A dyna oedd bywyd i fod: gêm.

Laff, meddai Colin.

Doedd Alan ddim mewn hwyl chwerthin. Heddiw, am y tro cynta mewn oes, teimlodd y byddai'n well tasa fo wedi mynd i'r ysgol. Fuo fo ddim yn yr ysgol ers misoedd bellach. Doedd Mam yn poeni dim. Dad? Wel, ddôi hwnnw ddim i'r fei ond pan oedd o angen arian. Ac roedd Colin wrth ei fodd, wrth gwrs: cael partnar yn ei gêm.

Heddiw, trodd y chwarae'n chwerw.

Caeodd ei lygaid. Ond daeth delwedd o'r hen ddyn yn gorwedd ar ei dir i'r düwch tu cefn i aeliau Alan. Roedd Colin wedi sefyll uwchlaw'r corff ar ôl ei ddyrnu'n ddidrugaredd. Ac oni bai i Alan ei lusgo oddi yno, byddai ei frawd mawr wedi aros.

Neidiodd Alan ar ei eistedd a gwasgu ei ddwylo i'w dalcen.

Doedd yr hen ŵr ddim i fod yno.

Roeddan nhw wedi aros ac aros ac aros, yn gwybod lle cadwai'r hen ddyn ei deledu a'i stereo. Aros ac aros iddo fo fynd. Aeth Alan i'r sied i ddwyn y stwff tra oedd Colin yn cadw llygad. Roedd y lle'n we pry cop, yn bryfed mân i gyd, a gwelodd ddwy lygoden fawr yn sgrialu i'r cysgodion o dan gwpwrdd cornel.

Tra oedd yn y sied cafodd olwg ar geriach yr hen foi. Roedd y pared yn frith o straeon papur newydd wedi eu fframio, a llun yr hen foi efo pob stori. Roedd o wedi ennill gwobrau am lysiau, llysiau anferthol. Ar y silffoedd daeth Alan o hyd i lyfrau. Roeddan nhw'n llychlyd, yn hen. Llyfrau fel *Land Magic*, *The Culture of Life*, *Goddess Earth*.

Roeddan nhw'n drewi o henaint, a chofiodd Alan iddo deimlo'n anghynnes yn yr hen sied honno, fel tasa'r llyfrau, y lluniau, y geriach i gyd yn ei wylio.

Cythrodd yn y teledu bychan a'r stereo a rhuthro allan. Lle'r oedd Colin yn rhoi slas i'r hen foi.

Aeth Alan at y ffenest. Syllodd y fagddu'n ôl. Pistyllai glaw yn ddiddiwedd. Gobeithiodd y byddai'r dyfroedd yn cario corff yr hen ddyn yn bell i ffwrdd. Neu efallai y byddai'n suddo i'r pridd gwlyb, a neb yn dod o hyd iddo fo, yn fwyd i'r llyngyr ac i'r malwod.

Ar ôl y storm daeth y gwres. Hwnnw'n wres llethol, trymaidd, yn ogleuo'n ffres drwy ffenest y stafell fyw.

'Mae hi'n un o'r gloch y bore,' cwynodd Colin.

'Mam, plis peidiwch â gneud i ni werthu'r

Playstation,' begiodd Alan.

'Ewch o 'ngolwg i'r diawlad. Dwi isio'ch gweld chi yma o fewn yr awr. Dwi isio cwrw,' meddai'r wraig o'i chadair freichiau, a sigarét yn crogi rhwng ei gwefusau.

'Lle gawn ni gwrw radag yma?'

'Paid ag actio'r twl-al efo fi, Colin, garej yn dre'n gorad drwy'r nos.'

'Ond, Mam ... dim y Playstation,' meddai Alan eto.

'A gofynnwch i Jack am fymryn o gêr tra dach chi yno. Dwi isio ffycin drygs.'

'Dyna sy i' gael am neud be nes di.'

'Cau dy geg, diawl bach, neu mi gei ditha slas hefyd.'

Ond ni chymerodd Alan sylw o'i frawd mawr. Safai'r ddau yn y gegin fudur. Roedd twr o blatiau bwyd yn y sinc a thomen o sbwriel yng nghornel y stafell.

'Tasa chdi heb ei ladd o ...'

Chwipiodd llaw Colin i fyny a tharo Alan o dan ei ên. Chwyrlïodd hwnnw, a disgynnodd y Playstation o'i ddwylo a chracio ar y teils.

Syllodd Alan ar y teclyn gan rwbio'i ên. 'Yli be nes di'r ffŵl dwl. Chawn ni'm ceiniog amdano fo rŵan.'

'Chdi ollyngodd o'r coc oen. Ddylwn i falu dy ben di.'

Plygodd y fenga a chodi'r Playstation. Doedd 'na fawr o ddifrod mewn gwirionedd – crac, fymryn mwy na modfedd o hyd, ar waelod y peiriant.

'Dyna chdi. Mae o'n iawn,' meddai Colin. 'Tyd 'laen i ni gael y drygs 'na gyn Jack.'

'Ti'n boen yn y tin, Col,' meddai Alan gan hyrddio drwy'r drws cefn a diflannu i ddüwch y nos.

Roedd y drws yn llydan agored, ac ni welai Colin

ddim ond y tywyllwch. Ogleuodd yr awyr drydanol.

Hen ogla budur.
Codi cyfog arna i.

'Al?' galwodd ar ei frawd.

Nid atebodd y fenga. Craffodd Colin. Ni ddeuai smic o'r nos y tu hwnt i'r drws. Roedd cnawd ei wegil yn binnau man.

Paid â bod yn hurt, meddyliodd.

Ac yna sylwodd ar y pryfed cop yn cropian dros y rhiniog i'r gegin. Crychodd ei drwyn.

Mathrodd dri ohonyn nhw efo'i esgid nes oedd eu gweddillion yn slwj ar y teils. Dyrnodd ei droed drachefn a gwasgu dau arall. Ond dal i heidio i'r gegin a wnâi'r creaduriaid.

'Be uffar ... ?' Roeddan nhw ym mhobman: dwsinau o'r cythrals, eu coesau nhw'n sgytlan ar draws y teils.

Roedd y drewdod a lifai o'r nos yn dwysáu, ac aeth Colin at y rhiniog a syllu i'r iard gefn.

'Al?'

Dim hanes o Alan.

Syllodd ar ei draed, a neidio'n ei ôl gan ochneidio. Llithrodd slwj du i'r tŷ. Edrychai fel jeli, a sglein y lleuad gwan yn disgleirio arno.

Teimlodd Colin ei galon yn neidio. Roedd ei gorn gwddw'n sych. Llyncodd.

Sglefriai'r slwj i'r tŷ. A gwahanodd y slwj. Yn llyngyrod, yn falwod, yn gynrhon o bob math a maint.

Dechreuodd calon Colin fynd fel fflamiau. Edrychodd o'i gwmpas. Roedd teils y gegin yn frith o bryfed cop, y sinc yn dew o falwod a llyngyr a chynrhon yn crwydro'r cypyrddau.

Daeth sgrech o'r stafell fyw. 'COLIN! COLIN!'
Anwybyddodd gri ei fam a neidio dros y slwj, allan i'r nos. Suddodd i lud trwchus a lynai i'w goesau gan sugno'i draed.

Roedd yr iard gefn yn sgleinio'n dywyll, yn symud yn donnau seimllyd.

'ALAN!'

Ffrwydrodd y slwj ddwy lath o flaen Colin ac eisteddodd siâp Alan i fyny ynddo. Roedd o wedi'i orchuddio gan y llyngyr a'r cynrhon. Baglodd Colin tuag yn ôl wrth i fraich Alan gyrraedd amdano. Roedd llygaid Alan yn byllau gwyn yng nghanol y slwj, a'i geg ar agor mewn sgrech dawel yn fyw o greaduriaid. Crogai twrch daear o'i glust fel rhyw dlws gwyrdroëdig, a'i ddannedd yn crenshian croen Alan.

Baglodd Colin a syrthio. Roedd sgrechian ei fam yn fyddarol o'r tŷ. Diflannodd ei ddwylo i'r slwj du a sleifiodd y llyngyr i fyny ei freichiau, yn seimllyd, yn oer. Ceisiodd rwygo'i ddwylo o'r saim. Ond roedden nhw'n sownd. Ciciodd wrth deimlo miloedd o draed yn sgyrtian i fyny coes ei drowsus. Cydiodd y panig yn ei bledren. Corddai ei berfedd.

Gwelodd weddillion ei frawd yn boddi drachefn o dan y môr o greaduriaid. Clywodd ymbil ei fam yn gwichian o'r stafell fyw. Gan swnian crio, cropiodd drwy'r mân greaduriaid a nofiai dros ei freichiau, ar hyd ei goesau, yn ei grys, yn ei drowsus. Wrth groesi'r gegin, trwy ei ddagrau, credodd iddo glywed sŵn cnoi o'r stafell fyw; sisial, fel traed yn gwibio ar hyd y carped, dros y dodrefn. Roeddan nhw'n swnio fel traed mwy na thraed pryfed cop a'r cynrhon.

Llusgodd ei hun rownd y gornel, o'r gegin, i'r stafell fyw.

Ac agor ei geg i sgrechian.

Ond ni ddaeth sgrech o'i wddw.

Dim ond rhyw hisian.

Dyma'r llygod mawr yn hisian yn ôl, cyn heidio drosto.

DYDD YR HOLL SAINT

Dychwelodd yr ellyllon, a holltodd eu gwichian annioddefol y tawelwch oedd yn cymylu bywyd Stan Jones. Ni symudodd yr hen ddyn o'r gadair freichiau lychlyd. Syllai ar y llun ar y pared: dyna'r unig arwydd o'r hapusrwydd a brofodd Stan yn ystod ei fywyd.

Neidiodd ei galon wrth i'r ellyllon bastynu drws ffrynt y fflat. 'Cast ynteu ceiniog? Cast ynteu ceiniog?' gwichiodd yr haid.

Wedi drymio a gweiddi'n hir cawsant lond bol. Ond roedd 'na faint fynnir fel Stan fyddai'n barod i ateb eu galwad er mwyn cael llonydd rhag yr herio. Anadlodd Stan yn hir wrth werthfawrogi'r tawelwch. Teimlodd bwysau cynnes yn gwthio'n erbyn ei goes. Plygodd yn ei flaen, ei esgyrn yn swnian wrth iddo symud. Dechreuodd y gath fewian wrth fwytho'i meistr. Crafodd Stan gefn ei gwddw efo'i fys a dechreuodd yr anifail ganu grwndi.

Ei chath hi oedd Saran. Efallai fod yr anifail, fel yntau, yn teimlo'i cholli heno'n fwy nag ar unrhyw adeg yn ystod y deuddeg mis aeth heibio ers ei marwolaeth.

Ni ddylsai Mair fod wedi codi o'r gwely'r noson honno i ddwrdio'r plant a'u herlid o'r rhiniog. Roedd hi'n symol, ac fe fu'n gaeth i'r gwely ers misoedd. Roedd

Stan, fel heno, wedi aros yn ei gadair a chloi'r stŵr o'i ben.

Roeddan nhw'n dod bob blwyddyn. Ond fel arfer byddai Mair yn llwyddo i ddychryn y diawlad, a gredai mai gwrach oedd hi.

Ond y noson honno, flwyddyn yn ôl, ni fyrlymai'r un nerth drwy'i gwythiennau. Ac ar ôl iddi agor y drws ffrynt yn ei choban a hel y plant am adre, syrthiodd gan gydio yn ei brest. Yno, ar stepan y drws, yn ei freichiau, a chymdogion yn cerdded heibio'r ochor arall, y bu farw Mair.

Llithrodd y bywyd ohoni'n ara deg, ei geiriau'n ei gysuro drwy'r boen, yn addo na fyddai byth yn ei adael, y byddai yno'n fythol.

Lle'r oedd hi felly? Yn pydru fel pawb arall.

Rhwbiodd y gath yn ei erbyn eto. Eisiau bwyd oedd mei ledi. Ond crwydrodd meddwl Stan o stumog wag Saran tua'r pared unwaith eto. A syllu ar y llun: dyn ifanc, ei wallt yn ddu ac yn drwchus, gwên ddisglair ar ei wyneb, yn smart yn ei siwt dywyll; a merch yn ei harddegau hwyr, yn wefreiddiol yn ei gwyn, yn gwenu fel y dyn wrth ei hymyl.

Tynnwyd y pictiwr hanner canrif a mwy yn ôl. Syllodd Stan i fyw llygaid ei wraig oedd wedi ei rhewi mewn du a gwyn yn bedair ar bymtheg oed. Ni newidiodd y llygaid hynny mewn hanner can mlynedd. Roeddan nhw'n fyrlymus, yn fyw, yn ddireidus, yn ffyrnig, yn dyner. Wrth i'r corff wanio, wrth i'r esgyrn freuo, ac wrth i'r croen sigo, arhosodd y sbarc yn y llygaid tywyll.

Dyna pam y bu'r sibrwd y tu ôl i lenni caeedig; dyna

pam yr oedd hen ferched yn hel clecs yn eu boreau coffi; dyna be oedd yn cynnal y sgwrs ar dripiau ysgol Sul: y llygaid a'r modd y caent eu defnyddio.

'Mae hi'n un efo'r Diafol,' meddan nhw, 'yn halogi'r ifanc law yn llaw â'r grymoedd tywyll sy'n arglwyddiaethu arni, yn tywys y diniwed i Uffern.'

Er i'r hen gymuned honno wywo, roedd y clecs yn cael eu cynnal, ond sbeit yn fwy nac ofn oedd yn hysio'r erlidwyr newydd.

Roedd amrannau Stan yn drwm a dechreuodd bendwmpian. Roedd blinder yn ei bwnio, rhyw hedd yn ei gofleidio a llithrodd i dir neb.

Drwy furiau trwchus cwsg roedd o'n ymwybodol o synau, ond yn rhy flinedig i agor ei lygaid a gweld. Llanwyd ei feddyliau â chwyrnu isel, fel pe bai drws mawr yn cael ei agor.

Wrth iddo anadlu daeth aroglau gwahanol i arogl llaith y fflat i'w ffroenau: awyr iach, blodau, perlysiau, i gyd yn goglais ei synnwyr. Teimlodd awel yn sleifio i fyny coes ei drowsus, yn cosi'i drwyn, yn mwytho'i freichiau. Yn y tywyllwch y tu cefn i'w amrannau roedd lliwiau'n ymddangos: yn goch, yn las, yn wyrdd, yn felyn, i gyd yn plethu i'w gilydd.

A thrwy'r lliwiau, drwy'r aroglau, daeth llais. Llais a fu'n gyfarwydd iddo bron drwy gydol ei fywyd – llais llyfn fel melfed, llais brwnt yn ei alw'n bob enw dan haul, llais tawel yn maddau'i holl feiau, llais nwydus yn addo'r byd ac yn cyflawni'r addewidion.

Mair.

A thrwy'r lliwiau, ei llais yn galw'i enw, y daeth hi. Yng ngwyn ei ffrog briodas, ei gwallt du'n chwipio'r tu cefn iddi fel hwyliau rhyw gwch tywyll ar fôr ei freuddwydion.

Teimlai Stan ei hun yn deffro. Ond doedd o ddim am ddeffro. Doedd ganddo ddim awydd dychwelyd i'r byd lle'r oedd ei fflat unig fel beddrod, lle'r oedd y strydoedd yn ffyrnig, lle'r oedd pobol yn greulon ac yn ddi-gariad.

Roedd ei amrannau'n agor. Brwydrodd yn galed, ond ni fedrai orchfygu awydd ei lygaid i weld y boen oedd yn ei fyd.

I ddechrau, credai mai delweddau o'i freuddwyd oedd wedi aros yn ei ddychymyg. Ond wrth iddo arfer eto â'r goleuni medrai weld bod y freuddwyd honno – os breuddwyd oedd hi – wedi dianc o'i isymwybod.

Safai Mair o'i flaen, ei ffrog briodas wen yn glir fel eira newydd, ei gwallt du'n sgleinio, a'r llygaid hynny'n dawnsio ac yn temtio. Y tu ôl iddi, lle bu unwaith bared o blaster maluriedig, roedd coedwig o'r gwyrdd puraf o dan awyr las berffaith, a daeth arogleuon y byd hwnnw i'w ffroenau.

'Tyrd efo fi, Stan,' meddai Mair, a'i llais yn dod nid o'r corff o'i flaen ond o'r byd tu hwnt i'r wal. 'Tyrd efo fi.'

Estynnodd ei wraig farw ei llaw tuag ato.

'Tyrd efo fi, Stan. Dwi 'di dŵad o bell. Tyrd efo fi,' meddai Mair eto, a gwên yn llachar ar ei hwyneb.

Estynnodd ei law tuag at ei llaw hithau.

Sut deimlad fyddai i'r cnawd marw?

Plethodd ei fysedd yn rhwydd i rai Mair.

Cynnes, tyner.

Cododd o'r gadair freichiau heb gŵyn gan yr esgyrn, heb stŵr gan y cyhyrau.

Trodd Mair a thywys ei gŵr gweddw i'r byd o ble daethai.

Wrth ddilyn ei wraig ar hyd llwybr o ddail crin oedd yn crenshian dan ei draed, syllodd Stan i fyny tua'r coed uchel o'u cwmpas. Roeddan nhw'n anferthol, yn anghyfarwydd i Stan, yn ymestyn hyd at liw glas croesawus y ffurfafen. Yn yr awyr oedd yn denu'r coed roedd adar o bob lliw a llun yn hedfan ac yn canu, eu synau'n beraidd fel sŵn seirenau, yn flysiog ac yn synhwyrol.

Crwydrodd ei lygaid tua'r gorwel, ei olwg yn gwibio dros gaeau gwyrdd ac arnynt bytiau o liw. Ar un cae roedd carped o goch. Yn sydyn, cododd y coch hwnnw o'r gwyrdd. Ochneidiodd Stan wrth i'r gloÿnnod byw ymysgwyd i'r nefoedd yn un haid. Gwyliodd wrth i'r cwmwl coch ddatgymalu, ac i filoedd o blu fynd eu ffordd eu hunain yn y glas.

Bob hyn a hyn, yn torri ar wyrdd y dirwedd, roedd drychau perffaith wedi eu gludio i'r tir. Ac ar ymylon rhai o'r llynnoedd hyn roedd adar lliwgar, adar oedd yn ddiarth i Stan ac i'r byd llwyd lle'r oedd o'n byw. Cododd un o'r adar i'r awyr, ei adenydd mawr yn brwsio'r aer yn dyner wrth iddo hedfan tua'r gorwel.

Cyrhaeddodd llygaid Stan Jones yr un gorwel. Gwelodd y mynyddoedd. Pwnient awyr las, yn gadwyn o greigiau a ledaenai o'r dwyrain i'r gorllewin.

Daeth Stan a Mair drwy'r coridor o goed ac at giât bren. Edrychodd Mair arno a gwenu, cyn gollwng ei law a dringo i'r cae'r ochor arall. Trodd i'w wynebu.

'Tyrd,' meddai gan ystumio iddo'i dilyn.

Dringodd yntau.

Gwyliodd wrth iddi redeg tuag at y llyn oedd yn glasu gwyrddni'r cae. Rhedodd – do, mi redodd o! – ar ei hôl.

Roedd hi'n eistedd ar un o ddwy graig fechan ar ymyl y llyn pan gyrhaeddodd Stan ati. Eisteddodd ar y llall a gafael yn llaw ei wraig.

Cyffyrddodd Mair â'i foch. 'Dwi 'di dŵad o bell,' meddai hi eilwaith. 'Sut fedrwn i d'adael di a chdithau'n brifo gymaint, fy nghariad annwyl i?' Rhwbiodd ei llaw ar ei glun. 'Fel hyn rwyt ti'n fy nghofio i, ac fel hyn ...'

Safodd Mair a'i dynnu tua'r dŵr. Edrychodd Stan i'r llonyddwch. A dal ei wynt.

'... ac fel hyn dw inna'n dy gofio di.'

Yn y dŵr clir roedd cwpwl cyfarwydd: un ohonynt, Mair Jones, yn bedair ar bymtheg oed ar ddiwrnod ei phriodas. Edrychodd arni. Ac yna ar ei hadlewyrchiad. Ac yna tua'r adlewyrchiad arall: y dyn ifanc a'i wallt du trwchus yn chwifio yn y gwynt, ei siwt ddu'n glasurol ac yn amserol yn ei thro.

Cododd Stan ei law chwith a'i dal o flaen ei wyneb. Roedd hi'n hen, yn grebachlyd, wedi ei mapio gan lonydd amser. Cipedrychodd ar y dyn yn y llyn. Roedd o'n dynwared yr ystum. Yr unig beth oedd yn gyfarwydd i'r ddwy law oedd y fodrwy briodas.

Yn y drych gwelodd Stan fod llaw Mair yn lapio'n dyner am wddw'r adlewyrchiad. Trodd i'w hwynebu wrth i'r fraich dynhau amdano. Ac roeddan nhw'n cusanu fel y cofiodd ei chusanu amser maith yn ôl.

Ac o hynny, cyrff yn gwasgu at ei gilydd; dwylo'n crwydro ar hyd cyrff; cyrff yn plethu; cyrff yn uno; cnawd mewn cnawd; chwys a griddfan, a chyrraedd ffin a chroesi ffin; a syrthio i'r ddau begwn lle mae cyrff yn colli rheolaeth – dim ond mewn dau le, ar ddwy groesffordd: rhyw a marwolaeth.

Ar garped o wyrdd, roedd y ddwy lôn hynny yn llifo i'w gilydd.

Ond ar y gorwel, pylodd y golau.

I ddechrau, mymryn o ddu yn y glas uwch pegwn y mynydd ucha.

'Rhaid i mi fynd,' meddai Mair, ag ofn yn ysgwyd ei llais.

Roedd Stan am wybod pam? Be oedd ar ddod? Pwy oedd yn ei bygwth?

'Nid fan hyn 'di'n lle i, cariad. Nid fan hyn dw i i fod,' meddai fel tasa hi wedi synhwyro'i bryder.

Gafaelodd Stan yn ei breichiau, gan obeithio'i chadw yma yn y nefoedd newydd 'ma, yn ei freuddwydion.

'Na,' meddai'i wraig gan drio torri'n rhydd o'i afael.

Syllodd Mair tua'r gorwel. Roedd y mymryn du'n fwy, a chwmwl o dywyllwch yn hollti'r goleuni.

Dechreuodd y gwynt godi a bu bron i Stan gael ei chwipio i'r llawr. O'i gwmpas roedd dail yn sgrialu, yn dawnsio dawns wyllt ar y gwynt, ac yn chwyrlïo tua'r düwch bygythiol hwnnw oedd wedi newid pob dim.

Tyrd efo fi! Aros efo fi! oedd y geiriau yn ei feddwl, a fynta'n gwrthod gollwng ei wraig farw.

Roedd y gwynt yn cryfhau, a gwallt Mair, a'r ffrog briodas, yn chwipio'n ffyrnig. Roedd ei wraig yn crio.

Clywodd Stan sgrechian yr adar wrth iddynt gael eu cipio gan y grym a ddeuai o'r fagddu, eu llusgo o'r baradwys i'r pydew.

I'r dwyrain, rhwygwyd haid o loÿnnod byw melyn

oddi ar gae gwyrdd, a throellodd y creaduriaid tua'r twll tywyll, fel llwch yn cael ei sugno i lanhawr grymus.

Edrychodd Stan o'i gwmpas, ei galon yn carlamu, a'i afael ar ei wraig yn gwanio. O'r tu cefn iddo gwibiodd y coed enfawr heibio, wedi eu rhwygo o'u gwreiddiau gan ryw Oliath ac yn saethu fel rocedau natur tua'r düwch ar y gorwel.

Roedd yr holl fyd yn cael ei lyncu.

Dechreuodd sgrechian wrth i Fair, hefyd, gael ei rhwygo o'i afael, ei llaw yn llithro o'i law.

Syrthiodd ar ei liniau, a'r baradwys yn rhuthro heibio i'w glustiau, dim ond i ddiflannu i bwll diddiwedd. Cododd y dyfroedd clir o'r ddaear fel tyrau gwydr. Maluriwyd y tir gwyrdd a'i hyrddio'n dalpiau drwy'r awyr.

Collodd ei afael ar Fair.

Am eiliad, crogai yn yr awyr; roedd ymbil ar ei hwyneb, ei breichiau wedi eu lledu fel tasa hi am ei gofleidio, a'r cwmwl du oedd yn ei mynnu'n lleugylch iddi.

Ac yna ffrwydrodd Mair yn fil o betalau du a sgrialodd ar y gwynt grymus, â gwaedd Stan yn eu herlid.

Claddodd ei wyneb ym medd ei ddwylo wrth i'r storm ruo o'i gwmpas, ei fyddaru ... ei wadu: doedd 'na ddim lle iddo fo yn ei chrombil.

Ac yn ddirybudd, o galon y sŵn afreolus – tawelwch. Llethol. Yn torri fel llafn. Datguddiodd ei lygaid a syllu o gwmpas y fflat. Ogleuodd y lleithder. Yn y pellter clywodd herio'r plant: 'Cast ynteu ceiniog? Cast ynteu ceiniog?'

Ar y pared o'i flaen, a fynta'n eistedd fel cadach yn y gadair freichiau ddarniog, roedd llun priodas: Stan a Mair Jones, cwpwl ifanc, cwpwl hapus, dau yn un ar ddiwrnod perffaith.

Daeth iselder drosto fel ton, a thynnodd ei olwg oddi ar y llun tuag at Saran oedd yn rowlio ar y carped islaw'r llun priodas. Roedd hi wedi cael gafael ar fymryn o rywbeth ac yn diddanu ei hun, yn troelli'r rhywbeth yn ei phawennau.

'Saran,' meddai. 'Tyrd yma.' Roedd o'n ysu am fwytho'r gôt a fwythwyd gant-a-mil o weithiau gan Mair.

Ond ni chymerai'r anifail sylw o swnian ei meistr.

Roedd hi'n chwarae'n hapus, yn jyglo'r betal ddu rhwng ei phawennau.

Manion

Rhag ofn bod gan rai ohonoch chi ddiddordeb, dwi'n cynnwys ychydig o gefndir i'r straeon. Dwi'n hoff o ddarllen pethau fel hyn yng nghyfrolau awduron eraill; mae Stephen King yn un da am rannu mân drysorau o'r fath efo'i ddarllenwyr. Beth bynnag, dwi'n gobeithio, gan eich bod chi wedi dod cyn belled, eich bod chi wedi mwynhau *Y Moch a Straeon Eraill*. Diolch yn fawr i chi am brynu'r gyfrol. Hebddoch chi tydw i ddim yn awdur, a dwi wrth fy modd yn bod yn awdur ...

'Y Moch'

Mae llên Cymru'n byrlymu o elfennau goruwchnaturiol. Does dim ond rhaid i chi ddarllen y *Mabinogi* i weld bod Cymry bob amser wedi bod â blas am straeon arswyd ac arswydus. Man cychwyn y stori oedd y Twrch Trwyth, a'r cwlt oedd o amgylch moch yn oes y Celtiaid. Moderneiddio rhyw fymryn ar y syniad rydw i wedi ei wneud yn fan 'ma.

'Hon'

Comisiynwyd y stori yma yn 1996 gan *Golwg*. Mi oedd gen i gopi o'r cylchgrawn, ond mae o wedi mynd efo'r gwynt. Dwi wedi symud tŷ (a gwledydd) sawl gwaith ers sgwennu'r stori, felly mae pethau'n bownd o fynd ar goll. Mi ges i bwl o sgwennu am ferched peryglus. Cyhoeddwyd fy nofel gynta, *Dant At Waed*, yr un flwyddyn. Arwres y nofel honno oedd Tanith, y fampir. Cofiwch chi, roedd Tanith yn anwesog o'i chymharu â'r ferch yn 'Hon'.

'Dyma'r cedyrn gynt'
Roeddwn i'n ohebydd ar yr *Holyhead Mail* flynyddoedd yn ôl, ac yn mynychu pwyllgorau cynllunio Cyngor Môn – dyna i chi syrcas. Doedd rheolau cynllunio'n cyfri dim, na chwaith farn swyddogion cynllunio. Roeddan nhw'n caniatáu cynlluniau ym mhobman – yn enwedig os oedd awydd ar un ohonyn nhw i godi tŷ. Dyna fan cychwyn y stori yma, a dweud y gwir: tai crand yn cael eu codi ym mhobman, a'r unig gymhelliad oedd trachwant. Darllenais erthygl yn y *Fortean Times* am ddarganfyddiad yn Stretton-on-Fosse, swydd Warwick, yn 1969. Mater bach o weu'r ddau syniad, wedyn ... Rhiad nodi hefyd dylanwad Clive Barker a'r ffilm Preadator.

'Yr hogyn oedd eisiau pob dim'
Comisiwn arall gan *Golwg* – stori ar gyfer rhifyn Nadolig 1999. Roeddwn i'n byw yn Newcastle ar y pryd. Cyfnod cynhyrchiol dros ben o safbwynt sgwennu, ond dwn i'm faint o safon oedd i'r gwaith. Dyma'r unig waith Cymraeg ddaru mi sgwennu gafodd ei gyhoeddi yn y cyfnod roeddwn i yn Newcastle. Dwi wedi tacluso rhywfaint ar y stori.

'Ym myd y bwystfil'
Dechreuodd hon fel stori wleidyddol – nofel, a dweud y gwir. Wel, ddaru'r cwbwl lot stopio'n stond ar ôl y dudalen gynta. Wedyn, ddwy neu dair blynedd yn ddiweddarach a finnau'n trio hel y casgliad 'ma at ei gilydd, dyma fi'n ailedrych ar yr ychydig eiriau ... a chaniatáu i'm dychymyg fynd â fi ar antur.

'Mr a Mrs Jones'
Tydan ni ddim yn nabod ein cymdogion y dyddiau yma. Mae pobol yn mynd a dŵad, yn symud i weithio, i briodi, beth bynnag. Mae'r syniad o 'gymuned' wedi hen fynd i'r gwynt. A pha mor dda mae rhywun yn nabod y bobol drws nesa yn y lle cynta? Mae 'na faint fynnir o ragrith, yn does: os ydi pobol wedi eu gwisgo'n daclus, os ydyn nhw'n glên ac yn wên deg, os ydyn nhw'n barchus, yn mynd i'r capel, yn un o'r swyddi 'crand' (prifathro, rheolwr banc, doctor, cyfreithiwr, a.y.y.b.), maen nhw'n fwy tebyg o gael eu derbyn. Wel, gwers ydi'r stori yma i ni beidio â derbyn pobol ar eu golwg. Mae hi hefyd y stori fwya amrwd a brwnt yn y casgliad.

'Croen newydd'
Stori a esblygodd o'r cwestiwn hwnnw sy'n drysor i storïwyr: Beth petai ... ? Roeddwn i newydd gyhoeddi'r nofel *Llwybrau Tywyll*, stori dditectif, ac yn cael fy nenu fwy i gyfeiriad y *genre* hwnnw yn hytrach na'r *genre* arswyd. Mae'r stori'n plethu'r ddau fformat i raddau.

'Islaw'
Eto, stori 'Beth petai ... ?' Beth petai 'na fyd arall wedi esblygu ochor yn ochor â'n byd ni. Rhaid i ddyn sylweddoli nad ydi o'n bwysig, nad oes dim byd cysegredig ynglŷn â'r ddynol ryw. Tydan ni ddim gwell na phryfed, mewn gwirionedd. Dim ond ein bod ni wedi esblygu'n greaduriaid mwy soffistigedig, dyna'r cwbwl. Mae bywyd yn andros o fregus.

'Y llwch'

Mwy o ddatblygwyr trachwantus yn talu pris am fod yn farus.

'Llywodraethwch ar bopeth byw sy'n ymlusgo ar y ddaear'

Dyma i chi deitl ar stori. O Genesis y daw'r geiriau. Dywedodd cyd-weithwraig i mi ei bod hi wedi mynd allan i'w gardd ryw noson, ac roedd y llwybr yn disgleirio yng ngolau'r lleuad. Syllodd ar y llwybr, a sylwi ei fod o'n symud. Am ryw reswm roedd llyngyrod, malwod, ymlusgiaid o bob math, wedi hel ar y llwybr, wedi hel yn slwj hyll. Roedd gas ganddi'r ffasiwn bethau, ac fe gafodd hi andros o fraw. A dyma finnau'n dechrau meddwl ...

'Dydd yr Holl Saint'

Stori drist i gloi'r casgliad. Unigrwydd a cholledigaeth ydi un o'r ofnau mwya, mae'n debyg. Dwi ddim yn meddwl bod 'na fawr gwaeth na cholli cymar bywyd. Mae'r fendith o dreulio oes hir efo rhywun rydach chi'n ei garu yn dod law yn llaw â'r felltith o golli'r cymar hwnnw neu honno, ac yna gorfod wynebu gweddill eich henaint ar eich pen eich hun.

Wel, gobeithio'ch bod chi wedi mwynhau; gobeithio'ch bod chi wedi'ch dychryn, rhyw fymryn (dyna bwynt straeon arswyd, yntê). Peidiwch â dadansoddi gormod: straeon ydyn nhw, dyna i gyd; does 'na ddim gwersi dyrys yma. Mymryn o neges bob hyn a hyn, efalla, ond dim byd mwy.

Cyn mynd, mi faswn i'n hoffi diolch i un neu ddau o bobol: Carreg Gwalch, wrth gwrs, yn enwedig Myrddin ap Dafydd, am fod yn gefnogol dros ben a rhoi cyfle i mi, a Lyn Ebenezer, am fwynhau'r gyfrol, ac am eiriau caredig yn y gorffennol; Mam a Dad (Emma a Tom) sydd yn rhyfeddol o falch o'u mab, er ei fod o'n sgwennu pethau mor anghynnes; fy mrodyr, Rhys a Llifon; Brian Howes am drio darllen y casgliad (dwi'n dal i ddisgwyl, Brei); Mark Brittain, am sgwrsio am lenyddiaeth a chrefft sgwennu; ac, wrth gwrs, Marnie, sydd wedi fy ysbrydoli i ers i ni gyfarfod.

DYFED EDWARDS
WHITSTABLE, MAI 2007